FANDHOR

Il est un vaste plateau sur le haut de Valensole, dans les Alpes-de-Haute-Provence, lieu magique où les cigales vous captivent de leurs chants, où la lavande vous envoûte de son parfum entre fin mai et août. En ce matin de juin, à neuf heures, l'air est sec et lourd. Le vent transporte les suaves effluves du lavandin.

Ici, non loin de Gréoux-les-Bains, au pied du Plateau, une écurie privée reçoit les propriétaires déjà présents, dans de vastes parcelles de verdure, toutes composées d'une cabane en bois afin de s'abriter de la pluie comme de la chaleur. Dans l'un des enclos, le regard se porte sur un grand cheval à la robe d'un magnifique noir luisant. Il galope depuis bientôt une heure, effectue des cabrioles et de multiples ruades.

Cette propriété appartient à Sophie, elle a juste 30 ans, mais conduit déjà cette écurie d'une main de fer depuis près de cinq années. Son rêve depuis l'enfance est d'être entourée de chevaux, de monter en concours et de coacher des cavaliers de haut niveau. Ses journées sont dures et épuisantes, autant pour le physique que pour le moral, car Sophie travaille du matin au soir, 7 jours sur 7. Elle ne veut pas flancher, son orgueil le lui interdit ; elle le doit à ses parents qui lui ont permis d'en être là à présent. Dès son plus jeune âge, ils lui ont payé des cours, des stages et des formations avec les plus grands noms du monde équestre. Elle a intégré une école de moniteurs puis réussit à acquérir, toujours grâce à eux, ce lieu magnifique. Par bonheur, depuis deux ans, elle est épaulée par Mattew qui partage sa passion des chevaux, ses rêves et ses nuits. Ils se sont rencontrés sur un concours d'obstacles et ne se sont plus quittés depuis. Mattew n'est pas très grand, mais approche les 1m70 ; brun aux yeux verts, il était la coqueluche de toutes les cavalières, mais c'est sur Sophie qu'il a jeté son dévolu. Elle est tombée sous son charme dès le premier regard, elle est amoureuse et imagine que rien ne peut leur arriver.

Dans l'un des enclos de la propriété, une jeune cliente aux longs cheveux noirs, prénommée Mel, prodigue des soins à un cheval alezan doré. Il est impressionnant, son garrot atteint les 1m78, mais elle ne rencontre aucune difficulté à le brosser, car elle-même mesure 1m80. Mel est sportive, son visage est doux et souriant, ses yeux vert amande vous font penser à ceux d'une biche. Ils sont tendres, mais peuvent virer au sombre, à tout instant. Ses gestes sont précis et bienveillants, souples, mais fermes. À quelques mètres un cheval noir, moins grand, mais d'une beauté princière, attire l'œil en raison des reflets qui ondulent à chacun de ses mouvements. Sa longue crinière se soulève au gré du vent, mais il ne bouge pas d'un millimètre ; car son attention est captivée par les carottes que lui donne une femme plus âgée. Cette dernière a la soixantaine, ses cheveux blonds coupés très courts frisottent légèrement, son visage hâlé -par les quelques jours passés sous le soleil du Midi- met en valeur des yeux verts, pétillants de malice. Margo est la maman de Mel, elle vient souvent lui rendre visite depuis le décès subit de son époux, il y a déjà quatre ans. Elle éprouve un réel apaisement ici ; auprès de sa fille et ses deux chevaux, ce plaisir se lit sur sa figure.

Ces deux précédentes années, Margo s'est faite plus présente chez sa fille et son gendre Valérian, car se retrouver avec eux, lui redonne sourire et joie de vivre. Après la perte de son mari, Margo a passé deux ans à se morfondre, à chercher l'épuisement dans toutes sortes de sports et voyages, puis elle a participé à des séances de médium, de voyance et des experts du paranormal afin d'entrer en contact avec son défunt mari. Elle a expérimenté l'écriture automatique et bien d'autres méthodes dans l'espoir de communiquer avec lui, sans succès. Puis un jour, elle a pris conscience que s'ils devaient se retrouver, cela ne dépendait pas d'elle ! Et c'est ainsi que depuis deux ans, Margo reprend goût à la vie et vient très souvent se ressourcer ici.

Au loin, un hennissement suivi d'un bruit lui fait lever la tête, ces sons l'interpellent : boom -

boom/boom - boom ! Les coups sourds s'accélèrent, mais restent les mêmes : Un coup, deux coups rapprochés, puis un dernier. Cette saccade se fait entendre encore et encore. Margo cherche d'où arrive ce martèlement. Son cœur se précipite en l'écoutant ; puis s'emballe alors que son regard examine l'horizon.

— D'où proviennent ces hennissements et ces bruits ? s'inquiète-t-elle auprès de sa fille.

— C'est Fandhor, le jeune étalon que Sophie a acheté le mois dernier et dont je t'ai parlé. Il est là-bas ! lui montre Mel en pointant le doigt vers un paddock un peu plus loin, où évolue le cheval plein de fougues.

Margo regarde dans la direction indiquée, tout en se demandant si le signe qu'elle attend depuis quatre longues années n'est pas là, devant elle. Elle se souvient d'une discussion en voiture lors d'un retour de cinéma entre elle et Mark, son mari ; elle lui avait parlé d'un code pour se rejoindre, si par malheur ils étaient séparés. Si, ni la parole ni l'écriture ne leur étaient données, ce code devait favoriser leurs retrouvailles. Elle avait imaginé un son qui était devenu un jeu entre eux.

Sans un mot, Margo se rend vers le lieu indiqué par sa fille. Plus elle avance, plus le cheval s'impatiente, il tourne sur lui-même, fait des cabrioles tel un poulain reniflant la liberté.

Elle se met alors à courir, la gorge sèche, le regard rivé sur lui qui, soudain, se calme. Arrivée le long de la clôture, elle prononce sans conviction, mais pleines d'espoirs : « Mark, c'est toi ? » L'animal semble faire oui de la tête et souffle vigoureusement des naseaux. Elle pousse légèrement la barrière et, tout en entrant dans le pré, dit :

— C'est bien toi mon cœur ? Exprimer à haute voix sa pensée lui parait bizarre. Suis-je en train de parler à un cheval ? De lui demander s'il est vraiment la réincarnation de mon époux décédé depuis quatre ans ? Je deviens folle, finit-elle par songer ! Mais je dois en avoir le cœur net ! C'est pourquoi elle décide de continuer à s'adresser à l'animal :

— Effectuons notre signe de reconnaissance, veux-tu » ? Et le cœur battant, elle se met à frapper des mains : Un coup, puis deux et enfin un dernier. Immédiatement, le cheval cogne des antérieurs de la même façon, ce qui fait fondre en larme Margo, tandis qu'il s'approche d'elle et pose sa lourde tête sur son épaule.

— Comment est-ce possible ? Cette question n'est en fait qu'une réflexion pour elle-même, elle n'attend aucune réponse. Puis elle secoue la tête. Non, je me fais un film. Je veux tellement y croire que je vois et entends ce que je veux ! Le cheval souffle des naseaux, tape un sabot fortement au sol. Mais oui, c'est ça, tu es gêné par des mouches et moi qui croyait…

L'encolure magistrale de l'étalon se met à former des huit, sa longue crinière semble battre la mesure et ses épaules frémissent en suivant le mouvement. Mais aucune agressivité, aucun mouvement brusque dans ces gestes. Puis, il effectue quelques pas en arrière et recommence à tambouriner le sol.

— Ok, Ok ! Mais j'ai besoin de plus ! Je sais que c'est moi qui ai créé ce code et qui t'ai demandé de le retenir, mais ça ne suffit pas. Elle passe sa main si joliment manucurée de rose nacré dans ses cheveux, comme pour relever une mèche rebelle ; elle dont les cheveux courts tiennent parfaitement. Puis regarde autour et derrière elle. On va me prendre pour une folle, c'est certain ! Tant pis, je me lance ! Mark, si c'est toi, recule encore, mais de quatre pas uniquement, puis avance de deux !

À sa plus grande satisfaction, il se met à reculer, stop, puis avance à nouveau.

— Oh mon dieu ! Attends, je n'ai pas bien compté les pas ! On va essayer autre chose. Le cheval est à moins d'un mètre d'elle, il la regarde calmement presque religieusement. Si c'est bien toi, tourne sur ta droite et effectue une boucle d'environ deux mètres. Tout en lui demandant cela, elle effectue le geste circulaire de la main.

Le splendide animal s'exécute, effectuant un rond parfait. Margo est abasourdie. La main devant sa bouche, presque pour empêcher un cri de victoire, elle échappe :

— Oh là là ! Non, je ne peux pas y croire ! Elle lève la main comme pour demander un instant et le cheval obtempère. Bon, imaginons que tu sois bien dressé, tu auras donc compris ce que je voulais. Donc je vais essayer autre chose. Le cheval renâcle, son attitude est détendue et calme. Si vraiment c'est toi « mon cœur », alors s'il te plait : tu fais demi-tour et prends le galop sur quelques foulées, puis, tu reviendras au petit trot en effectuant un zigzag.

Margo croise les doigts, elle veut croire à l'impossible. Mais est-ce si impensable que cela de croire que son mari, celui qui a partagé sa vie durant quarante ans, qui la connaît mieux que quiconque, soit réincarné en cheval et en possession de son âme humaine ?

Et là ! Devant cette femme pleine d'espoir, l'inacceptable devient réel ! Le grand et bel étalon noir effectue à la perfection la figure demandée et termine en s'approchant tout doucement d'elle pour poser sa lourde tête sur son épaule qui semble si fragile à côté de lui. Mais elle n'a pas peur ! Elle sait qu'il ne lui fera aucun mal : c'est son mari ! La personne avec qui elle a tout partagé : les joies et les peines, ses émotions, ses besoins et ses désirs... tout ce qui pouvait la faire souffrir ou l'émerveiller. Alors, comme si elle se réveillait soudainement, elle lui demande, car les interrogations sont nombreuses :

— Depuis combien de temps sais-tu qui tu es ?

Aussitôt le cheval tape une fois le sol, comme si un insecte l'avait effleuré.

— Un mois ? suggère-t-elle avant de se reculer pour le regarder dans les yeux.

Il remue la tête dans un va-et-vient de gauche à droite tout en soufflant. Un vrai dialogue s'instaure. Margo s'exclame :

— Oh, un an ?

La tête de l'animal se balance en signe d'assentiment.

— Désolée, mais je ne comprends pas ; ton corps est celui d'un cheval plus vieux !

Il tape quatre coups à l'aide d'un sabot. Aussitôt, Margo pense que l'enveloppe « cheval » où habite l'esprit de son mari à quatre ans, mais lui n'est conscient de cette humanité que depuis une année. Elle le regarde et déclare d'une traite :

— Je pourrais dire qu'on t'a volé à moi lorsque tu sortais à peine du débourrage.

Le cerveau de Margo s'est emballé, elle imagine tout de suite un plan pour récupérer cet étalon ! Elle n'en croit pas ses yeux : il est là, dans le corps de cet étalon ! Son amour, son mari ; sa joie de vivre est de retour ! Hors de question de le perdre à nouveau.

Le cheval refait un mouvement de l'encolure de haut en bas en expirant de l'air par les naseaux. Margo comprend ce que l'animal, son mari bien-aimé désire, et entoure le cou de ses bras en l'embrassant très fort tandis qu'il pose sa tête sur son épaule tendrement.

À ce moment, une voix de femme crie :

— Écartez-vous de ce cheval !

Tous les deux, accaparés par les retrouvailles, ne l'avaient pas entendu entrer dans le pré. Pourtant la propriétaire des lieux en compagnie de Mattew et d'une amie cavalière ne sont plus qu'à quelques mètres maintenant. Sophie, d'ordinaire gracieuse, vient de parler sur un ton sec et tranchant. Tout en avançant, elle répète :

— Écartez-vous, il peut être dangereux d'aborder un jeune cheval ! Reculez !

Mark redevient aussitôt nerveux. Margo lui chuchote :

— Reste calme et fais tout ce que je te dis mon cœur. Ne prête pas attention à ce qu'elle réplique ou fait. Je suis là maintenant, lui murmure-t-elle pour l'apaiser ; je vais essayer quelque chose. Surtout, ne bouge pas. Ajoute-t-elle, avant de marcher vers la jeune femme, en tête du trio, qui semble affolée.

— Pardonnez-moi par avance, car je ne m'éloignerai pas de lui. Mais ne vous inquiétez pas, il ne sera jamais dangereux pour moi. Oh ! Excusez-moi, je me nomme Margo. dit-elle rapidement, en lui tendant la main.

Sophie décontenancée par le ton la lui serre mollement, par réflexe, tout en jetant un œil sur le cheval qui reste tranquille à quelques mètres d'eux. Plus grande que Margo, elle n'a donc aucun mal à la fixer dans les yeux et répond :

— Moi, c'est Sophie. Et je vous assure que cette bête réagit de façon bizarre, il peut être incontrôlable.

— Bonjour Sophie ! C'est parce que vous ne le connaissez pas comme moi. Ce cheval est celui qui m'a été volé, il va y avoir bientôt trois ans. Et je bénis le hasard de le retrouver aujourd'hui, à des centaines de kilomètres.

— Je n'y crois pas, vous me traitez de voleuse !!! Le joli visage de la jeune femme est devenu rouge de colère, ses yeux bleus se sont agrandis et sa main s'est portée devant ses lèvres bien dessinées.

— Absolument pas ! Loin de moi cette pensée ! D'ailleurs, d'après ce que je sais, il n'est ici que depuis à peine un mois. Vous venez de l'acquérir, n'est-ce pas ?

— Oui, c'est exact, mais rien ne prouve qu'il s'agisse de celui qui vous a été volé !

— Si vous acceptez, nous pouvons réaliser une expérience. Car malgré le temps écoulé, nous nous sommes reconnus et il m'écoute. Vous voulez bien que je vous montre ?

Sophie effectue un geste de lassitude du bras tout en déclarant :

— Allez ! Mais de toute façon, vous n'arriverez à rien. Je suis d'ailleurs étonnée qu'il soit si tranquille ; il doit nous réserver un sale coup. Depuis qu'il est ici, je ne comprends plus l'étalon que j'ai acheté.

— Mon cœur ? Viens au pas jusqu'à moi. Explique Margo d'une voix douce et posée. Et le cheval approche calmement, tête baissée.

— Cela ne prouve rien ! s'exclame Sophie.

— Ce n'est qu'un début, attendez ! Mon cœur,

recule bien droit, encore, encore, lui dit-elle en faisant un mouvement de repli de la main. Stop, hurle-t-elle lorsqu'il semble à distance suffisante ! Maintenant, tu viens au galop et tu t'arrêtes juste devant moi. crie-t-elle.

Le cheval qui s'était éloigné comme Margo le lui avait demandé, démarre au grand galop et en quelques foulées se retrouve devant elle et stoppe des quatre fers ; ce qui le fait glisser de l'arrière-train. Margo, satisfaite du résultat, caresse sa joue et se retourne. Mais les trois autres, pris de panique, s'étaient réfugiés près de l'entrée. Margo leur dit en haussant le ton tout en allant jusqu'à eux :

— Vous voyez ? Il n'y a rien de vicieux en lui. Nous nous comprenons lui et moi, c'est la preuve qu'il est parfaitement celui que je prétends.

— Vous avez exécuté un tour de passe-passe ; mais cela ne prouve rien ! affirme Sophie en se rapprochant d'elle.

— Très bien, essayons autre chose ! Vous savez qui est Mel ? La jeune femme qui se trouve derrière vous ?

Personne ne l'a entendu arriver, mais sa fille est bien présente ! Son visage exprime une certaine surprise, mais à l'inverse du trio, elle n'affiche aucune crainte. Elle détient une grande confiance en sa mère ; même si elle ne réalise pas comment celle-ci connait cet étalon et réussit à se faire obéir de lui.

Tous regardent Margo d'un air interrogatif et Sophie répond :

— Oui, et alors ?

— En fait, Mel est ma fille. Elle peut attester que mon cheval m'a bel et bien été volé. Je pense que son comportement plutôt virulent depuis son arrivée était intentionnel, dans le but de capter l'attention de Mel. Mais elle n'a d'yeux que pour ses propres chevaux, et ne l'a pas reconnu !

— Quoi ? C'est ta mère ? dit Sophie en se tournant précipitamment vers Mel. Le ton est interrogatif et incrédule. Sophie et Mel sont du même âge et ont tissé des liens d'amitié très rapidement ; leur relation va au-delà des affaires. Et pourtant, Sophie n'a jamais été amenée à rencontrer Margo.

Celle-ci fait oui de la tête, mais rien ne peut sortir de sa gorge.

— Pensez-vous qu'il soit admissible de grimper sur ce cheval à cru sans filet ni licol ? Ajoute aussitôt Margo.

— Bien sûr que non ! s'esclaffe Sophie.

— Moi je connais cet animal depuis longtemps et malgré quatre années sans se voir, je suis certaine que lui et Mel ne se sont pas oubliés. Je vous assure qu'il est possible pour ma fille de le monter ! Ils ont très souvent pratiqué cette monte dans le passé. Elle fait un signe à Mel et annonce :

— Viens, approche-toi. Non pas vous ! Inutile de l'affoler ! recommande-t-elle en constatant que les trois autres s'apprêtent à avancer. Puis elle s'adresse à sa fille en chuchotant et en joignant les mains en forme de prière :

— S'il te plaît ma chérie, écoute-moi sans broncher. Et crois-moi sur parole, je t'en supplie ! Dans le cerveau de ce cheval, il y a l'esprit de ton père ! Oui, je comprends, cela semble dingue, mais il faut me croire ! Promis, nous en parlerons plus tard loin des oreilles indiscrètes. En attendant, sache que tout ce que tu lui demanderas, il fera !

Puis elle croise ses doigts près du ventre de l'étalon afin que sa fille y pose son genou. Mel garde le silence, mais voyant le cheval tranquille et l'assurance de sa maman, finit par placer son tibia dans les paumes des mains de sa mère et enfourche le bel animal.

— Écoutez-moi bien tous les deux. Ici se joue notre avenir, alors soyez convaincants ! Mark, je t'en supplie, n'oublie pas que c'est notre fille que tu as sur le dos, notre bébé. Elle parle à voix basse afin de n'être entendue que d'eux. Puis elle rejoint le trio, situé un peu plus loin en spectateur.

Tout comme son père, Mel ne croit pas à une vie après la mort. Elle s'intéresse toutefois aux méthodes basées sur l'énergie, le magnétisme, et reste à l'écoute de toutes les médecines parallèles. En revanche, elle connait très bien sa mère et sait que celle-ci veut imaginer le retour de Mark après son décès. Elle aimerait tant que cela soit vrai et l'entoure de son affection. Cependant, rien de concret ne lui permet de penser qu'une deuxième vie soit possible. Du côté maternel, elle tient une sensibilité qui lui accorde d'être attentive à tout ce qui se dit sur le surnaturel. Mais par son côté paternel, elle a cet esprit cartésien qui l'empêche de croire à ce que l'on ne voit pas.

Puisque sa mère lui demande de lui faire confiance, assurant que l'âme de son père s'est retrouvée dans cet animal, elle s'exécute. Monter un jeune étalon sans harnachement est de toute façon un des rêves de tous cavaliers. Elle prend le parti de s'en remettre à la chance ainsi qu'à ses années d'expérience à cheval. Aussi, la surprenant elle-même, une drôle de phrase sort de sa bouche :

— Papa ? C'est vraiment toi ?

Aussitôt, la tête de l'animal se balance de haut en bas comme pour le lui confirmer.

— Je ne crois pas que je vais dire cela, mais bon : si c'est bien toi, avance de deux pas.

Et le cheval obéit avec douceur et souplesse.

Abasourdie, Mel s'exclame :

— Oh mon Dieu ! Maman avait raison ! Comment est-ce possible ?

Toutes ses convictions se trouvent chamboulées. Cette situation, improbable il n'y a encore que quelques minutes, dépassent son entendement.

Chapitre 1
Mark est là

Né dans les années 60, Mark, père d'une fille maintenant adulte, mène une vie heureuse avec sa femme Margo lorsqu'il est terrassé par une crise cardiaque. Trois ans plus tard, voilà que son esprit se retrouve dans le corps d'un cheval. Il doit du coup admettre que son épouse avait raison : rien n'est jamais fini ! Homme, il ne croyait pas à la réincarnation, à la deuxième chance, au Karma. Tout ce que Margo, imaginait être vrai, il en riait. Souvent, il la taquinait, lui arrivant même parfois, d'être fermé à toute discussion sur ce sujet. Pour lui, il ne pouvait pas y avoir de vie après la mort. Il affirmait continuellement : puisqu'il n'y a rien après, il n'y a pas à la craindre ; j'espère juste disposer d'un temps suffisant pour profiter pleinement. C'était un esprit logique, pur et dur. Tout comme Descartes, Mark ne fonctionnait pas avec l'intuition, mais avec déduction et raisonnement.

Lorsqu'un jour, Margo lui déclare :

— Ce n'est pas parce que nous arrêtons de respirer que notre âme disparaît, n'est-ce pas ? Il lui avait répondu en s'appuyant sur une théorie lue dans le journal britannique « The Express », dans laquelle Sean Caroll, un scientifique américain — qui s'était sérieusement penché sur la question — disait : « Pour que ce soit possible, il faudrait que la conscience soit complètement séparée de notre corps, ce qui n'est pas le cas puisque l'esprit n'est rien d'autre qu'une composition d'atomes et d'électrons qui nous vient de notre imagination ». S'il est tentant d'ignorer ses explications et de s'accrocher très fort à ses croyances, Sean Carroll apporte toutefois une preuve irréfutable de ce qu'il avance. En effet, « si la vie continuait vraiment après la mort, les expériences de la théorie quantique auraient révélé des particules d'esprit. Or, il n'y a que les atomes qu'on connaît déjà, ce qui démontre qu'il n'y a aucun moyen que l'âme survive ».

À cela, sa femme lui avait rétorqué que cette théorie, quoique bien argumentée, Sean Carroll n'était pas revenu d'entre les morts pour la prouver, ce qui laissait donc un peu d'espoir à celles qui veulent l'envisager.

Margo s'est toujours accrochée à cette certitude d'une vie après la mort. Et aujourd'hui, c'est lui : le rationnel, le sceptique, le « Cogito Ergo Sum » qui est bloqué dans le corps d'un animal.

Dès qu'il a compris qui il était, son cerveau n'a eu qu'un objectif : retrouver Margo. Il doit lui signifier, d'une façon ou d'une autre, qu'il est de retour. Il lui faut lui montrer qu'elle avait raison et qu'il est à nouveau là. Malheureusement, il n'est pas facile d'être un esprit humain occupant le corps d'un cheval. Sans la parole, tout se complique. Comment se faire comprendre ? Accepter cette situation ? Vivre ainsi ? Ni vraiment homme, ni réellement animal ? L'esprit, l'âme, va-t-elle rester indéfiniment prisonnière dans ce nouveau corps ou disparaîtra-t-elle en laissant place à un véritable étalon avec ses instincts et besoins, au bout d'un certain temps ?

Heureusement parfois, le destin nous réserve des chances inouïes. Mark venait d'être transporté dans une région qu'il connaissait bien. Il n'en croyait pas ses yeux, ce lieu : c'est celui où sa fille a mis ses chevaux. Depuis ce jour, Mark a essayé d'attirer la curiosité de Mel ; hennissements, galopades, ruades. Mais son attention était entièrement dédiée à ses deux compagnons.

Et ce matin, voilà qu'une odeur aimée arrive jusqu'à ses naseaux : une nuance fruitée et citronnée. Ce mélange d'agrumes et de fleurs ; il le connaît bien ! Cet arôme le met dans tous ses états : c'est le parfum de Margo, sa femme. Il n'y a qu'elle pour faire ressortir ces notes florales accompagnées d'agrumes. Du plus loin qu'il se souvienne, ces senteurs font partie d'elle. Mark est surexcité, il faut qu'elle le voie, qu'elle vienne jusqu'à lui. Il doit lui permettre de comprendre qui il est, que sous cette enveloppe animale il s'agit bien de lui, là, à quelques mètres d'elle. Tout d'un coup, il se remémore, Margo et lui avaient un code, il est primordial qu'il s'en serve pour l'appeler !

Depuis son retour sur Terre, de nombreuses questions se sont bousculées dans sa tête. Il a souvent pensé à leurs retrouvailles et les interrogations se sont multipliées : pourra-t-il utiliser ce codage pour lui montrer sa présence ? Si elle le reconnaît, auront-ils un avenir ? À quoi ressemblera leur vie ? Est-ce que ce qui lui arrive est une bonne chose ? Combien de temps va-t-il rester dans l'attente d'une nouvelle mort ? Est-il ici pour une longue période ? Comment le savoir, qui va pouvoir l'aider ? Quoi faire d'autre que subir ? Que de questions sans réponse ! Sa seule certitude est qu'une chance lui est donnée. Une petite phrase est entrée dans son cerveau et a tourné en boucle jusqu'à ce que sa mémoire humaine refasse surface. Dans ses souvenirs elle disait : « Ce n'est pas le moment pour toi, tu vas retourner sur Terre ». Il pense que l'univers lui accorde un temps pour régler quelque chose. Quoi ? Il ne sait pas. Mais pour l'instant, seule Margo compte. Il doit lui faire comprendre qu'il est là ! Le code, c'est quoi déjà ? Dans la panique, il ne se remémore plus. Pourtant elle lui avait demandé tellement de fois... Mais oui, c'est ça : 1/1-2/1. Il tape alors des deux sabots antérieurs en même temps, suivi de deux coups alternés puis une fois encore. Cela sonne effectivement comme leur codification : boum/Boum-Boum/Boum. Tout en hennissant, Mark répète inlassablement ce code à en avoir des vibrations dans les muscles. Quand il la voit venir vers lui, il se sent fébrile et ne sait comment réagir. Il lit sur son visage qu'elle se pose des questions. Elle a reconnu leur signe ! Ce protocole, qu'elle lui avait supplié de retenir, d'accepter par amour. Oh, mon Dieu, comme il l'aime ! Il va la retrouver ! Sans oublier leur fille qu'il attend depuis son arrivée !

Quelle joie de pouvoir ressentir Mel sur son dos. Il s'applique à réaliser ce qu'elle lui demande. Vient-elle d'admettre la situation ? Il se met à espérer d'un possible avenir commun.

À ce moment, Sophie s'écrie :

— Bon, c'est pour aujourd'hui ou pour demain ? Si

tu as peur, Mel : tu descends !

La jeune cavalière fait oui de la tête, mais attend les directives de sa mère. Une discussion s'entame entre les deux femmes, sans cris ni gestes déplacés. Rassurée sur ce point, Mel se concentre sur sa monture et dit en approchant son visage de l'encolure :

— Je suis vraiment désolée de ne pas être venue te voir dès ton arrivée, mais comment aurais-je pu deviner ? Oh, papa, j'ai tellement souffert de ton absence ! J'espère tant que tu es toi et non : je ne sais quel canular, ce serait trop cruel !

Un doux souffle sort des naseaux du cheval accompagné d'un léger va-et-vient de son cou. Mark aimerait rassurer sa fille et se demande comment lui faire comprendre qu'il s'agit bien de lui. Il aurait adoré la prendre dans ses bras, l'embrasser, l'apaiser...

À ce moment, Margo s'avance et leur explique :

– Mel, Sophie m'annonce qu'elle serait convaincue de notre bonne foi si Mark opère « une reprise » compliquée. Je me souviens que tu avais l'habitude de lui réclamer des figures relativement difficiles pour son âge. Sa voix est impersonnelle, mais elle effectue un clin d'œil en exprimant ces mots.

Mel vient de comprendre le message de sa mère, aussi se penche-t-elle sur l'encolure de « son père » en lui disant doucement :

— Te rappelles-tu l'épreuve de dressage que j'ai répétée maintes fois pour le Championnat de France ?

Mark baisse la tête en signe d'assentiment. Comment oublier ? Sa fille s'était entraînée des mois pour cette compétition. À cheval et sur croquis. Elle lui avait demandé de la coacher, il l'avait suivi tant de jours.

— Très bien, accorde Mel. Alors, effectue tout ce que je te dis.

Commence ainsi un véritable spectacle devant les yeux de Margo, Sophie, ses deux acolytes et quelques spectateurs attirés par le rassemblement. Sous leurs regards se déroulent dès lors vingt minutes de transitions d'allures. Des courbes merveilleusement construites, des figures géométriques opérées au trot et au galop. Une chorégraphie hippique menée par Mel de façon fantastique et réalisée par un cheval aux talents incroyables. Les témoins sont en admiration devant ce balai majestueux. Lorsqu'ils s'arrêtent après avoir accompli un reculé parfait, tous applaudissent. Entendant cela, Mel demande à son père de saluer en pliant l'antérieur droit. Il s'exécute bien volontiers, car il s'est amusé comme un fou à réaliser toutes les figures, allers-retours et démarrages en trombe. Enfin, il s'immobilise face à l'auditoire, le cœur battant en attendant le verdict.

Mel se penche sur son encolure, entoure son cou de ses bras avant de lui déclarer :

— C'était fantastique. Merci papa ! Jamais je n'ai réalisé une reprise de cette qualité. C'était tellement extraordinaire d'exprimer ce que j'imaginais et d'en ressentir aussitôt le tracé parfait. Oh ! Si une aussi belle entente existait entre mes « loulous » et moi. C'est effectivement la preuve qu'un esprit humain est dans cette tête ! Puis elle descend et se place face à lui pour lui dire :

— Papa, comment est-ce possible ?

Si Mark avait la faculté de parler, pourrait-il seulement trouver les mots pour expliquer ce qu'il lui arrive ? Bien sûr que non, il en serait incapable, puisque lui-même ne comprend pas pourquoi il se retrouve dans cet animal plutôt que de n'être qu'énergie. Mark avouait, comme Albert Einstein, que l'énergie ne disparait pas. Elle continuait de circuler, se transformait, ne s'arrêtant jamais. Donc pas de réelle croyance d'une vie après la mort. Il partait du principe que l'énergie quittait le corps et se dissipait dans l'univers, mais en aucun cas ne pouvait se rendre dans une autre enveloppe corporelle. Et pourtant il se retrouve ici, dans ce cheval. Est-ce une réincarnation ? Est-il victime d'une expérience scientifique… ? Il est prêt à croire n'importe quoi !

— Viens, je veux écouter ce qu'ils se disent ! déclare Mel, le stoppant dans ses pensées.

Ils avancent en direction du groupe composé de Margo, Sophie (la propriétaire actuelle de l'étalon Fandhor), Mattew et leur amie cavalière ; les autres s'étant dispersés à la fin de la représentation.

Tous regardent cette magnifique jeune femme qu'est Mel. Sa queue-de-cheval maintenant défaite, laisse ses longs cheveux bouger au gré de la brise du matin. À côté d'elle, il marche lentement, d'une allure martiale ; ce cheval à l'imposante crinière noire et sauvage ! Leurs pas sont cadencés. Il flotte autour d'eux comme une harmonie, un accord parfait. Margo interrompt leurs pensées en disant :

— Ah, vous voilà. Il semblerait Mel, que Mark ne t'a pas oubliée ! ajoute-t-elle en faisant un nouveau clin d'œil à sa fille.

À ces mots, Sophie se rembrunit et déclare de mauvaise humeur :

— Oui, très bien, ce n'est pas la peine de jubiler. Comment pouvais-je savoir que ce cheval avait été volé ? Les papiers au nom de Fandhor ne sont pas faux, j'en suis certaine, sinon la fédération hippique s'en serait rendu compte.

Margo se retourne aussitôt et lui répond gentiment :

— Loin de moi, l'idée d'une telle pensée. Je suis persuadée que vous êtes de bonne foi. D'ailleurs, Mel ne m'a toujours fait que des éloges sur vous et votre écurie. Je suis convaincue que nous allons réussir à trouver une solution.

Sophie s'exclame :

— Une solution ? Mais quelle solution ? Vous dîtes que cet étalon est à vous. Moi, j'ai des papiers de propriété et je l'ai acheté vraiment cher ! Qui me remboursera ? Vous peut-être ?

La tension monte ; ce qui irrite l'animal. Quelque chose se passe en Mark, et n'est en rien une sensation humaine. Il commence à se balancer de droite à gauche, sa tête et son encolure effectuent des mouvements en forme de huit, accompagnée d'un souffle propulsé par ses naseaux élargis.

Constatant que ses oreilles basculent en arrière, ce qui ne présage rien de bon, Margo ordonne précipitamment à l'assemblée :

— Reculez, quelque chose l'inquiète. Je vous en prie, reculez ! Encore, sinon cela va mal finir.

— Vous voyez, il est imprévisible cet animal. Et dire que vous avez mis votre fille dessus ! s'exclame Sophie.

— Mais vous ne comprenez rien, renchérit Margo. C'est votre attitude et nos échanges houleux qui provoquent cette poussée d'agressivité en lui. Cette colère qui monte entre nous, il la sent telle une annonce de la violence qui arrive. Son instinct lui dicte de prendre les devants pour nous protéger, Mel et moi. Et comme tout le monde le sait, la principale défense, c'est l'attaque !

Sophie s'emporte et crie sur Margo :

— Alors là, c'est la meilleure ! D'abord, je suis une voleuse de cheval et maintenant, je vous agresse au point que mon propre étalon veut vous protéger ? On frise le burlesque !

À cet instant, ce n'est plus de la tension que Mark ressent, mais une réelle panique. Son instinct animal ne supporte pas cette sensation et sa frayeur se transforme en fureur. Son corps entier frissonne, ses oreilles se couchent et le sang dans ses membres le brûle sans qu'il ne puisse rien y faire. Cette colère le submerge et la raison disparaît. D'un coup, il se dresse sur ses postérieurs et se cabre.

Cette position de défense est naturelle chez le cheval sauvage, mais est très dangereuse pour l'être humain qui se trouve à proximité. Les professionnels du milieu savent reconnaître un comportement combatif. Au début, ils le font pour jouer, puis à l'âge adulte pour s'affronter.

Tous se figent instantanément lorsque Mark se met à « boxer » des antérieurs, ce qui provoque aussitôt l'effet escompté : Sophie et ses trois compagnons se reculent.

Cette interruption permet à Margo d'ajouter :

— Sophie, je vous en prie : croyez-moi ! Ce cheval n'est pas dangereux, mais il a développé dès son plus jeune âge un instinct de protection envers nous. Rien ne vous oblige à me croire, mais je vous en supplie, écoutez-moi.

Tout en parlant, Margo s'était placé légèrement devant Mark, sur sa gauche, face à Sophie. Aussitôt, la pression artérielle de Mark se met à descendre et il retombe sur ses quatre membres. Mel s'approche alors de son encolure, le caresse en lui soufflant doucement :

— Reste un peu tranquille, je pense maintenant qu'elle est prête à entendre ce que maman va lui annoncer.

— Très bien, accepte Sophie, je vous écoute.

— Comme vous avez pu le constater, il a effectué tout ce que Mel lui a demandé.

— C'est peut-être un pur hasard, le résultat d'une accalmie dans sa tête dérangée.

— Je comprends qu'il soit plus facile de croire à la chance qu'à autre chose. Laissez-moi vous prouver que je dis vrai et que ce cheval, actuellement sous le nom de « Fandhor », était effectivement le nôtre. Et donc, que vous avez été abusée.

— Et qu'arrivera-t-il ensuite ? Vous partirez avec lui et je pourrai m'estimer heureuse de vous avoir réunis et m'être fait avoir ?

— Comme je vous le disais précédemment, je suis prête à vous le racheter et à vous dédommager. Que ce soit le transport, la nourriture, le vétérinaire, etc... Je demanderai un prêt s'il le faut ! Margo joint les deux mains en guise de prière, l'air suppliant.

— Arrêtez ça tout de suite, je ne serai pas celle qui vous mettra sur la paille : un crédit ! Et puis quoi ? Non, je ne passerai pas pour le monstre de service.

— Mais, rien de tel ! Vous serez au contraire celle qui m'a permis de retrouver l'amour de ma vie, le...

— Rien que ça ? La coupe Sophie. L'amour de votre vie ! N'en faites pas trop, voulez-vous ? Il ne s'agit que d'un cheval, et une sacrée tête de caboche en plus. Il a d'excellentes origines et une très belle allure. C'est pour cela que je l'ai acheté. Il était prometteur et je pensais participer à quelques concours afin de le proposer à la reproduction. Cependant, en voyant son caractère depuis son arrivée ici, je me demandais si je ne devais pas le faire castrer avant de le monter.

— Non, ne le faites pas s'il vous plaît. Si vous le désirez, Mel effectuera les compétitions pour vous pour que tous les gains et la renommée vous reviennent.

— Mais cela ne marche pas ainsi, c'est le cavalier qui en reçoit les mérites.

— Ah ? Rien pour le propriétaire ?

— Si, bien sûr !

— C'est parfait, personne ne saura que vous, en tant qu'entraîneur du cheval, vous n'y êtes pour rien !

Voyant Sophie réfléchir à sa proposition, Margo enchaîne aussitôt :

— Permettez-moi de vous payer la pension complète durant tous les exercices et nous reparlerons d'achat après quelques concours. D'accord ? Termine Margo, souriante, en tendant la main à Sophie.

Celle-ci finit par la lui serrer, après des secondes qui parurent des heures à Mel et Margo.

— Je ne dis pas que j'accepte l'offre en entier, mais si vous réussissez à calmer Fandhor, le ramener à l'état où il se trouvait chez le vendeur, nous pourrons effectivement en rediscuter. Conclut Sophie, effectuant un semblant de sourire, avant de répondre à sa poignée de main tout en montrant Mark de l'autre. Puis elle tourne les talons, et s'achemine vers la sortie flanquée de ces deux camarades, toujours aussi silencieux.

Margo n'en croit ni ses yeux ni ses oreilles. Elle vient de gagner une manche, un répit. Une trêve est amorcée. Elle se retourne face à Mark et Mel, tout prêt l'un de l'autre. Cette vision lui provoque un gonflement au cœur. Des larmes s'amoncellent au coin de chaque œil, puis finissent par tomber une à une lentement sur le sol.

Mel s'avance, la prend dans les bras et s'exclame :

— Trop forte maman, tu es la première personne à avoir « cloué le bec » à Sophie.

Ici, dans le milieu du cheval, tout le monde connaît l'assurance de Sophie, son franc parlé et son autorité. Elle a cet aplomb que la stature, la beauté et la jeunesse vous apportent.

Margo enlace la taille de sa fille et la presse contre elle. Puis ses mains encadrent le joli visage de Mel, elle l'embrasse tendrement sur la joue et lui dit :

— C'est un jour magnifique ma chérie, papa est de retour et tu en es consciente. Plus rien ni personne ne se mettra en travers de nos retrouvailles, je ne le permettrais pas ! Que ce soit Sophie ou n'importe qui d'autre ! C'est pourquoi nous allons nous préparer à toute éventualité.

Mark est heureux, son cœur se gonfle de joie. Le fait d'avoir rejoint sa femme et sa fille lui procure un immense bonheur, sans parler de l'espoir de rentrer chez lui qui le gagne tout doucement. Le calme revient en lui, laissant entrevoir l'illusion d'un avenir, si bizarre soit-il. Il possède une telle confiance en Margo qu'intérieurement il envisage même, une autre vie dans ce corps. Puisqu'elle avait eu raison de croire à leurs retrouvailles après la mort, d'insister sur un code n'appartenant qu'à eux ; il ne met pas en doute ses capacités d'amadouer cette Sophie, si têtue soit-elle. Il fait un mouvement en leur direction afin d'attirer leur attention et aussitôt, Margo vient à lui.

Face à ce grand cheval, elle semble toute petite. Avec ses 1m60 elle doit lever la tête pour le regarder dans les yeux. Dans son corps d'homme, Mark approchait les 1m90 et sa stature imposante l'obligeait déjà à en faire de même lorsqu'elle s'adressait à lui. Sa femme pose ses mains de part et d'autre des commissures de sa bouche, tout comme elle les aurait posées sur les joues de son époux.

— Mon cœur, je suis si heureuse de te voir, je n'arrive pas à comprendre ce qui se passe. Être réuni est un vrai miracle. Y compris dans mes rêves les plus fous, je n'aurais jamais pu me l'imaginer. Sentant un mouvement de tête de Mark, elle ajoute :

— Oui, je t'ai toujours dit que je croyais à la réincarnation, mais en fait j'espérais que la conscience reste dans le nouveau corps d'emprunt. Nos retrouvailles confirment tout cela, mais il y a tellement de points qui demeurent flous. Quel facteur t'a permis de te réincarner ; comment as-tu réussi à conserver ton esprit ? De combien de temps disposes-tu ? Pourquoi réapparaître dans un animal et non dans celui d'un être humain ? Mais laissons ces questions en suspens. Pour l'instant, il nous faut faire le diagnostic du passé.

— Que veux-tu dire par là ? intervient Mel, les sourcils froncés.

— Nous devons absolument être « carré », lui répond-elle en mimant le mot de ses mains. Puisque j'ai inventé cette histoire de vol, nous ne pouvons pas revenir en arrière. C'est pourquoi nous devons tout connaître de la vie de ce cheval. Pour cela, tu vas dénicher les papiers de propriété afin que tout concorde dans nos dires : date de naissance, origines, ventes, toutes anomalies ou points particuliers précisés...

— Les documents ne sont probablement pas dans le Club House, mais plutôt dans le bureau de Sophie. déclare sa fille.

— Tu dois absolument trouver un moyen pour photographier chaque imprimé qu'elle possède. Tu auras également à te renseigner auprès du vétérinaire et regarder sur les réseaux sociaux. Franchement Mel, il nous faut obtenir ces informations pour créer un passé de ce cheval chez nous. Et cela rapidement, car je vais mettre en route une demande auprès de la justice afin d'acquérir les droits de propriété. Nous ne pouvons pas nous tromper, les dates doivent correspondre. Nous devons être prêts à répondre à toutes les questions possibles et inimaginables.

— OK, pour cela j'ai besoin d'aide. Je rentre tout de suite à la maison expliquer à Valérian ce que l'on cherche. Il est tellement doué avec le web que je suis certaine qu'il va nous dénicher des tonnes de choses sur lesquelles nous appuyer.

Mel et Valérian sont ensemble depuis bientôt huit ans et l'amour qu'ils se portent est plus fort de jour en jour. Ils ont une admiration mutuelle ; Valérian s'émerveille devant les connaissances de Mel en matière d'animaux tandis que cette dernière est époustouflée de le voir créer sites et jeux sur internet.

Mel partie, Margo regarde Mark, des larmes dans les yeux, avant d'enfouir sa tête dans le soyeux de son encolure si chaude et réconfortante.

Retrouvailles innatendues

Margo et Mark se retrouvent seuls, de nouveau ensemble. Tous les deux regardent autour d'eux et n'osent croire à ce qui leur arrive. Cette dernière heure a été réellement incroyable ! Après ce bruit, cette ambiance électrique, leurs retrouvailles, le silence leur paraît reposant, à l'instar du soir après le départ d'amis venus pour un week-end de fête à la maison.

Margo se tourne vers lui :

— J'ai tellement d'interrogations, tant de choses à te demander !!! Tu comprends qu'il me faut des réponses « mon cœur » ? Non ?

Mark balance la tête de haut en bas en soufflant des naseaux. Il connaît si bien cette femme, sa femme ! Elle a besoin d'explications à défaut de raison.

— Tu permets que je te pose des questions ? murmure Margo d'un air candide.

La tête de Mark se rabaisse une deuxième fois.

Elle prend une inspiration et ajoute :

— Afin de te faciliter la tâche, je vais formuler mes demandes pour que tu puisses répondre ainsi : oui, en frappant du sabot droit et non, du gauche !

Mark émet ce petit bruit sourd qu'effectuent les équidés lorsqu'ils sont contents de vous voir arriver. Cela ressemble à un roulement de souffle ou un grognement.

— Bien, commençons : tout d'abord, es-tu dans ce corps depuis la naissance de ce cheval ?

Mark tape du sabot droit !

— Ah ! dit-elle surprise. Cela fait quatre ans ? Whaou, tu es donc passé par les étapes du poulain ! Tu as connu la jument qui t'a servi de mère, la séparation, ainsi que les jeux, le dressage ! Enfin tous les stades quoi !!

Margo est interloquée, elle ne comprend plus rien. Comment est-ce possible ? Elle n'imagine pas qu'un esprit humain puisse vivre cela. D'ailleurs, était-elle allée suffisamment loin dans ses réflexions sur la réincarnation ? Tout à ses pensées, elle sursaute lorsque Mark se met à taper bruyamment du sabot de façon à la sortir de ses questionnements.

— Excuse-moi, tu as raison de me ramener à l'instant présent ; ce n'est pas le moment d'aborder le sujet de ton passé. Préparons notre plan d'action !

Pour cela, ce que tu as vécu doit coller avec ce que nous allons inventer à propos de ton supposé vol. Reprenons : y a-t-il une chance que tu aies vue le jour en Ardèche ?

Mark tape du sabot gauche.

— Oh, flûte ! Une région proche au moins ?

Un coup du sabot droit.

— La Haute-Loire peut-être ?

Et par bonheur, nouvelle frappe du pied droit.

— D'accord ! Était-ce un bon élevage ? Ou au minimum, un gentil propriétaire ?

Au grand soulagement de Margo, son sabot droit se met en action.

— Ouf, un point agréable dont nous pourrons parler, ou tout au moins essayer ! dit-elle en souriant. Mais plus tard, pour l'instant, nous devons avancer :

— À quel âge les as-tu quittés ?

Mark tape un coup distinctement et légèrement de l'autre sabot.

— T'efforces-tu de me dire : Un an et demi ?

Et il frappe le sol de son pied droit.

Ils progressent peu à peu et apparemment Mark se sent bien. Pour la première fois depuis son retour, quelqu'un le comprend. Il peut tenir un semblant de conversation ! Et c'est avec celle qui occupe toutes ses pensées. Le visage de celle qui l'a aidé à ne pas devenir fou. À la naissance de ce poulain, il n'était qu'un jeune cheval entrant dans la vie. Mais son esprit, plus vif que celui de ses congénères, lui a joué des tours. Il voulait manger avec ses sabots, décider de son destin et refusait d'obéir aux ordres. Il avait des flashes, se voyait souvent en humain, rêvait d'une existence tout autre ; sans saisir ce qu'il lui arrivait. Puis un jour, une odeur l'a attirée et une image s'est imposée à lui, un visage de femme : Margo ! Dès lors, il a cherché à distinguer qui il était réellement, pourquoi il était si différent de ses congénères ? Et c'est en Provence qu'il a réalisé que ses pensées, ses réactions, ses éclairs étaient le reflet d'un passé bien réel. Tout lui est apparu si clair : il est retourné sur terre, car l'Univers a décidé de lui donner une autre chance. Il n'a pas tout compris. Ni pourquoi il revenait dans le corps d'un animal, ni le temps dont il disposait et encore moins ce que l'on attendait de lui ; mais il sait que ce lieu n'est pas dû au hasard. Comme sa femme se plairait à lui dire : l'univers t'a écouté et rapproché des tiens ! Il ne lui reste plus qu'à se distinguer.

— Cela fait donc trois ans que tu as quitté l'éleveur ! calcule Margo, le sortant à son tour de ses pensées.

Il réagit en tapant du sabot droit.

— Et c'est là que tu as été vendu à Sophie ?

Alors, il tape fortement du gauche

– Ouf, tant mieux. Combien de fois as-tu été acheté ?

Le pied de Mark heurte quatre coups sur le sol.

— Oh ! Que s'est-il passé ? Non ! Inutile de palabrer sur ce sujet, nous aurons tout le temps quand tu seras à la maison ! Lors de ta première vente, était-ce à un professionnel ?

Le choc du sabot gauche l'a fait sourire :

— OK, j'en déduis que tu lui as mené la vie dure et qu'il (ou elle) a préféré te revendre.

Ce qui provoque un coup droit de Mark.

— Oh, mon pauvre cœur, comme ces quatre années ont dû être éprouvantes ! Ou très exactement, cette dernière période. Car si je suppose bien, c'est à ce moment-là que tu as compris qui tu étais réellement. Et moi qui pensais que rien ne pouvait être plus difficile que de t'avoir perdu, jamais je n'ai imaginé l'enfer que tu vivais. Bon, as-tu été vendu à un deuxième particulier après ?

Là encore, Mark cogne la prairie de son sabot droit.

– OK, d'accord. Es-tu resté longtemps chez lui ?

Son pied gauche frappe fortement le sol.

— J'espère que très bientôt, nous disposerons de grands moments et réussirons à communiquer sur ces années passées.

Elle n'était pourtant pas certaine d'avoir envie de lui parler des quatre dernières. Les plus tristes et interminables de son existence. La vie sans Mark était si pénible qu'elle pensait souvent à la mort malgré toute l'affection que lui portait et témoignait sa fille. Mark lui avait manqué terriblement, son amour, sa complicité, sa carrure rassurante, sa voix grave. Celle-ci était tellement belle qu'elle croyait l'entendre derrière elle à tout moment. Elle se ressaisit et dit :

— Ce troisième achat était, je suppose, effectué par un professionnel ? Et puisque Mark frappe le sol de son pied droit, elle poursuit : c'est donc lui qui t'a vendu à Sophie ? Ce même sabot se met de nouveau en action.

— Bien, il va falloir être très prudent dans nos déclarations pour ne pas éveiller de soupçons. En tout premier lieu, personne ne doit nous entendre, sinon ils voudront tirer parti de tes capacités. Nul ne pourra admettre que tu es mon mari, un être humain dans un corps d'animal. Quiconque apprendrait que tu comprends absolument tout ce que nous disons, cherchera à t'exploiter. Enfin ; et c'est plus compliqué : il nous faut être très carrés dans nos propos, nous n'aurons pas de marge d'erreur, pas de seconde chance.

Tout en émettant un profond soupir, elle se colle contre son encolure en l'embrassant, ses bras l'entourent et elle murmure le cœur gros :

— Je ne supporterai pas de te perdre une deuxième fois. La vie sera différente, certes, mais nous serons ensemble.

Après quelques minutes, serrée tout contre lui, elle fait un pas en arrière et reprend :

— En attendant, nous devons construire notre plan sans failles afin que ton vol soit crédible. Donc je récapitule et te dis ce que j'ai compris, en rajoutant quelques suppositions. Arrête-moi si je me trompe :

— Tu es né il y a quatre ans chez un éleveur (Mel nous fournira la date exacte). À un an et demi tu as été acheté par un particulier qui ne t'a pas gardé, car il n'arrivait à rien avec toi. Cette personne t'a cédé à un autre propriétaire qui, lui-même t'a revendu à un professionnel. C'est correct ?

Mark donne un coup sur le sol du sabot droit tout en frottant le bout de ses naseaux sur l'épaule de Margo.

— C'est formidable, malgré ces quatre longues années et notre dialogue sans paroles de ta part ; nous communiquons toujours aussi bien.

Ce que ne mentionnait pas Margo, mais dont ils étaient conscients, c'est qu'ils se connaissaient parfaitement. Les dix dernières années de leur mariage, ils n'avaient nul besoin de se parler pour se comprendre. Il était fréquent que l'un commence une phrase et que l'autre la finisse. Dans leur entourage, tous disaient que ce couple s'entendait comme des jumeaux. D'un seul regard, il ou elle savait s'il ou elle se sentait à l'aise, si elle ou lui désiraient s'en aller ou rester lors d'une réunion, si les thèmes et conversations étaient à son goût ou non… Bien plus que son époux, Mark était son âme sœur, son confident, son meilleur ami. Il n'existait pas un point dont ils ne pouvaient parler ensemble, aucun tabou. Il leur arrivait de ne pas être d'accord, mais le dialogue était toujours possible entre eux, quel que soit le sujet. Tandis que Mark était calme et posé, Margo était fougue et passion. Il admettait et comprenait sans souci qu'elle n'ait pas les mêmes opinions, mais Margo n'aimait pas que leurs idées divergent, elle pouvait argumenter durant des heures afin d'essayer de le faire changer d'avis. Peut-être un manque de confiance en elle ! Alors que Mark, toujours impassible et très sûr de lui, était conscient de leurs différences et l'acceptait sans inquiétude. Il arrivait souvent qu'un silence s'installe entre eux, mais il n'était jamais causé par un « non-dit ». Aucune source de suppositions ou de lourdeur, ce n'était qu'un calme reposant, un moment de recueillement, sans questionnement.

— Si nous voulons être crédibles, je dois réussir à laisser croire que j'étais ton premier propriétaire. Je vais me renseigner sur l'éleveur, puis je partirai lui rendre visite, car je suis persuadée que ton acheteur initial et lui n'ont pas pris contact après ton acquisition. Dès que j'en aurai la confirmation, je me ferai passer pour ce propriétaire. Je lui expliquerais que j'ai été escroquée, et qu'il est mon dernier recours pour te récupérer. Je lui demanderais de recréer l'acte de vente en précisant qu'il m'a été dérobé. Ce sera plus simple ensuite de dire qu'après ton vol tu as été renommé grâce à de faux papiers.

Mark ne pensait pas que ce soit envisageable, mais voulait croire en la chance. Margo avait toujours eu des idées abracadabrantes qui se révélaient finalement géniales. Souvent il lui était arrivé de ne pas imaginer cela réalisable, les trouvant trop farfelues pour être possibles. Mais à chaque fois, quoique bizarre, voire délirante ou improbable, les théories ou affirmations de Margo finissaient par paraître vraies ou du moins concevables. Il se souvenait notamment d'un jour où elle était apparue surexcitée avec un large sourire. Elle venait de recevoir l'appel téléphonique d'une galerie d'art très connue, lui offrant un mois d'exposition. Cet exploit, car c'en était un, elle le devait à sa persévérance, mais également à un grand coup de bluff.

— Je sais ce que tu penses mon cœur ; qu'il y a peu de chances que cela fonctionne ! Tu t'attends à ce qu'ils aient eu des relations après-ventes ! Moi, je n'en crois rien ; car tout acheteur qui est trompé sur la marchandise, excuse-moi pour le mot, est en droit d'exiger le remboursement. C'est pourquoi j'imagine que ce premier acquéreur t'a revendu très vite sans retourner chez l'éleveur. Dès que Mel nous aura apporté des copies de tes différents propriétaires, je les contacterai et nous pourrons donner vie à ce plan pour que je me rende chez ton naisseur.

Margo semblait sûre d'elle et déterminée, il reconnaissait bien là cette femme qui avait partagé son quotidien durant plus de trente ans. Mais elle ne lui laissa pas le temps de penser au passé.

— Nous devons aller vite si nous voulons que Sophie croie en notre histoire. Et surtout qu'elle voit ainsi comment ne pas s'embêter avec un cheval difficile. C'est d'ailleurs pour cela, qu'en attendant, je compte sur toi pour être un bon toutou en notre présence et un fou furieux lorsque Mel ou moi ne sommes pas présentes près de toi. Tu es d'accord ?

Mark frappe le sol du sabot droit, puis émet un long souffle tel un gémissement tout en « trifouillant » les cheveux de Margo du bout des lèvres.

Les jours suivants, Margo partage son temps entre les recherches sur le passé de Mark et des heures à flâner en sa compagnie.

Ces journées peuvent sembler bizarres à ceux qui les côtoient, mais Margo ne laisserait sa place pour rien au monde. En voyant cette petite femme escortée de ce grand cheval noir ; qui aurait imaginé un instant qu'ils étaient autrefois mariés ? Personne bien évidemment ! Et pourtant !!

Ce qui frappe tous ceux qui les croisent, c'est cette proximité sans harnachement. Ils marchent côte à côte ; sans licol, filet ou tout autre enrênement. Les pas de l'étalon se rythment à ceux de Margo. Lorsqu'elle parle, celui ou celle qui les observe peut remarquer un changement dans le comportement de l'animal. Il balance doucement la tête, tantôt de bas en haut, tantôt de droite à gauche, comme des mouvements de va-et-vient pour chasser quelques insectes. C'est accompagné d'un petit souffle si léger, qu'on les imagine tenir une conversation.

Effectivement, Margo et Mark ont bel et bien de longs moments de discussions ; ils ont tant à partager pour rattraper le temps perdu. Elle parle de leur passé, lui rappelant des anecdotes, il acquiesce d'un hochement de l'encolure. Ces sorties leur permettent de se remémorer leurs trente années de mariage. C'est également l'occasion pour Margo d'évoquer ses recherches ; lui faisant part de ses trouvailles, attendant qu'il l'approuve. Elle s'assure ainsi, à être sur la bonne voie avant de continuer ses investigations.

Se promener en dehors de la propriété n'est pas leur seule activité, elle effectue notamment son toilettage.

— Tu sais combien j'ai toujours aimé m'occuper des chevaux de Mel. Eh bien, vois-tu ; je vais t'avouer une chose : je préfère ta compagnie.

Mark lui donne un coup de tête sur le bras et elle reprend après un large sourire :

— Grâce à toi, je saisis mieux ce qui est agréable et ce qui l'est moins. Il est vrai que le fait que tu me comprennes me facilite grandement la tâche ; ajoute-t-elle en lui caressant la joue.

Tout le monde est stupéfait de voir cet étalon se laisser brosser, laver ou panser sans bouger. Certains disent qu'il lève les pieds pour que sa soigneuse puisse s'occuper des sabots sans effort. En les regardant, on ressent une belle compréhension, une complicité, un respect ; une douceur mutuelle. Tous sont admiratifs devant tant de connivence, ils s'émerveillent de découvrir l'écoute que cette femme provoque chez lui. Jamais il ne s'énerve en sa présence, il est d'une bienveillance extraordinaire avec elle, alors qu'il est intouchable avec toute autre personne. Il lui arrive même de charger ceux qui désirent entrer dans son parc !

Nombreux sont les curieux qui viennent contempler cette magnifique créature. Il évolue dans sa parcelle, tel un seigneur dans son royaume. Beaucoup aimerait posséder cet animal, s'imaginant le monter, traverser plaines et collines pour sentir le vent du Sud au cours d'un galop effréné.

La disparition

Depuis quatre ans, Mattew vit avec Sophie, il l'aime infiniment et l'aide autant que possible dans les travaux de l'écurie. Mais ils ne partagent pas les mêmes valeurs. Ce jour-là, alors qu'il vient de finir la distribution du foin dans les boxes et qu'il arrive derrière un abri afin de prendre une brouette pour effectuer la répartition dans les paddocks. Il entend une voix féminine parler tout doucement. Curieux, il tend l'oreille.

— Ne t'inquiète pas, je vais te ramener à la maison et nous ne serons plus jamais séparés.

Il comprend qu'il s'agit de Margo avec le cheval. Cela ne lui plaît guère que cette femme puisse le récupérer. Sophie perdrait ainsi la possibilité d'une plus-value lors d'un futur achat.

Pour Sophie, cette écurie est toute sa vie ; c'est ce qu'elle a toujours désiré. Sans être indifférente à l'argent, il lui importe davantage de recevoir des clients d'un haut niveau équestre que de réaliser des bénéfices. Mattew, lui, ne semble pas posséder les mêmes principes, les mêmes valeurs. Tandis que Sophie se soucie des autres, évite de les blesser, Mathew pense avant tout à eux deux. Elle respecte et obéit à des règles, alors que Mattew veut profiter de la vie. Il respecte leurs différences (caractère, éducation, expériences) car ils n'ont pas eu le même environnement familial, la même éducation, et cela n'a jamais impliqué de désaccord. Lui, aujourd'hui, ce qu'il veut, c'est voir plus loin et il espère bien la convaincre, l'amener à comprendre son point de vue.

Tout en faisant des allers-retours chargés de foin pour les différents pensionnaires, il se demande bien, comment faire entendre raison à Sophie. Ce cheval est jeune, possède de belles origines et semble avoir de grandes capacités pour de futurs concours de dressage. Ils pourraient en tirer un prix intéressant s'ils ne le vendent pas à Margo ! Il sait que Sophie acceptera la proposition de rentrer dans ses frais en le rendant à Margo et Mel. Pourquoi est-elle si heureuse de se séparer de cette bête et passer à côté d'une bonne affaire ? Au détour d'une allée, il tombe sur sa compagne, un masque anti-insecte en main. Il saisit l'occasion pour lui dévoiler ses pensées et son plan.

— Sophie, écoute-moi, il faut absolument que tu me laisses faire. Je connais la personne à qui vendre cet étalon. Il nous en donnera un prix très correct. Si nous nous dépêchons, ni Margo ni Mel ne pourront nous barrer la route.

— Mais, si ce cheval leur appartient ! elles nous

accuseront de vol et nous aurons des ennuis ! objecta-t-elle tout en poursuivant son chemin.

— Fais-moi confiance, elles n'en sauront rien, j'ai pensé à tout. Nous allons simplement le faire disparaître, papiers compris. Ni l'acheteur ni nous ne serons inquiétés, lui dit-il en l'accompagnant.

— Ce n'est pas une bonne idée. S'il s'agit bien de leur cheval, ce sera effectivement un vol ! déclare-t-elle en fronçant son joli petit nez.

— Du vol ? s'emporte Mattew. Et la somme qu'il t'a coûtée ? L'achat, le transport, le véto, sans parler de son entretien ces dernières semaines ? Qui va te rembourser ? Elles ? Non, ne crois pas cela !

Une oreille les écoute sans qu'ils s'en rendent compte. Tout en marchant, ils s'étaient retrouvés près de l'abri de Mark, sans toutefois penser qu'un cheval puisse les comprendre.

— Nous devons faire vite, je l'ai entendu dire qu'elle voulait le ramener chez elle. Cette nuit, je lui donne un tranquillisant et l'emmène chez David. Tu sais, mon voisin, qui m'a confié sa propriété durant les congés d'été ! lui précise son petit ami.

— Et comment comptes-tu t'y prendre ? s'inquiète Sophie très étonnée qu'il ait déjà tout prévu.

— Dès demain, mon acheteur viendra le chercher ici. Dans trois jours, il aura disparu de la région, peut-être même de France ! dit-il en pensant la rassurer.

— Je ne comprends pas ton entêtement à vouloir agir aussi rapidement. Il y a bien d'autres solutions pour ne pas perdre l'argent engagé. On peut lui vendre et empocher les gains des concours, ou exiger un descendant de Fandhor… s'indigne Sophie tout en reprenant son chemin.

Le couple s'est éloigné, Mark n'entend pas la fin de la conversation. Il est hors de question que sa vie soit gérée, manipulée, par des jeunes sans scrupule. Il doit disparaître avant que Mattew ne revienne. Malheureusement, Margo est partie rejoindre Mel et son conjoint pour le dîner. Elle lui a promis de refaire un tour dans la soirée pour imaginer un meilleur moyen de communication. Si une personne est capable de trouver une solution, c'est bien elle, mais en aura-t-elle le temps ? Il lui faut agir maintenant, mettre à profit l'avance qu'il a sur ce jeune homme cupide.

Son enveloppe de cheval à un instinct naturellement grégaire, ce qui le pousse à fuir. Pensant que c'est la meilleure option, il arpente le terrain en cherchant l'endroit idéal par où disparaître. Les enclos donnent les uns dans les autres, sont protégés par des clôtures électriques et des caméras. Il échafaude aussitôt un plan :

— Sauter par-dessus n'est pas compliqué. Mais, le faire sans effrayer les chevaux voisins en passant au milieu d'eux tout en restant à l'abri des appareils enregistreurs ; ne va pas être chose aisée ! réfléchit-il. Son cerveau est en ébullition.

— Et si au contraire je les effrayais tous ? Si je galope d'enclos en enclos, leur montrant que l'on peut s'amuser en allant de parc en parc. Je pourrais les emmener jusqu'aux écuries pour leur permettre de rencontrer les copains et la réserve de foin ! En voyant cela sur les écrans de caméras de surveillance, ces deux nigauds viendront, et dans l'affolement général, je quitterai les lieux. Il me faut être prudent et attendre la tombée de la nuit !

Son plan en tête, au moment qui lui semble le plus opportun, lorsque le jour décline, à la lumière incertaine qui succède immédiatement au coucher du soleil, il prend une inspiration, et sans même un élan, bondit par-dessus les fils électriques. Le cheval noir fait un saut vertigineux plaquant sa crinière sur son encolure ; mais il n'a pas idée de la beauté de son enjambée, seul atteindre son objectif compte.

Grâce au système de détection placée aux dessus des clôtures, les lumières éclairent instantanément les enclos. Les deux chevaux voisins surpris durant leur digestion du soir et inquiétés par l'allumage des spots sont sur le qui-vive. Il n'a qu'à se mettre à galoper autour d'eux, les oreilles en arrières, secouer l'encolure et foncer en tête, pour que les deux autres enivrés par l'adrénaline suscitée, le suivent et franchissent à leur tour le fil électrique.

Puis, il ne suffit que de quelques minutes pour qu'une vingtaine de chevaux accompagne Mark jusqu'aux écuries.

Dans la maison, les deux jeunes, l'un devant la télévision, l'autre en pleine lecture lovée dans son fauteuil, entendent l'alarme sonore déclenchée par l'allumage des projecteurs de haie. Sophie se lève et s'achemine nonchalamment vers son bureau pour regarder l'écran de contrôle sur son ordinateur.

— Non ! Mais c'est quoi, ce « binz » ? Mattew, viens voir !

Ils restent sans voix devant la pagaille indescriptible qui se déroule sous leurs yeux. Les chevaux sautent de parc en parc provoquant le démarrage systématique des spots les uns après les autres, semant la panique parmi tous les pensionnaires qui rejoignent la horde dans leur folle chevauchée.

— Mais où vont-ils ? Que se passe-t-il ? Remarques-tu un chien ? Ou quoi que ce soit qui les pousse ? demande Sophie d'une voix anxieuse.

— Non, rien de tel. Je prends mon fusil de chasse et file voir sur place avec le 4x4. Tu viens ?

Bien sûr, j'attrape mon téléphone et te retrouve.

Mark, de son côté, n'a pas perdu son temps. Après avoir effrayé les pensionnaires et entraîné avec lui tous ceux qui pouvaient sauter aussi haut, il s'est dirigé vers les écuries. Les chevaux en box, ameutés par cette intrusion, ont henni et piaffé provoquant un maximum de bruit. Sachant que l'odeur du foin et des granulés excitera ses congénères, il est allé directement vers la réserve pour botter la porte, la fracassant à la quatrième ruade.

Une bonne partie d'entre eux est entrée dans cette caverne d'Ali baba, tandis que d'autres se sont mis à cavaler autour des bâtiments engendrant des hennissements de panique parmi leurs semblables enfermés dans les box. C'est le moment que choisit Mark pour leur fausser compagnie et partir au grand galop, droit devant lui.

Une course effrénée commence alors ; il galope sur des chemins et sentiers tortueux qui mènent sur les collines. Puis il traverse une forêt de pins sur des pistes tracées par les nombreuses balades et randonnées équestres. Son allure ne ralentit pas durant plus d'une heure, l'instinct du cheval a pris possession de son esprit humain ; une seule pulsion le fait agir, la fuite.

Le paysage parcouru est différent des abords de l'écurie de Sophie. Après la colline qui surplombe les bois, il a contourné une carrière, un lac et des cultures de courges. Sa cadence s'est calmée à la vue d'une prairie, une sorte de clairière qui lui apparait derrière plusieurs parcelles de champs à l'abandon. Entourée de hauts buissons, eux-mêmes ceinturés de gros cèdres et peupliers, ce pâturage l'apaise dès le premier regard.

— Je vais rester ici pour la nuit et repartirai demain matin ; personne ne viendra me chercher ! pense-t-il tout en admirant l'endroit. Il ne ressent que du plaisir : l'herbe est verte, grasse, et les fleurs, bien que fermées sous le soleil couché, dégagent des effluves incroyables. Les arbres centenaires laissent présager un ombrage parfait durant les heures chaudes. Je suis au paradis des chevaux !

Il broute quelques touffes parfumées avant de s'assoupir dans ce havre de paix.

Aux écuries, le 4x4 n'a mis que très peu de temps pour arriver sur les lieux de la confusion générale. Tandis que Mattew va à la recherche du fauteur de trouble, arme à l'épaule, Sophie, des licols, longes et filets en main, parvient vers les chevaux.

— Prends-en aussi pour les enfiler à ceux que tu pourrais croiser ! lui crie-t-elle. Il sera plus facile ensuite de les ramener dans leurs enclos !

— OK ! répond-il en opérant un demi-tour pour s'emparer de quelques harnachements à proximité.

Durant plus d'une heure, les deux jeunes gens se sont démenés comme de beaux diables, ils ont attrapé et accompagné tous les pensionnaires dans les prairies. Patiemment, ils ont calmé les bêtes restées dans leur box et commencé à réparer la porte tout en constatant qu'un seul animal manque à l'appel.

C'est l'instant que choisit Margo, bien malgré elle, pour apparaître.

— Bonsoir, vous travaillez tard. Je venais faire un câlin aux chevaux de ma fille et à Mark, lorsque j'ai remarqué de la lumière. Oh, mais qu'est-il arrivé ? s'exclame-t-elle en voyant la porte fermée grâce à une réparation de fortune.

Sophie, très surprise par cette visite tardive ne

sait que répondre, mais Mattew qui « rongeait son frein » après avoir constaté l'absence du cheval, s'en prend à elle ;

— Que faites-vous ici ? Vous êtes au courant que c'est une propriété privée ? Nous sommes en droit d'appeler la police pour intrusion. De plus, j'aurais pu vous blesser avec ma carabine ! lui aboie-t-il dessus en montrant son arme d'un geste sec du menton.

— Je le sais très bien. Ma fille paye suffisamment cher pour cela ! rétorque Margo sur le même ton.

— Alors que venez-vous faire passé 22 heures ? surenchérit le jeune homme qui ne décolère pas.

— Comme je vous l'ai dit, je passe pour donner une petite douceur aux « loulous » avant leur sommeil !

— Vous n'avez aucunement le droit de vous trouver ici à la nuit tombée. Vous devez respecter des horaires. Placer des chevaux en pension ne vous autorise pas tout !

— Que vous arrive-t-il ? C'est la première fois que vous me parlez de règlement et qui plus est avec autant d'agressivité ! Margo n'a pas l'habitude de se démonter devant ce genre de comportement. Elle devine qu'on lui cache quelque chose. Elle se tourne vers Sophie et lui demande :

— Vous avez un souci ? Puis-je vous être utile ?

Mais le jeune homme continue de plus belle :

— Non, vous ne le pouvez pas ! Ou plutôt si ! Allez-vous-en et revenez durant les horaires affichés sur le règlement !

— Très bien, je fais un rapide câlin aux chevaux et je pars ! dit-elle en le défiant du regard.

— Vous n'avez pas intérêt à vous approcher des enclos, sinon je vous tire une décharge de chevrotine. Je vous garantis que tout le monde me croira lorsque j'expliquerai avoir pensé tirer sur un animal sauvage.

— J'hallucine, vous me menacez ? Uniquement parce que je viens faire une caresse aux chevaux ? Que cachez-vous ? Il est arrivé quelque chose à Mark ; c'est ça ?

Sans plus attendre, Margo se précipite dehors et court jusqu'aux enclos le cœur battant.

Sophie restée sans voix durant leur altercation, stoppe Mattew qui veut se précipiter à sa suite et lui crie hors d'elle : ça suffit ! arrête ! tu ne vois pas que tu ne fais qu'aggraver les choses ? Tu as raconté assez de bêtises comme cela. Finis ici ! moi je vais tenter de lui expliquer ce foutoir !

— Et pour lui dire quoi concernant l'absence de Fandhor, ? Cet étalon à qui elle semble tant tenir !

— La vérité ! Que nous ne comprenons pas ce qui vient de se passer, mais que nous le retrouverons.

Puis elle disparaît pour rejoindre Margo.

— Margo, Margo ! attendez-moi ! crie-t-elle. Mais à l'inverse de Margo, elle ne court pas et utilise le temps de se rendre jusqu'aux enclos des chevaux de Mel pour réfléchir à la situation.

Margo n'a pas entendu Sophie l'appeler, elle ne veut rien écouter. Elle va vite, seule la pensée de retrouver Mark l'habite. Rien ne peut l'arrêter, son angoisse monte, incontrôlable. Elle sent au plus profond de son être que quelque chose est arrivé. Mais quoi ? Comment le saurait-elle !

Cette tenaille invisible qui noue l'estomac, cette petite voix dans un coin de la tête qui vous dit qu'un truc ne tourne pas rond. Il lui faut retrouver Mark rapidement pour lever ce doute.

Grâce aux projecteurs éclairant le long du chemin, elle peut courir sans trébucher. Elle est rassurée lorsqu'elle discerne la présence des chevaux de sa fille derrière la barrière d'accès au parc. Mais elle ne prend pas le temps de s'arrêter pour leur donner les sucreries prévues et encore moins leur faire un câlin ;

elle court en direction du pré qui l'obsède.

En arrivant près de l'enclos, elle l'appelle. Aucune réponse. Son cœur se serre ! Ces derniers jours, à peine prononçait-elle son prénom qu'il apparaissait en piaffant de plaisir. Mais là, rien. Personne ! Aucun bruit ! Elle ouvre la barrière et crie une autre fois son nom, désespérément. Mais non, il n'est pas là.

Sophie la rejoint sur ces entrefaites et en entendant cette voix ; elle qui n'aime les chevaux qu'en fonction de ce qu'ils rapportent, est prise de doutes. Pourquoi autant d'angoisse dans ces appels, que lui cache Margo ? Ce n'est qu'un cheval après tout ! Superbe, certes, mais difficile ; un sujet à problèmes de toute sorte ! Est-ce que Mattew a raison ? Mère et fille ont-elles l'intention de gagner de l'argent d'une façon ou d'une autre avec cet étalon ? Serait-elle passée à côté de quelque chose lors de son achat ? Il lui faut absolument creuser, car elle ne voit aucune explication à une telle déchirure dans cet appel !

Elle se rapproche de Margo et lui dit calmement :

— Inutile de vous époumoner, Fandhor n'est pas là.

En utilisant ce nom, elle tient à lui rappeler que cet étalon lui appartient. Elle seule, à la légitimité de l'inquiétude.

— Mais pourquoi ? Que se passe-t-il ? Où est-il ? demande précipitamment Margo.

— Nous n'en savons rien. Quelque chose a effrayé les chevaux et uniquement Fandhor manque à l'appel. Je ne comprends pas ce qui est survenu. Nous n'avons vu aucun animal sauvage, mais nous n'avons pas encore eu le temps de visualiser les images des caméras de surveillance !

— Il faut vite les regarder pour percevoir ce qui a pu arriver à Mark. Oh mon Dieu, pourvu que personne ne l'ait kidnappé ! ajoute Margo. La détresse dans sa voix est telle que les doutes et les questions se bousculent dans la tête de Sophie.

— Si quelqu'un ici doit s'inquiéter, c'est bien moi. Je vous rappelle que je suis « La Propriétaire » de cette Écurie « ET » de ce cheval. Je vais me rendre au bureau pour examiner les enregistrements vidéo et en tirer mes conclusions. Jusqu'à présent, je vous ai laissé libre de vous amuser avec MON étalon sur MES terres, mais je commence à me poser des questions sur vous. Par sympathie pour Mel, je vous ai ouvert mes portes, accepté que vous l'appeliez différemment, et toléré que vous arriviez à toute heure du jour et de la nuit. Mais maintenant, je me demande si vous ne jouez pas la comédie et n'êtes pas en partie responsable de cette soirée mouvementée !

Elle lui tourne le dos et part en direction des écuries.

Margo reste sans voix, abasourdie par ce qu'elle vient d'entendre et demeure seule sur place, dans l'angoisse d'un futur devenu incertain.

Une décision audacieuse

La nuit s'éloigne, laissant place à de faibles rayons de soleil. Les oiseaux font entendre un doux gazouillis et une légère brise vient lécher l'encolure de Mark.

— Comme cet endroit est magnifique ! se dit-il en s'éveillant. Ses naseaux inspirent à pleins poumons l'air chargé des senteurs de fleurs et graminées. Je resterais bien quelques jours ici, se surprend-il à penser. Mais la raison le ramène à la réalité et à ses inquiétudes :

— Margo doit être morte de peur ! Quelle nuit j'ai dû lui faire passer ! Comment ai-je pu oublier qu'elle était censée venir me rejoindre après le dîner ? Qu'est-ce que Mattew et Sophie ont bien pu lui raconter sur le motif de mon absence ? Il me faut la retrouver et réussir à lui expliquer que ces jeunes sont dangereux. Allez, je dois me mettre en route pour les Écuries de Sophie !

Mark ne se rend pas compte qu'il a parcouru plus de trente kilomètres et qu'il va devoir chercher son chemin. À cet instant, ses yeux se portent sur une forme humaine qui s'approche. Il s'agit d'un type grand et costaud, son chapeau en cuir gris bien enfoncé sur la tête empêche Mark de lire sur son visage. Mais comme son allure ne semble pas menaçante, il décide de continuer et d'aller à sa rencontre.

L'homme est vêtu d'une veste en tweed grise sur un jean et des bottes de cavalier. Il sourit en remarquant que Mark avance et lui dit :

— C'est gentil de venir à moi. Qu'est-ce qui t'a amené dans mon pré ? Tu t'es perdu ? Je n'ai vu aucune voiture ou camionnette. Serais-tu arrivé seul ?

— Joli constat ! s'amuse Mark tout en soufflant et remuant la tête.

— Ni licol ni filet, t'es-tu échappé ? Que vais-je faire de toi ?

— Ah ah, tu peux m'accompagner si tu le veux ! s'exalte Mark en lui donnant un léger coup sur le bras d'un mouvement d'encolure.

— Eh bien, tu n'es pas sauvage toi au moins ! Bon, je prends une corde afin de te ramener à la maison, dit l'homme en se retournant.

— Si tu crois que j'ai le temps d'aller chez toi, pense Mark.

Tous les deux arrivent près de la barrière ouverte et Mark, par politesse, laisse passer le maître des lieux. Aussitôt, celui-ci effectue un demi-tour et en une fraction de seconde enfile un harnachement sur la tête de Mark qui recule, apeuré et surpris d'être piégé. Puis il s'arrête net en raison d'une douleur sur le chanfrein. Juste Ciel ! c'est quoi cet engin de torture ? Se dit-il en remuant l'encolure de façon énergique pour tenter de s'en débarrasser. Ce qui provoque une nouvelle souffrance.

— Ah, je vois que tu n'as pas l'habitude des hackamores ! déclare l'homme en tirant sur une longe accrochée à la bride.

Mark est fou de rage, mais ne peut rien faire sans ressentir une atroce douleur. Hackamore ? Mais oui, il connaît ce mot ! Sa fille avait un filet de ce nom et il l'avait regardé s'en servir quelques fois en attestant que ce n'était pas un matériel à mettre entre n'importe quelles mains. Il saisit pourquoi maintenant ! Toute résistance devient impossible. Il se résigne, par la force des choses, en attendant le bon moment. Margo va devoir patienter.

— Tu comprends vite. Nous allons bien nous entendre tous les deux !

— Ça, c'est ce que tu crois, tu avais prévu ton coup avec filet et longe accrochés à la barrière ! Mais maintenant que je sais à qui j'ai affaire ; je ne resterai pas longtemps avec toi ! Comment ai-je pu me laisser berner à ce point ? pense-t-il, inquiet et en colère contre lui-même. Tout en étant conduit, bien malgré lui, par cet inconnu.

En voyant cet homme vêtu tel un Gentleman Farmer tenant un cheval à l'allure princière, personne n'aurait imaginé qu'ils ne se connaissaient pas 15 minutes plus tôt. Et pourtant, c'est bien le cas.

Des tonnes de questions fusent dans la tête de l'animal : où l'emmène-t-il ? Quand va-t-il pouvoir rentrer chez Sophie ? Margo sera-t-elle présente à son retour ? Qui est cet individu si sûr de lui à la main ferme et d'une habileté incroyable ? Il s'en veut d'avoir galopé si loin, dormi, puis profité de cette prairie au lieu d'être resté à proximité des Écuries de Sophie pour attendre Margo.

Les plans se dessinent

Au bout de quelques minutes, qui paraissent des heures à Mark, les voici arrivés à l'entrée d'une propriété. L'immense porte s'ouvre sur une cour permettant de distinguer des bâtiments de pierres blanches, derrière lesquels dépassent de magnifiques ifs, oliviers centenaires et palmiers aux tons chauds. L'homme s'arrête et dit à Mark en montrant fièrement son domaine :

— Bienvenue dans ta nouvelle demeure mon grand !

Cette phrase a sur ce dernier, l'effet d'une douche glacée. Malgré le filet « hackamore », les cigales, la beauté du lieu et les senteurs extraordinaires des fleurs et plantes qui lui lui frôlent les naseaux, Mark se campe sur son arrière-train et tire la tête en arrière !

— Si tu crois me retenir avec quelques jolies choses et friandises, tu ne me connais pas l'ami !

— Eh ! n'aie crainte, ici, tout est fait pour fournir tout le confort que mérite un magnifique cheval comme toi.

— Ne me prends pas par les sentiments ! se dit

Mark, en tapant furieusement du sabot sur le sol. Rien ni personne ne m'empêchera de retrouver Margo au plus vite.

— Allez, cesse ton cirque et avance ! déclare l'homme en donnant un coup sec sur les rênes.

Ce mouvement provoque une douleur immédiate, qui a pour effet de calmer instantanément les ardeurs de Mark.

— OK, je te suis, mais sois sûr que, dès que possible, je trouverais une solution pour te fausser compagnie !

C'est dans cet état d'esprit que Mark franchit la porte principale de la propriété. Sur le mur de droite est fixée une grande plaque émaillée de plus de deux mètres carrés, sur laquelle est dessinée une horde de chevaux déchaînée avec en blason « Domaine de La Courtelle ». À peine entrée, la beauté des lieux est à couper le souffle ; le bâtiment représente un fer à cheval, construit en pierres blanches du pays sur deux étages, flanqués tous deux de doubles-fenêtres et balcons. On distingue sur le toit, une terrasse à demi cachée par des oliviers et des orangers. Mais ce qui attire réellement l'œil est, sans conteste, la fontaine au centre de la cour. Également en roches claires, elle ne doit pas faire plus de 60 centimètres de haut, mais elle atteint une circonférence supérieure à six mètres. Dans l'eau limpide se reflète la sculpture d'un cheval cabré lui-même entouré de plusieurs jets. La propriété, ceinturée de murs épais et imposants, est mise en valeur par de magnifiques ifs, des oliviers centenaires et d'énormes palmiers.

Mark admire malgré lui l'architecture de l'édifice. Il aimerait bien gravir les quelques marches qui mènent au centre du bâtiment. Mais un coup sec sur le museau le ramène à la réalité : il n'est qu'un cheval ! Et en tant que tel, il ne peut pas entrer dans un logis. Il se laisse donc sagement guider derrière l'habitation en fer à cheval. Là, il découvre de nombreux chemins bordés de rochers et couverts de lavande. L'homme les dirige vers l'un d'eux et Mark observe un peu plus loin une immense étendue de boxes côtoyant divers paddocks. Son tortionnaire n'a pas menti, cet endroit est idyllique, bien pensé et semble organisé autour du bien-être des équidés.

— Regarde ces installations, mon grand. Annonce le maître des lieux avec une pointe d'orgueil dans la voix. Que peut-on rêver de mieux ? poursuit-il en effectuant un geste du bras, main ouverte, en montrant les aménagements.

— Il est vrai que je n'ai jamais vu, de plus beaux sites ! Mais n'imagine pas que je vais oublier Margo. Puisque je sais qui je suis, tu peux toujours essayer de me prendre par les sentiments, rien n'y fera. Je suis un homme et non un animal ! Tout ce qui plaît et donne envie à un cheval ne fonctionnera pas, maintenant que j'ai retrouvé Margo.

— Incroyable ! Oui, ton nom sera : « Incroyable » ! s'exclame le propriétaire des lieux en regardant Mark.

— Il me semble que tu me comprends, j'ai cette sensation que tu saisis chacun de mes mots. Et même lorsque je ne parle pas, c'est comme si tu lisais dans mes pensées.

Mark fixe l'homme, puis se retourne face aux bâtiments devant lui.

— C'est effectivement ce que je disais, tu es incroyable ! Intelligent, beau et calme, mais pourtant fougueux quand il le faut. Nous allons devenir les meilleurs amis et si nous travaillons bien ensemble, tu m'apporteras gloire et richesse.

Chapitre 2
Plan de bataille

Le soir de sa disparition, pendant qu'il se repose dans sa magnifique clairière, Margo est dans tous ses états :

— D'abord Mark qui s'évanouit, et maintenant Sophie qui m'accuse quasiment d'avoir participé à sa disparition ! Pourquoi le sort s'acharne-t-il ? Tout allait pourtant si bien : j'ai retrouvé Mark et Mel vient de lui apprendre qu'elle a réussi à photographier les papiers de propriété. Qu'est-ce que Sophie a voulu dire exactement ? Pour quelle raison j'aurais provoqué l'enlèvement de Mark ? Si je n'étais pas aussi « droite », j'aurais effectivement effectué ce vol. Ou encore, le commanditer, pour le faire disparaître à jamais de la région. Mais non, toute personne sensée serait incapable de me soupçonner d'une telle chose ! Évidemment, elle ne me connaît pas réellement ; je suis donc pour elle la coupable idéale ! Mais peut-être bien que c'est elle qui a monté cette scène de toutes pièces ? Elle s'arrange pour que Mark se volatilise et place le doute sur moi ! Ainsi, elle gagne sur tous les tableaux : la vente, l'assurance -dans le cadre d'un kidnapping- et, « cerise sur le gâteau », elle n'a pas à me le restituer !

Ses mains tremblent en se mettant à la recherche de son téléphone dans le fond des poches de sa veste. Elle fait défiler les numéros pour cliquer sur celui de sa fille. Enfin, à la troisième sonnerie, Mel répond d'une voix « pâteuse ». Margo réalise qu'il est bientôt deux heures du matin.

— Je suis désolée ma puce, mais j'ai besoin de te parler !

Après un court silence, elle poursuit en chevrotant :

— Papa a disparu !

— Quoi ? L'incompréhension, la panique, mais également la tristesse se perçoit dans cette interrogation. Pourtant, trois quarts de seconde suffisent à Mel pour récupérer ses esprits et articuler calmement :

— Viens, je nous prépare un café. Puis elle raccroche.

Margo est soulagée : à deux et même à trois, avec son gendre ; ils pourront avancer dans ce tunnel de l'horreur. Cependant, en entendant la voix de sa fille, la boule qui s'était formée dans le creux de son ventre ces deux dernières heures, s'est transformée en un chagrin immense qui explose en gros sanglots. Heureusement, cette simple petite phrase, combinée au soutien des quatre années passées, lui redonne espoir. Elle se sent à nouveau forte et prête à tout pour le retrouver.

D'ordinaire, Margo adore rouler sur ces routes du Vaucluse, le long des allées de platanes, des coteaux de vignes, traverser les hameaux typiques de ce coin de Provence. Mais cette nuit, les phares de son 4x4 ne montrent pas les fontaines, fours et cadrans solaires. Ce ne sont que des bâtisses de pierres, cabanons, églises et cimetières qui se lèvent tels des monstres dans l'obscurité. À cette heure, les cigales ne chantent plus, la lavande n'émet aucune odeur et à cause de l'angoisse, sur l'oranger des constructions se créent des ombres malfaisantes. Le petit 4x4, mais non moins confortable, de Margo file sur les routes sinueuses au risque de percuter un platane ou pire, un sanglier à la recherche de nourriture. Mais Margo ne voit rien, n'entend rien, sa seule crainte, son unique peur reste : où est Mark ? Que lui est-il arrivé ? Et surtout : comment va-t-il ?

Enfin, elle parvient dans le village au doux nom de Rosemary où résident sa fille et son gendre. Encore quelques centaines de mètres, dans ce dédale de ruelles et elle se retrouvera au fond de l'impasse où ses jeunes ont décidé de poser leurs valises, il y a maintenant huit ans. Elle ne prend pas le temps de fermer sa voiture, de toute façon la cour est privatisée et tout le monde se connaît, personne ne risquerait de voler le voisin. Ce quartier est un village à lui tout seul, les vieilles maisons de famille possèdent ce charme indéfinissable, loin de la beauté clinquante des nouveaux immeubles ou bâtiments d'architectes. Elles ont cette magie de l'ancien, cette sensation étrange d'un « déjà-vu ». Sans être identiques, elles se ressemblent et se touchent tels des édifices accolés les uns aux autres. Il n'est pas un soir où les voisins se racontent leur journée d'une fenêtre à l'autre dans la fraîcheur de la nuit. C'est aussi l'occasion de se dire un bonjour matinal, la tasse de café à la main.

À peine arrivée sur le pas de la porte d'entrée, que Mel apparaît en ouvrant bien grand les bras ! L'accolade est longue et chaleureuse, c'est l'instant inversé ou la fille réconforte la mère.

— Viens, rentrons boire quelque chose, Valérian est en train de nous préparer de quoi nous remonter le moral.

Le conjoint de Mel est très doué en pâtisserie et confectionne toutes sortes de mignardises salées et sucrées. Cela va de la viennoiserie aux tartelettes en passant par les Minis Vol-au-vent et les brochettes. Il sait, enchanter un buffet, un apéritif ou un menu avec ses recettes dignes d'un « Gastro ».

Tout comme Mel, Valérian accueille Margo chaleureusement. Son sourire est franc et ses yeux noirs bienveillants. Margo le connaît bien depuis le temps et l'aime infiniment. Plus grand que sa fille, il dépasse Margo de 35 centimètres. Tout en jambe, il a la carrure d'un tennisman, sport qu'il a pratiqué de nombreuses années. Après quelques explications, ils s'assoient autour de la table ronde de la cuisine afin d'échafauder de multiples plans, tous plus extravagants les uns que les autres. Les suspects plausibles sont bien évidemment Sophie et Mattew : ils ont le mobile, les moyens et la possibilité de faire disparaître Mark.

— Maman, je connais Sophie depuis maintenant cinq ans et je pense qu'entre nous il y a un début d'amitié. Je ne la crois donc pas capable d'une telle chose.

— Es-tu aussi sûre de son compagnon Mattew ?

— Non, lui pourrait bien être à l'origine de ce genre de méfait, mais il faudrait que Sophie soit d'accord ! Il me semble que nous faisons fausse route. D'après ce que tu décris, il y a eu une panique générale ?

— Oui, c'est ce qu'ils m'ont expliqué !

— Ou bien c'est quelqu'un d'extérieur qui l'a provoqué ?

— C'est possible, mais qui ? Et pourquoi ? Dans le but de voler ton père ou de nuire à Sophie ?

Valérian qui les a laissées parler déclare :

— Peut-être que c'est plus compliqué que cela !

— Comment ça ? demandent en même temps les deux femmes.

— Je me dis que quelqu'un qui aimerait causer du tort à Sophie et gagner de l'argent à ses dépens peut très bien avoir imaginé un tel plan. Vendre le bel étalon de son ennemi est une sacrée vengeance, ne croyez-vous pas ?

— Mais c'est vrai, tu as raison. Comment retrouver Mark si l'on ne sait : ni qui, ni quoi, ni où, chercher ? s'exclame Margo en se mettant la tête entre les mains.

— Allons ; courage maman ! Quoi qu'il soit arrivé à papa, je suis persuadée qu'il va bien. Je garde confiance. Puisqu'il a réussi à nous revenir alors qu'il n'était même pas sûr d'avoir tous ses esprits. Maintenant qu'il est certain d'être lui, mon père ne lâchera rien et fera ce qu'il faut pour réapparaître.

— Mel a raison, maintenant que Mark vous a retrouvée, il nous alertera d'une façon ou d'une autre.

— J'aime votre optimisme, mes enfants. Et je raffole, de tes cannelés, Valérian. Merci ! ajoute

Margo en se resservant, un léger sourire sur les lèvres.

Après deux heures à échafauder toutes les situations possibles et inimaginables, un plan simple en est ressorti : ils doivent interroger un maximum de personne !

Pour cela, ils ont fait des fiches pour se répartir les tâches. Mel doit s'arranger pour visionner la bande-vidéo de la nuit et solliciter Sophie pour obtenir son avis sur le ou les fautifs. Valérian a la charge d'offrir un café à Mattew et sonder ses intentions, sentir le fond intérieur de ce garçon que personne ne connait réellement et dont Margo se méfie. Quant à cette dernière, elle doit se mettre en quête de réponses ! Il lui faut pour cela requérir les jugements du voisinage, interroger les fournisseurs et les commerçants sur les bonnes relations qu'ils entretiennent avec les « Écuries du Canal ». Sans oublier de se faire une opinion sur le ressenti des salariés envers leur employeur.

Fatiguée, mais ragaillardie par toutes les voies à explorer ; Margo les a obligés à aller se reposer une petite heure avant de se rendre au travail.

Quant à elle, elle s'est endormie avec de nombreuses questions : est-ce une manigance de Sophie afin de ne pas perdre sa dernière acquisition ? Ou de son ami Mattew qui semble vénal et sans cesse en colère ? Elle ne laisse pas de côté la possibilité d'un règlement de compte entre voisins ou confrères. Les pistes sont multiples et les recherches risquent d'être longues. Margo craint de découvrir quelque chose qui les dépasse. Heureusement, Mel lui a dit de façon optimiste qu'ils s'inquiètent probablement pour rien, que la clé se révélera être très certainement plus simple.

Détectives en herbe

Durant trois semaines, ils suivent leur plan et tous les soirs discutent de l'avancée des recherches.

Valérian a eu du mal avec son suspect, il est passé régulièrement voir Mattew après ses horaires de travail, pour lui offrir un café ou un pastis (en fonction de l'heure), mais il n'a pas réussi à aborder le sujet en profondeur. Leurs rencontres sont amicales, mais les dix premiers jours, ils restent sur une certaine réserve. Heureusement, un dimanche, ils se trouvent par hasard dans un salon de jeux vidéo. Et c'est le début d'un « lâcher-prise » pour Valérian. Tous les deux passionnés des mêmes divertissements se retrouvent dorénavant pour partager leurs avis. C'est ainsi que Valérian se fait une opinion sur ce nouveau partenaire de jeux. Il l'imagine effectivement capable d'avoir mis en œuvre un enlèvement par amour pour Sophie, mais est-il allé jusque-là ? Valérian n'en est pas persuadé ; car Mattew à l'air d'être réellement inquiet sur ce qui est arrivé ce soir-là. Et il ne le pense pas fourbe au point de laisser croire à tous que sa sollicitude est feinte. De fait, il n'est pas le dernier à parcourir des km pour placarder des affiches sur la recherche de « Fandhor », ni à questionner les voisins et fournisseurs pour recueillir leur avis.

C'est ainsi que trois semaines après « La » disparition ; Valérian déclare aux deux femmes qu'en son for intérieur, il est persuadé que Mattew n'est pour rien dans ce malheur. Il ajoute qu'il aurait préféré être convaincu du contraire afin de se tourner dans cette direction, mais non, ils doivent explorer ailleurs. Puis il termine :

— Du coup, puisque Mattew enquête ardemment de son côté ; je pense m'associer à lui, car à deux nous irons plus vite, et je l'aurais à l'œil.

Quant à Mel, elle passe tout son temps libre auprès de ses chevaux à guetter la moindre occasion afin d'approcher Sophie. Enfin, au bout de quelques jours, elle trouve l'opportunité d'aborder le sujet de la bande de surveillance. Toutefois, Sophie lui précise qu'elle ne la laisse l'examiner qu'en raison de leur bonne relation antérieure. Dès lors, Mel sent qu'une certaine retenue s'instaure ; Sophie n'est plus aussi directe avec elle. Malgré tout, ensemble, elles visionnent les films de cette fameuse soirée. Sans pour autant comprendre ce qu'il s'est passé. Ce qui est clair en outre, c'est que l'on voit une réelle pagaille ; une débandade, un sauve qui peu général ! Aucune raison visible sur les vidéos et aucun indice sur la disparition de « Fandhor ». Après trois semaines à essayer de démêler ce désordre, toutes deux en sont arrivées à la conclusion que : seule une personne qui connaissait bien les lieux a pu créer une telle attaque. En effet, il fallait être au courant des horaires de chacun, la position des caméras, le délai de réaction de Sophie et Mattew. Mais surtout, savoir comment approcher Fandhor, l'attraper et réussir à le faire monter dans un camion ou un van en un rien de temps. Pour Mel, Sophie paraît n'être pour rien dans cette disparition. Malgré tout, quoique sincère lorsqu'elle dit ne pas comprendre ce qu'il s'est passé, quelque chose semble tracasser Sophie. Est-elle ennuyée parce qu'elle avait promis de restituer Fandhor ? Inquiète sur le remboursement par l'assurance sans preuve de kidnapping ? A-t-elle une idée de la personne pouvant être derrière tout cela ?

De son côté Margo, a une tâche tout aussi vaste que dure, décevante et finalement inachevée. Elle a commencé par aller chez les fournisseurs. Grâce à Mel, elle possédait les coordonnées et informations nécessaires pour dialoguer avec eux. Son premier entretien est pour celui qui les fournit en foin. Puisqu'elle l'a déjà vu plusieurs fois chez Sophie, elle a décidé de démarrer par lui. C'est un jeune homme costaud, flanqué de ce bel accent chantant qui vous met du baume au cœur. Elle le trouve sur un énorme engin, il lui fait signe de grimper afin de discuter tout en travaillant. Sachant combien il est occupé, car il ne prend que rarement le temps de s'arrêter (sauf si vous lui proposez un bon café), elle accepte volontiers et monte à bord de ce colosse ultra-équipé. Les tracteurs ne sont plus les mêmes que ceux de son enfance, lorsqu'elle passait l'été à ramasser les foins chez ses grands-parents. Ces engins, nouvelle génération, font deux à trois fois la taille des anciens, sont pourvus de la climatisation, un siège à gros amortisseurs et un tableau de bord à affichages numériques avec terminal tactile en bout d'accoudoir. C'est une première pour Margo de monter dans un de ces tracteurs, elle est ravie et émerveillée par tant de technologies. Didier lui explique qu'il n'a pourtant pas la toute dernière gamme, qui elle, possède une cabine encore plus moderne et très spacieuse, un écran au centre du volant pour libérer la visibilité et un nouveau récepteur GPS « hyperprécis ». Si vous lui en donnez l'occasion, il peut parler des heures durant de ces merveilles qui le passionnent tant, mais Margo ne se laisse pas distraire, car elle a hâte de retrouver Mark. Malheureusement, elle n'apprend rien de très concret, car même s'il n'affectionne pas particulièrement Sophie et encore moins Mattew, qu'il traite de « petit toutou », il ne les pense pas capables de mener à bien un stratagème aussi compliqué. Il a peu d'estime pour eux, mais il ne peut pas les soupçonner d'avoir eu de telles intentions. Des incitateurs, certes ! mais pas d'en être les créateurs. Avant de partir et après avoir remercié Didier pour ces bons moments, Margo lui demande quelques idées de lieux et des noms susceptibles de la renseigner.

Avec tout ce qu'il lui a fourni, ajouté à ce que lui avait suggéré Mel, Margo arpente le département de long en large durant trois semaines. Pour certains, elle doit s'y rendre en plusieurs fois afin de trouver la personne adéquate.

Toute relation professionnelle ou de voisinage avec l'écurie de Sophie a reçu la visite de Margo. Du boulanger au charcutier, en passant par le grainetier et le producteur de carottes. Même la femme de ménage et le coiffeur ont été questionnés. Chaque soir, elle raconte sa journée, ses allées et venues avec des tonnes d'anecdotes. Comme la fois où elle s'est fait incendier par un automobiliste pour être sortie de sa voiture afin de sauver une tortue qui traversait tranquillement une petite route bordée de vignes. Margo a passé de longues heures à interroger et parler des Écuries du Canal. Elle a écouté les opinions des uns et des autres sur la mentalité de Sophie et de son entourage. Et finalement, elle ne sait plus que penser. Néanmoins, ce dernier jour, elle leur déclare :

— Aujourd'hui, j'ai vraiment eu du mal avec Aurélie, l'« apprentie palefrenière ». Cette petite est réellement gentille et ne veut pas causer de tort à Sophie, cependant, il me semble qu'elle est au courant de quelque chose, mais ne souhaite pas en dire plus. Et pour finir, j'ai ressenti une crainte chez le jeune Pablo à « jaser » sur sa patronne. Ces deux-là savent quelque chose, j'en donnerai ma main à couper.

— Très bien. Demain après le boulot, je chercherai à passer du temps avec chacun d'eux afin d'en apprendre un peu plus ! déclare Mel.

L'espoir reprend en Margo, ils avancent ! Pourtant, cela fait déjà trois semaines que Mark a disparu, son cœur est gros d'être sans nouvelles. « Comment va-t-il ? Où est-il ? Quand le retrouvera-t-elle ?

Le lendemain après son travail, Mel se rend comme promis, directement aux écuries. Tout en cheminant dans les allées des paddocks, elle s'interroge sur la façon d'aborder les deux palefreniers ; lorsque soudain elle découvre Aurélie en difficulté avec une jument. Elle se précipite à son secours et franchit rapidement l'accès au pré afin de lui venir en aide. Elle l'aurait aidée de toute manière, mais aujourd'hui cette action lui apporte une bonne entrée en matière pour discuter avec la jeune salariée. Mel attrape et mène seule la pouliche dans son box, Aurélie semble la craindre. Après avoir accepté cinq « mercis » et trois, « je suis désolée », Mel lui propose de s'asseoir devant un café pour calmer ses tremblements.

— C'est vraiment gentil Mel, je ne sais pas comment j'aurai fait sans toi.

— Mais ce n'est rien, ne t'inquiète pas. J'ai plus d'expérience : c'est tout. D'ici quelques mois, c'est toi qui accourras aider les autres, répond-elle, un joli sourire sincère aux lèvres.

— Je ne pense pas. Il va me falloir de nombreuses années avant d'obtenir ton habileté.

— Lorsque je te regarde faire, je vois que tu aimes les chevaux. Je suis persuadée que dans peu de temps, tu auras cette autorité qui leur permet d'être en sécurité.

— Ah ? Tu crois ?

— Mais oui, j'en suis certaine ! Il ne te suffit de presque rien, pour que ça « match » bien entre toi et eux. Tout comme ce qui s'est instauré entre Fandhor et moi : une confiance mutuelle ajoutée à l'assurance que tu sais comment agir si un problème survient. Par la suite, tu en fais ce que tu veux.

— Oh ça ! j'avoue qu'il y a quelque chose entre toi et lui.

— Comme avec mes « loulous » ! dis Mel afin de ne pas orienter trop vite la jeune fille sur le sujet.

— Oui, j'aime énormément te regarder t'occuper de tes « loulous », comme tu les appelles. Ils sont si différents avec toi : calmes, sans être éteints ; attentifs, mais sans appréhension.

— Merci, ça me fait tellement plaisir. Vois-tu, il y a quelques années maintenant que nous sommes ensemble nous trois.

— Mais tu t'entends avec tous les chevaux, les tiens et ceux d'ici. Comment réalises-tu ça ?

— Comme je te le disais, ils sentent que je les aime, que je suis leur protecteur. Ils savent que je vais les aider en cas de problème.

— Et tu crois vraiment qu'un jour, je serai comme toi ?

— Oh oui ! j'en suis persuadée et j'imagine que Sophie en est convaincue également.

— Ça, je n'en suis pas aussi sûre que toi ! s'exclame la jeune fille tristement.

— Pourquoi ? Qu'est-ce qui te fait penser cela ?

— Eh bien, j'ai l'impression qu'elle n'a pas une entière confiance en moi.

— Ah bon ? Qu'a-t-elle fait ou dit qui te laisse supposer ça ?

— Vois-tu, il y a quelques semaines, deux hommes et une femme sont venus et ont parcouru la propriété avec elle. Quand je lui ai demandé s'ils étaient intéressés et combien de chevaux ils allaient mettre en pension ; elle m'a regardée bizarrement et a déclaré que ce n'était pas mes oignons. D'habitude, lorsqu'une personne fait le tour, elle me dit toujours si la visite leur a plu et m'annonce s'ils seront bientôt de nouveaux clients. Cela nous permet de réfléchir ensemble du paddock ou du box à attribuer à ce futur pensionnaire. Je ne sais plus que penser. Termine Aurélie d'une voix lasse tout en baissant la tête.

— Peut-être qu'il ne s'agissait que d'acquéreurs ?

— Des acheteurs ? Mais il n'y a aucun cheval en vente ici !

— Alors, il est possible qu'elle désire revendre l'un des siens. À moins qu'elle n'aide un propriétaire à se séparer de son cheval devenu trop difficile pour lui ?

— Eh bien, dans ce cas, c'est ce que je disais ; elle n'a pas confiance en mes capacités pour ne pas m'avouer les problèmes d'un cavalier. Et tu le sais comme moi, un cheval en vente doit être bichonné, sorti en main régulièrement, habitué à différentes manipulations...

La conversation continue sur le sujet durant plus d'une demi-heure et Mel finit par apprendre que les trois visiteurs appartiennent à un haras du côté de la Charente. Mel est inquiète : pourquoi Sophie est-elle restée muette sur leur venue ? Non seulement elle a évité la question avec Aurélie, mais n'a jamais abordé cette visite avec elle. Cette cachotterie ne suggère rien de bon.

Après cette discussion, Mel part à la recherche de Pablo. Le jeune palefrenier est le dernier rentré aux écuries et Mel n'a pas réellement discuté avec lui. En le voyant, elle lève le bras pour l'interpeller : bonjour, Pablo. Comment ça va aujourd'hui ?

— Très bien mademoiselle Mel, très bien merci.

— Ça te dirait un p'tit coup de main ? Je suis arrivée un peu tôt pour nourrir mes chevaux.

Mel a l'habitude d'aider les employés, mais c'est la première fois qu'elle le propose sans qu'il soit en difficulté.

— C'est gentil, mademoiselle Mel, mais ce n'est pas votre travail.

— C'est plus facile à deux et je n'ai rien à faire. Et puis, ta compagnie est bien plus agréable que celle des biquettes, répond Mel en souriant.

— Alors c'est d'accord mademoiselle Mel.

— Et si tu voulais me faire la faveur de m'appeler uniquement Mel, vraiment, je serais plus à l'aise.

Pablo accepte et ils effectuent la tournée tous les deux en bavardant de tout et de rien. Lorsqu'enfin Mel trouve le moment d'amorcer le sujet sur Sophie et Mattew, ce qu'elle apprend la trouble, elle ne sait plus que penser. Entre ce qu'Aurélie lui a rapporté et les craintes de Pablo sur la sécurité de l'écurie ; elle a hâte d'en discuter avec sa mère et Valérian.

Chapitre 3
La vie continue

À son arrivée, Mark a été confié aux bons soins des palefreniers. Et depuis, ces trois dernières semaines, il a cherché à échafauder une évasion. Pour cela, il a commencé par comprendre le fonctionnement des allées et venues de chacun. Ici, tout est chronométré à la minute près :

Chaque matin, à 6h30, c'est la distribution des granulés, suivie d'une grosse brassée de foin, accompagnée elle-même d'un seau de pommes et de carottes. Mark, quoiqu'inquiet sur son sort, n'est pas le dernier à finir ce petit-déjeuner princier.

Puis à partir de 8 heures, c'est une sorte de ballet, un va-et-vient incessant de lads et de chevaux. À tour de rôle, ils sont étrillés, puis sortis afin de les laisser se dégourdir les jambes. Les paddocks sont riches en herbes grasses et de bonne qualité. Les palefreniers nettoient leurs boxes dès qu'ils n'y sont plus. Durant trois heures, ils peuvent brouter, galoper, faire des cabrioles ou tout naturellement profiter de l'air frais du matin. Pour sa part, Mark préfère examiner les lieux. Et ce n'est pas chose simple, ce haras est très étendu et il regrette ses yeux d'être humain qui, à l'époque, étaient excellents. Le champ visuel du cheval est totalement différent ; son seul avantage est d'être passé de 190 à 340 degrés. Mark a donc actuellement une vue panoramique, mais malheureusement elle est nettement moins claire. Ce qui le perturbe également se trouve dans ses souvenirs, car en tant qu'homme les coloris étaient tout autres. En réalité, ce qu'il n'arrive pas à discerner, c'est qu'il ne perçoit plus le rouge ni le vert, maintenant c'est remplacé par le gris. Du coup, sa vision entière des teintes est chamboulée, il regarde dorénavant les versions en pastel et dans les tons marron-jaune-bleu-gris.

Il comprend qu'il ne va pas lui être facile de fausser compagnie aux palefreniers, aux apprentis et à tous les employés présents. Ici se croise une multitude de salariés : jardiniers, cavaliers professionnels, masseurs, ostéopathes, dentistes, comportementa-listes. Un monde incroyable travaille sur place, car tout est prévu pour le bien-être du cheval. Du coup, impossible de passer inaperçu.

À midi, Mark, ainsi que la totalité de ces magnifiques coursiers, est raccompagné dans son box. Le paillage lui arrive au genou ; l'odeur si puissante, l'appel de loin, nul besoin de le solliciter pour y entrer. Quoique son esprit soit occupé entièrement par ses pensées humaines, son instinct animal prend le dessus en présence d'autant de plaisir. Puis, après la sieste, le défilé redémarre. Les palefreniers viennent chercher les chevaux pour douche et pansage. Ensuite, ils les orientent en fonction du planning établi pour chacun : du massage à la piscine, en passant par le travail monté ou en main, sans oublier les rendez-vous mensuels avec le maréchal-ferrant, le comportementaliste, le dentiste ou le vétérinaire.

Pour finir, à 18 heures, chacun retrouve son écurie où l'attend son repas

Les journées très planifiées de Mark lui permettent d'arpenter le domaine de part en part. Malheureusement, cela ne donne lieu qu'à une conclusion bien triste : aucune solution de fuite !

Ce soir, alors qu'il se morfond dans son box, rechigne sur le foin sans même avoir mâchouillé un brin de paille ; Claire la jeune et gentille apprentie qui s'occupe régulièrement de lui s'étonne :

— Que t'arrive-t-il, Tonnerre ?

Après quelques exploits, son nom s'est transformé de « Incroyable » à « Tonnerre » : ce nom apparaissant plus approprié à son tempérament de feu.

— Il me semble que tu n'es pas dans ton assiette ! C'est la première fois que je te vois sans appétit !! Je vais demander à Estelle de passer pour t'examiner, il ne faudrait pas que tu ne sois pas à ton avantage pour la vente !

Mark relève la tête brutalement dans sa direction, puis s'avance jusqu'à elle. Que peut-elle vouloir dire par ce mot : « la vente » ?

— Eh bien, j'ai comme l'impression que ma présence te redonne le moral. Peut-être que tu t'ennuies ? Viens, nous allons sortir et nous promener pour regarder ce qu'il se passe un peu plus loin ! Mais attention, si tu fais des tiennes de la même manière que l'autre jour avec David, je te rentre illico !

Il est vrai que son nom n'avait pas été changé par hasard, Mark leur avait montré un fort caractère. Il lui est effectivement difficile d'être docile et sage en tant que cheval, alors qu'il ne pense qu'à s'échapper. Mais à cet instant, il lui faut être gentil et doux comme un agneau afin d'en apprendre le plus possible sur cette vente dont vient de parler la jolie Claire. D'ailleurs, celle-ci n'a pas peur de lui, car il n'a jamais été pénible avec elle. Tous disent qu'elle est sa chouchoute et elle se plaît à le croire. Lorsqu'elle le guide au paddock, il ne lui arrache pas la longe des mains et quand elle le brosse ou lui procure des soins en aromathérapie, il se laisse sagement manipuler. En fait, Mark aime bien cette jeune fille qui lui fait penser à Mel ; elle est douce et a toujours de gentilles paroles à son égard. En la voyant faire et en l'écoutant, il sait qu'elle adore son métier, qu'elle le trouve beau, qu'elle est heureuse d'être en sa compagnie et qu'elle aspire à posséder un jour un cheval comme lui. Son orgueil en est flatté et pour toutes ces raisons, il est particulièrement sage en sa présence. Il n'a nul besoin d'être examiné par l'assistante vétérinaire Estelle, qui habite dans les lieux. Ce soir, il doit apprendre ce qu'est cette « vente » !

Claire discute tout en marchant à côté de lui ; elle commente le choix du chemin qu'elle prend, son amusement devant les cabrioles des cabris derrière l'enclos ou encore le plaisir de sentir ce petit air de la fin de journée. C'est enfin sur la place ronde, proche de la piscine pour les séances de thalassothérapie que Mark comprend que quelque chose se prépare.

— Regarde, dit soudain Claire. C'est ici que se trouveront les plus riches et plus célèbres des éleveurs, entraîneurs et connaisseurs de chevaux. Nous allons assister à l'une des très renommées ventes d'équidés. Elle n'a lieu que tous les cinq ans et c'est là que sont réunis les plus beaux spécimens de France.

Mark s'est arrêté en même temps qu'elle, et son regard va de Claire aux dizaines de personnes en train d'installer un podium, des tribunes, des tables de banquet, des enclos. Il baisse la tête et la frotte contre l'épaule de sa jeune accompagnatrice. Il espère qu'elle va lui en expliquer un peu plus ! Que se déroule-t-il exactement devant leurs yeux ?

— Hey, mon beau, il me semble que tu t'intéresses à ce qui se passe ici. Tu as fortement raison, car « Monsieur » a décidé de t'inscrire à la vente.

Mark sait très bien de qui parle Claire lorsqu'elle dit « Monsieur » avec cette intonation à la fois respectueuse, craintive, mais également une certaine hostilité. Il est question de celui qui l'a amené dans ce lieu, celui qui l'a volé, oui volé, car il s'agit réellement d'un vol. Il semble qu'effectivement aucune recherche n'a été faite pour connaître le « vrai » propriétaire de Tonnerre (puisque tel est son nom désormais). Cet homme est venu un jour se vanter devant lui que ce cheval magnifique était définitivement à lui ! Mark avait été abasourdi. Comment était-ce possible ? Sophie, l'avait-elle vendue ou les papiers lui ont-ils été volés ? Mais lors du changement de propriétaire, Mel et Margo n'ont rien su ? Mark avait été très affecté et sa peine s'était transformée en fureur. Si bien que le côté cheval dans son esprit avait failli prendre le dessus et lui faire oublier qui il était. Par chance, ce fut le moment où il a fait la connaissance de Claire ; sa douceur, sa gentillesse, sa patience ont eu raison de son caractère impétueux. En sa présence, il se calmait rapidement. C'est pourquoi, dès ce jour, elle lui a été affectée entièrement.

À cet instant, elle le sort de ses pensées :

— Je suis triste, car beau comme tu es, ils vont se battre pour t'acheter. Et moi, je vais te perdre.

À ces mots, Mark lui souffle dans le cou à la fois pour la consoler, mais également pour se rassurer lui-même. Peut-être que la vente sera sa porte de sortie ! Ici, il est impensable de fausser compagnie avec un peu d'esbroufe comme chez Sophie. Il est impossible de se cacher, ne serait-ce que quelques minutes. Toute fuite est utopique. Il a échafaudé de multiples plans, tous les plus extravagants les uns que les autres. Mais malheureusement tous ses projets se sont révélés illusoires, immatériels et irréalisables.

Elle le tire de ses pensées en continuant :

— Tu es tellement gentil, je n'arrive pas à comprendre pourquoi certaines fois, tu es une vraie furie ! Remarque, c'est cela qui te rend unique et te donne autant de valeur ; je ne sais pas comment « Monsieur » a réussi à te faire avoir des papiers, mais puisqu'il en est ainsi, il peut te vendre et je vais te perdre. J'aimerais tant partir avec toi ! dit-elle en échappant un gros soupir.

Mark frotte à nouveau sa tête sur l'épaule de la jeune fille, ce qui allège l'atmosphère. Et avec un rire cristallin, Claire s'exclame : je te remercie Tonnerre, tu es l'animal le plus gentil et le plus intelligent au monde. Bon, nous devons rentrer maintenant, il est tard et j'ai encore beaucoup de travail avant d'aller me coucher.

Cette nuit-là, Mark n'a pas bien dormi. Pas de sommeil profond pour lui (l'endormissement paradoxal), car son cerveau humain est resté en effervescence, ses pensées ont fusé de toutes parts, des plans divers se sont bousculés sans jamais lui laisser un moment de répit. Sans oublier de nombreuses questions sans réponse : quand aura exactement lieu la vente ? Qui va l'acquérir ? Où sera-t-il amené ? L'acheteur pourra-t-il réellement croire que les papiers de propriété sont vrais ? Et comment prévenir Margo ?

Au lever du jour, Mark assiste à une agitation inhabituelle dans les écuries, ce qui lui permet de se sortir de la tête les idées qui commençaient à le rendre fou. Puis Claire arrive enfin pour lui prodiguer les soins du matin.

— Bonjour toi ! Ça va, toi ? Moi, je n'ai pas assez dormi. « Monsieur » nous a réunis durant plus d'une heure pour « soi-disant » nous briefer sur ce que nous devons faire et surtout ce que nous ne devons pas faire. Du coup, trop de retard sur le travail de la soirée. Il m'énerve, il n'a aucune confiance en nous, c'est incroyable. Elle semble très en colère contre son patron et pour la première fois depuis son arrivée, Mark ressent un vrai « ras-le-bol » dans la voix de la jeune fille. Il s'approche alors d'elle et lui donne une légère impulsion de nasaux sur le ventre, ce qui provoque son rire instantanément.

— Comme tu es gentil Tonnerre, on dirait que tu veux me remonter le moral. Jamais je ne me suis sentie aussi bien avec un cheval, ni même avec un être humain d'ailleurs ! conclut-elle presque pensivement.

Elle met les bras autour de son cou et lui fait un énorme câlin. Ce moment d'émotion rappelle instantanément à Mark combien sa fille lui manque. Lorsqu'il était dans son corps d'homme et donc de père, de longues discussions s'instauraient souvent entre eux. Il était fréquent que Mel lui confie ses soucis à l'occasion d'une pause café. Ils avaient les mêmes idées sur la vie et leurs goûts étaient similaires. Il n'était pas rare qu'elle lui demande des conseils en mécanique ou en électricité, elle s'était en outre essayée à la soudure en prévision de son installation agricole ; et là encore, son « papa » était présent pour l'aider. Mark avait craint de perdre cette liaison lorsqu'elle s'était mise en couple, mais il a vite compris que quoique leurs moments père/fille soient moins fréquents, leur complicité était bel et bien existante.

Après une toilette, un massage sous les lampes chauffantes et le lustrage de son pelage aux huiles essentielles, Claire lui enfile un nouveau harnachement.

— Eh oui, tu as droit à un magnifique licol. Regarde ces strass ! Et les franges, elles sont si fines que tu ne vas pas les sentir. Ce cuir est vraiment extraordinaire, je n'en ai jamais vu de qualité aussi superbe.

Claire a raison, Mark ne ressent pas du tout la muserolle sur son nez et la têtière ne le gêne pas dans les crins.

— Waouh, tu es splendide ! Ce coloris met sacrément ta robe en valeur. Monsieur a beau avoir un sale caractère, être dur et souvent injuste : il sait choisir le matériel. Bon ! il est l'heure : nous devons nous rendre sur la place sinon je vais encore me faire houspiller ! dit-elle en cliquetant la longe sur l'anneau d'attache du licol.

La vente était donc bien pour aujourd'hui !

Une nouvelle étape

Ils n'étaient pas arrivés sur la place qu'ils entendaient déjà un vacarme infernal. Le bruit de la foule se mélangeait à la musique crachée par de gros haut-parleurs, des odeurs inhabituelles flottaient : parfums de grands noms, cocktails de fruits et champagnes savamment présentés près des tribunes. Alors qu'ils restaient sans bouger, pris de surprise, à la limite de l'effarement, une voix derrière eux les fait sursauter :

— Mais où étais-tu ? Je te cherche partout ! « Monsieur » est impatient, de méchante humeur et demande après toi ! De nombreuses personnes attendent pour voir Tonnerre ! Avance avec cette furie et arrange-toi pour qu'il ne t'échappe pas.

L'homme qui vient de rudoyer Claire n'est autre que celui que Mark s'amuse à faire tourner en bourrique. Il ne l'aime pas et le lui montre régulièrement. Mais aujourd'hui, il ne doit pas écouter son orgueil, il lui faut laisser son fougueux caractère de côté et rester calme. De ces enchères dépend sa porte de sortie ; c'est probablement sa seule chance de quitter cette prison. Si superbe et confortable qu'elle soit, il s'agit bel et bien d'une prison, car en trois semaines, Mark n'a trouvé aucune faille pouvant lui permettre de partir de cette propriété.

Ils marchent ainsi en direction des enclos préparés pour accueillir les chevaux à vendre. Là, tout est prévu pour le bien-être de chacun. Côtés équins, du foin dans les mangeoires, une réserve d'eau fraîche, des abris bien orientés pour les protéger du lourd soleil d'été. Côtés humains, des tentes en toiles blanches, sous lesquelles coulent des fontaines à eaux et à jus de fruits sans oublier des vins de grands noms pour amadouer les acheteurs. Des petits sentiers ont été créés entre chaque enclos afin que chacun puisse admirer les poulains, juments et étalons mis en vente. Toutes les constructions sont en planches de bois exotique très serrées en bas et de plus en plus clairsemées à hauteur d'homme. Ainsi les clients ont la capacité de regarder, mais n'ont aucune possibilité de toucher les beaux spécimens, aucun moyen de les effrayer ni de prendre peur eux-mêmes.

Claire les mène vers un des parcs relativement à l'écart :

— Comme tu le vois, ils ont pensé que tu n'aimerais pas être à côté des autres. Et grâce à ça, je vais pouvoir rester avec toi. Et oui ! Monsieur a déclaré que, si les gens s'approchaient trop près, tu risquais d'être un peu violent. Son rire cristallin fait plaisir à Mark. De plus, la savoir dans l'enclos avec lui ; lui permet de s'assurer une présence amie pour le reste de la journée.

Et d'un coup, comme disait Margo : « lorsque l'on parle du Loup » ! Arrive vers eux : Monsieur, accompagné de plusieurs personnes. Mark se met à les détailler, afin de se faire une idée.

En premier plan, il distingue Monsieur, qu'il connaît bien et pour lequel son opinion est contradictoire ; il le déteste pour l'avoir feinté et caché chez lui, mais le trouve doué tant en gentleman-farmer qu'en dirigeant d'entreprise. Pendue à son bras, une créature affublée d'un ridicule chapeau à plumes glousse plus qu'elle ne rit ; ce qui a déjà le don d'agacer Mark. À sa gauche, une deuxième femme tout aussi brune et élégante, mais grande et très fine. En l'observant, Mark se dit qu'elle ne doit pas savoir s'amuser, car ses traits sont durs et ses lèvres pincées. Ce sont ces genres de personnes qui lui rappellent combien son épouse est merveilleuse. Elle possède un sourire qui ne la quitte jamais et son rire vient du fond du cœur, il est un régal pour les oreilles et vous amène à l'accompagner. Derrière ce trio suivent quatre hommes et trois femmes ; Mark a du mal à les voir en arrière des trois premiers et attend qu'ils s'approchent pour se faire une opinion.

— Regarde, dit Claire en tiquant du menton, c'est pour toi tout ce beau monde. Je pense que Monsieur veut te présenter aux plus riches acheteurs.

Mark s'en doute bien, mais ce qu'il se demande, c'est l'impression qu'il va leur offrir. Doit-il être doux, mais majestueux ? Nerveux, mais princier ? Ou encore impétueux et furibond ?

Comme par enchantement, Claire répond à ces pensées :

— Tu as tout intérêt à te montrer sous ton meilleur jour. Tu sais, quand tu vois la prairie le matin qui t'appelle et que je ne marche pas assez vite pour toi ; lui décrit-elle avec un sourire malicieux.

La bonne humeur de la jeune fille est communicative et Mark se sent ragaillardi, plein de confiance en lui. Il ressent le sang chaud de l'animal dans lequel il se trouve, alors il relève la tête fièrement et reste ainsi, bien campé sur ses quatre sabots.

— Juste Ciel, comme il est beau ! s'exclame « la frivole ».

— Oui, enfin ; attendons de voir son caractère, rajoute sa compagne d'une voix acerbe.

— Mesdames, mesdames, un peu de patience et du calme, je vous prie. Je vais demander qu'il vous soit présenté de différentes manières.

Les sept autres s'alignent le long de l'enclos dans un silence absolu et regardent, impressionnés.

— Mon Petit, fais-lui pratiquer les trois allures en longe. Allez ! proclame le maître des lieux en effectuant un grand geste du bras.

— Oui Monsieur, répond Claire presque apeurée.

Mark n'aime pas cette façon qu'il a, de s'adresser à son employée, mais il décide pour une fois de bien se tenir tranquille et respecte sagement les recommandations de la jeune fille. Tout d'abord au pas actif, tête basse, puis dans un petit trot, la tête en l'air, suivi d'un trop allongé et d'un galop rassemblé avec encolure arrondie, pour finir par stopper à trois mètres du groupe. L'arrêt très impressionnant — côté profil, et non côté crinière, pour montrer son énorme cou musclé — et les quatre membres légèrement décalés font l'effet attendu. Le calme de Mark, ses oreilles attentives et ses aplombs impeccables sortent les spectateurs de leur mutisme. L'écervelée applaudit tout comme une enfant au cirque, tandis que deux des hommes déclarèrent leur contentement, par des exclamations telles que : « bravo ça » et « bien, excellent début ».

Monsieur reprend la parole, et sûr de lui, propose à Claire de le présenter sans licol ni longe, uniquement à la voix.

En le menant au centre de l'enclos, elle lui dit doucement :

— C'est maintenant que tout se décide, mon Tonnerre. Soit tu t'exécutes, tu arrives à réaliser tout ce que je te demande et l'on gagne, soit tu n'en fais qu'à ta tête et je ne sais pas ce qu'il adviendra de nous ! Sur un petit soupir, elle lui enlève le licol, lui flatte l'encolure, puis effectue un mouvement de la main pour qu'il s'éloigne tout en se plaçant légèrement en arrière de son épaule intérieure.

Mark comprend très bien de quoi il s'agit, il a regardé des dizaines de fois Mel faire ainsi avec ses propres chevaux et Claire le lui a suffisamment réclamé ces derniers jours ! Il n'a jamais tout à fait « joué le jeu », car il aime réellement « Faire Le bête » pour l'entendre rire. Mais à cet instant, il sait qu'elle attend de lui un miracle, il s'acharne donc à suivre ses demandes à la lettre.

Pour chacun ici, c'est un vrai bonheur de voir ce déploiement de prouesses ; les dix spectateurs restent sans voix devant une si belle représentation. Du pas au galop, en passant par des arrêts impeccables, des formes géométriques effectuées dans les trois allures et des demi-tours sur commande, tout semble possible.

Claire n'en revient pas. Elle s'approche de Mark les larmes aux yeux et lui murmure très émue :

— Oh, que tu es fantastique, mon Tonnerre ! Tu ne peux pas imaginer comme tu viens de me faire plaisir. Jamais je n'ai ressenti une telle complicité. Je sentais qu'il y avait quelque chose entre nous deux, mais je ne pensais pas à un lien aussi fort. Merci, mon beau, merci.

De l'autre côté de l'enclos, les paroles vont bon train, les questions fusent : des origines de ce superbe spécimen à ses performances en concours (de dressage ou d'obstacles) sans oublier d'interroger sur la qualité de ses semences pour la vente. Monsieur est aux anges et ne sait pas à qui répondre en premier. Pour Mark, c'est le moment idéal pour essayer de deviner quel acheteur sera le plus intéressant en tant que futur propriétaire. Lequel, ou bien laquelle, lui permettra de retrouver Margo ? Il lui est difficile de discerner le sérieux de chacun. À qui faire confiance ? Ils ont tous l'air de jouer un rôle : il y a un « grand blond » à l'allure d'un bodybuilder américain, un « minet anglais » affublé d'un polo de dandy sur les épaules, mais également un « nouveau riche » chinois et un couple russe couverts de bagues en diamants et montres en or. Sans oublier les jumelles septuagénaires habillées par Chanel. Mark ne sait que penser de ces acheteurs, aucun ne paraît avoir un réel intérêt pour l'animal, seul le profit semble les gouverner. Il a beau écouter leurs conversations (car personne ne cache ses propos devant un cheval ou une jeune apprentie) ; il n'arrive pas à prendre une décision.

C'est à ce moment que Claire le met sur une voie en regardant une des femmes :

— Elle fait quoi, celle-là ? Son portable est bizarrement placé sur sa jolie robe de soie bleu ciel. Je te parie qu'elle fait tout entendre à quelqu'un. Quelque chose me dit qu'elle n'est là qu'en tant que commanditaire.

En examinant précisément la jeune personne qui semble plutôt timide, à l'inverse des autres, Mark pense que Claire a raison. Son comportement est différent, elle observe avec son téléphone à la main, comme pour prendre des photos, mais il n'en est rien. Sa robe légère virevolte autour d'elle grâce à ce petit vent du sud constamment présent en cette saison ; son visage est agréable à regarder, mais n'attire pas l'attention ; sa silhouette fine et son allure souple la rendent discrète, parfaite pour écouter et distinguer tout en passant presque inaperçue. Mark pousse doucement Claire en effectuant un pas de côté pour la faire avancer. Son stratagème fonctionne, elle sourit et lui dit :

— Tu en as marre de rester planté là telle une statue, je te comprends.

Lorsqu'il bouge, tous les yeux se posent sur lui et la femme en bleu demande :

— Est-il possible d'entrer afin de voir comment il se comporte ?

C'est aussitôt une approbation générale du groupe, mais Monsieur se donne un temps de réflexion avant de répliquer.

Mark est ravi ; son côté joueur de jeune cheval reprend le dessus et des fourmis le titillent le long des membres.

— Cela ne présage rien de bon ! pense-t-il. Je dois faire appel à mes souvenirs humains pour me calmer.

À cet instant, et sans demander l'accord de Claire, très sûr de lui et de son jugement, Monsieur répond : mais avec grand plaisir. Par contre, uniquement en ma présence, et un par un. Je vous avertis que devant vous se trouve Tonnerre ; qui porte parfaitement son nom.

Les paroles ont l'effet escompté, un silence soudain s'installe et la tension devient palpable. Claire, pensant que Tonnerre peut avoir besoin d'abaisser son stress, lui gratte légèrement l'encolure. Mais Mark sait très bien ce qu'il fait et parvient à se maîtriser. Pour faire comprendre à sa jeune amie qu'il est calme, il relâche ses oreilles et lui montre ainsi qu'il est détendu.

Monsieur entre, suivi du couple de Russes, un mètre derrière lui. Mark est amusé de sentir la crainte de ces deux visiteurs. Il se rend compte qu'il a adroitement travaillé son rôle depuis son arrivée et que tout le monde se tient sur ses gardes en sa présence. Puis, il pointe une oreille sur le côté afin de capter les conversations.

— Regardez, il ne bouge pas d'un millimètre alors que trois personnes entrent ! lance le jeune dandy à l'Américain.

— Oui, il a un sacré self-control, répond l'autre. À moins qu'il ne soit drogué.

— Vous déraillez ! Après ce que nous venons de voir, comment pouvez-vous dire une imbécillité pareille ? s'exclame la femme aux lèvres pincées.

Monsieur est fier et heureux que tout se passe bien, aussi propose-t-il aux deux suivantes de succéder au couple. Elles sont habillées avec la célèbre petite robe noire, coiffées du non moins illustre chapeau noir et blanc, et entre timidement. Mark comprend qu'elles ne connaissent rien aux chevaux. Il ne deviendra qu'un investissement supplémentaire pour ces deux Parisiennes et sera probablement emprisonné dans un haras tel que celui-ci. Serait-ce bon pour lui ? Il attend sagement que tous viennent le voir ; l'approche, mais pas trop ! Ils aspirent à le contempler de plus près et ressentir le frisson, de se trouver à proximité d'un étalon imprévisible.

Lorsque qu'arrive le tour de la femme « transparente », comme il la surnomme, son attention est intriguée par une démarche presque féline, un regard inquisiteur et son téléphone qu'elle tient sur le cœur. Pourquoi ? De quoi veut-elle protéger son appareil en le portant si haut ? Puis Mark remarque qu'il est en fait placé de façon à tout montrer, et entrevoit une oreillette savamment dissimulée derrière les cheveux délicatement ondulés. Il fait un léger mouvement de côté, mais elle ne prend pas peur : elle a l'habitude des chevaux !

Monsieur sort de l'enclos afin de discuter avec le groupe et laisse Claire avec la dernière candidate, comme si celle-ci n'est pas une cliente intéressante. Se sentant seule, cette dernière se met à parler doucement : oui, c'est un très beau spécimen, nous n'aurons aucun mal à le revendre et puisque vous êtes sûr de prouver que les papiers sont faux, nous récupérerons une partie de la somme de l'achat.

Tandis que son correspondant lui répond, son visage se transforme, une moue en coin la métamorphose. Son demi-sourire « passe-partout » ressemble au rictus d'un animal cruel. Puis elle déclare en allant vers la sortie : n'ayez crainte, je remporterai l'enchère.

Mark comprend au tremblement de Claire qu'elle a ressenti la même chose que lui. Cette fin de journée risque de ne pas finir aussi bien que prévu.

Chapitre 4
Un tournant décisif

Mel a effectué des recherches sur les trois personnes venues chez Sophie. Ce sont en fait certains administrateurs d'un gros Haras public à Oléron. Puisque Sophie est restée secrète sur la raison de leur passage (autant auprès d'Aurélie « la jeune palefrenière » que d'elle) et qu'a priori l'intention de cette visite n'est pas l'achat d'un cheval ; Mel a donc demandé un congé à son employeur prétextant l'obligation de réaliser un stage pour finaliser son diplôme agricole et obtenu celui-ci dans ce Haras afin de recueillir des réponses.

Après un dernier câlin à ses chevaux, elle prend la route ; elle s'inquiète de les laisser, mais cette absence ne sera pas très longue et elle est indispensable. Si seulement elle pouvait apprendre le fin mot de l'histoire avant de terminer ce stage improvisé ! Ou mieux : y trouver son père !!!!! En attendant, il lui faut parcourir plus de 800 km (même si à vol d'oiseau, il n'y en a que 580) et traverser quatre régions. Elle a choisi de passer par Montpellier, Toulouse et Bordeaux. Après Montpellier, elle doit mettre le cap sur les espaces grandioses et sauvages du Parc naturel régional du Haut-Languedoc. Les collines sont garnies des vignes de Saint-Chinian et non loin de là, les gorges d'Héric entaillent de façon spectaculaire les massifs du Caroux-Espinouse. Mel a exploré et découvert les rochers insolites du Sidobre en se rendant à Castres pour un week-end en amoureux avec Valérian. Mais aujourd'hui, aucune excursion n'est à la carte, elle n'a prévu qu'une seule halte près de Montauban pour l'heure du repas. Elle s'était promis de revenir par ici, afin de parcourir le beau site de Carcassonne. Cette cité médiévale, flanquée de 52 tours avec trois kilomètres de remparts, la faisait rêver. Valérian et elle désiraient arpenter les ruelles et les murs, se perdre et flâner sur les pavés de cette ville remplie d'histoire ; ils avaient envisagé d'effectuer une visite à thème, une chasse au trésor après avoir participé à un « Escape Game » à Carcassonne ; mais ce ne sera pas encore pour cette année !

Elle sort de l'autoroute après Toulouse afin de se rendre dans un petit restaurant signalé sur son moteur de recherche. En chemin, elle a réservé une table dans une auberge construite sous les voûtes de briques d'un ancien relais de poste du XVIIe siècle. La vue sur le fleuve semble très reposante. Mais ce qui fait que ce lieu est spécifié dans le guide Michelin, ce sont les repas inventifs du Chef. Ils régalent tous les passionnés d'une cuisine conviviale et de saison. Elle aurait tellement aimé partager ces moments avec Valérian ! Mais elle doit reprendre la route pour Bordeaux où elle a retenu un hôtel pour la nuit ; elle veut être en pleine forme à Oléron pour son rendez-vous.

Au petit matin, au détour d'un sentier sinueux, Mel repère le panneau indiquant l'entrée de la propriété. Après avoir longé durant une centaine de mètres une clôture de bois blanc, elle arrive en face d'un immense porche de fer forgé digne d'un château des années 1750. Quoique majestueux et très ancien, ce portail en deux vantaux est motorisé. Mel remarque un système téléphonique sur le côté, descend de voiture et marche vers l'interphone, mais son cœur bat tellement fort que sa respiration en est coupée. Il lui faut vite reprendre le contrôle, les retrouvailles avec son père en dépendent ; car elle est certaine de le rejoindre ici. Elle l'espère tant que tout au long de la route, elle s'en est convaincue. Elle inspire profondément plusieurs fois, récupère un souffle normal et sonne. Une voix de femme lui demande son nom et la raison de sa venue avant de lui permettre d'entrer. Mel remonte en voiture et découvre sur sa droite une allée bordée de pins maritimes qui mène à un splendide château. Une magnifique statue équestre du châtelain de l'époque se dresse au centre d'une place aménagée pour accueillir les visiteurs grâce à un parking de chaque côté. Elle gare bien soigneusement sa sportive Nissan vert pomme et franchit les marches du noble escalier de pierres blanches.

Malgré ses quinze minutes d'avance, on ne lui

laisse pas le temps d'admirer l'immense hall d'entrée et son décor immaculé, ni le lustre en cristal d'une taille incroyable ; car un homme l'attend, le sourire aux lèvres.

– Bonjour ! Wilson ! un des administrateurs de ce lieu ! je suis ravie de vous recevoir. Avez-vous fait bonne route ?

— Oui, excellente. Et je tiens à vous remercier pour vos explications qui m'ont été grandement utiles.

— Je vous en prie, il n'est pas aisé de nous trouver lorsque l'on n'est pas de la région. Je suis enchanté de votre venue. Je vous avoue qu'il est rare d'accueillir en stage une personne de votre âge et avec vos compétences.

— Je comprends votre étonnement, j'ai décidé bien tardivement de m'installer afin de créer mon petit domaine. Pour ce faire, j'ai ressenti le besoin de repasser par l'école. Alors, un séjour dans un haras comme le vôtre m'a semblé indispensable. Et me voici ! se croit-elle obligée de dire avec un grand sourire.

— Effectivement. C'est ce que nous avons pensé, grâce à votre lettre de motivation. Entrez, je vais vous présenter les lieux, puis nous prendrons une collation en effectuant la paperasse inévitable.

Ensuite, je vous laisserai aux mains de Bruno, notre régisseur, qui vous expliquera nos habitudes en travaux extérieurs.

Cette demeure (comme ils la nomment) lui semble gigantesque. Elle dispose en premier, d'une salle à manger (qui peut facilement accueillir 30 convives), d'une cuisine (équipée de trois réfrigérateurs, une cuisinière, deux lave-vaisselle et une table gigantesque) suffisamment grande pour les six personnes responsable des locaux. Ils circulent à travers plusieurs salons avec vue sur le parc et une bibliothèque servant également de pièce de cinéma (en vue de passer d'agréables soirées, précise-t-il gentiment). Ils aboutissent dans un magnifique lieu comprenant des tables de Snooker, de badminton, un piano, un immense bar avec réfrigérateur et machines Nespresso. C'est ici qu'ils remplissent le contrat de stage tout en sirotant un café. Puis, il la guide dans l'aile réservée aux nuitées des salariés afin qu'elle y dépose sa valise avant que le régisseur vienne la chercher.

— Passez une excellente journée, je vous revois ce soir au souper. Puis il s'en retourne la laissant prendre possession de sa chambre.

Avec Bruno, Mel parcourt par la suite les box et les paddocks. Il lui montre une partie des installations et surtout le secteur où elle travaillera la première semaine. Malheureusement, il lui est impossible de tout visiter dès maintenant. Elle doit le suivre et l'écouter sagement afin d'entrer dans son personnage. À l'heure du repas, ils se rendent dans le séjour où il la présente aux employés présents et restent manger ensemble. Enfin, Mel a « quartier libre » pour se familiariser avec les lieux jusqu'au lendemain ; elle en profite pour flâner à l'extérieur dans l'espoir de trouver son père ou du moins, découvrir des indices prouvant son passage ici.

Cette première soirée a été très riche en nouveauté pour Mel et elle va pouvoir se coucher très confiante sur les jours à venir. Elle a fait la connaissance de certains salariés et les a accompagnés dans leur travail. Cela lui a permis de visiter des secteurs qui ne lui seront pas attribués pendant son stage. Ils lui ont semblé tous plus sympathiques les uns que les autres ; ils n'ont pas hésité à répondre aux questions qu'elle leur a posées. L'un d'entre eux lui a même proposé, puisqu'elle restait deux semaines non-stop, de lui montrer les installations. Durant ses heures libres, elle pourra voir les box, paddocks, matériels, selleries, juments et étalons afin de se faire une idée de ce dont elle aura besoin pour son futur établissement.

Après un petit compte rendu par téléphone, elle décide de vite se coucher, car les journées commencent très tôt dans ce Haras.

L'enquête mène au Sud

Pendant ce temps aux Écuries, Margo passe ses journées à brosser, nourrir et promener les deux chevaux de Mel. Ce qui, en plus d'occuper son esprit, lui permet de parcourir les allées pour contrôler, sans se faire remarquer, les clôtures et portes des paddocks. Quant à Valérian, sous prétexte de donner un coup de main à Margo après son travail, il discute nonchalamment avec les uns et les autres.

Les soirs, lors des repas, ils effectuent un point. Dès le premier bilan, Margo apprend à son gendre que cinq des barrières d'enclos testées se sont effectivement révélées sans courant.

Tous les deux restent très tard aux écuries, ils s'acharnent à obtenir des réponses dans l'espoir d'apporter une bonne nouvelle à Mel. Ils ont en effet programmé de se retrouver sur Skype en fin de semaine.

Margo et Valérian ne comptent pas leurs heures afin de comprendre pourquoi il y a une si grande malfaçon électrique. Le samedi, Margo a réussi à tester toutes les barrières, fait le point sur les spots qui ne fonctionnent pas ; elle a même contrôlé la sécurité des deux accès à la propriété. Valérian, lui, a aidé Pablo à changer les dernières planches explosées durant le tohu-bohu de l'affolement général et à sonder son opinion concernant les faits et gestes de Sophie et Mattew. En revanche, impossible de rencontrer Mattew, il semble s'être évanoui.

Le soir de la première visio fut riche. Non seulement en informations, mais également en émotions. Plus que l'éloignement, le cauchemar de cette « monstrueuse » soirée (sans parler de l'angoisse de la disparition), est encore très présent. En outre, ils se sentent frustrés d'avoir probablement été « menés en bateau » par ceux en qui ils avaient confiance. Heureusement, de son côté, Mel est entourée de gens charmants. Et malgré le stratagème employé pour se rendre au haras, elle est ravie de sa semaine.

— Vous n'imaginez pas la splendeur des lieux.

— Mais si ! Tu nous as bombardés de photos ! s'exclame Valérian en riant.

— Oui, mais si vous pouviez voir de vous-même ! C'est incroyable, tout est magnifique, extrêmement bien pensé pour le bien-être du cheval, mais également celui des salariés. Nous avons toutes sortes de matériels pour nous faciliter les tâches, plus modernes les uns que les autres. Je vous ai parlé des trottinettes électriques pour raccourcir les allées et venues ? Ou encore des quads avec remorque pour ne pas porter le petit outillage ?

Mel continue ainsi durant quinze minutes. Valérian et Margo sont heureux de voir et d'entendre son enthousiasme ; il y avait bien longtemps qu'ils ne l'avaient pas sentie aussi passionnée. Cela leur met du baume au cœur et comble l'absence.

Puis, elle avoue d'un air triste :

— Malgré tout le plaisir que j'ai à travailler ici : à amasser et acquérir de nouvelles idées pour notre future exploitation. Je n'ai trouvé, ni papa, ni d'indices pour me convaincre qu'il est passé par là.

— Crois-tu que les administrateurs sont pour quelque chose dans sa disparition ?

— Franchement maman, je ne pense pas, car cette entreprise est si grosse qu'ils ont tout à perdre, à effectuer un tel délit. Et puis, lorsque l'on observe leurs étalons et juments, ajouté à ceux qui viennent se faire inséminer, je ne saisis pas pourquoi ils auraient voulu posséder les semences du cheval Fandhor dont les ascendants n'ont rien en commun avec les noms prestigieux que je peux côtoyer ici. Non ! vraiment, je n'en vois pas l'utilité !

— Mais un intérêt financier bien sûr ! Imagine qu'ils se servent du sperme de Mark en disant que c'est celui d'un crac, c'est tout bénéfice.

— Mais maman, ce n'est pas si facile pour une si grosse entreprise. Déjà, une majorité de leurs chevaux est faite de « pur-sang ». Du coup, il ne peut s'agir que de monte naturelle, pas d'insémination, pas de triche possible. De plus, tout est tracé, un vétérinaire contrôle tout.

— OK, tu penses donc qu'ils n'ont rien à voir avec sa disparition. Alors pourquoi étaient-ils chez Sophie ?

— C'est ce que je vais m'employer à savoir. À partir de demain, je me rends côté administratif afin d'analyser leur mode de travail. Je mettrai le nez dans les plannings, leur comptabilité, les noms de leurs fournisseurs... Franchement, je suis certaine qu'ils ne cachent rien. J'ai donc bon espoir de comprendre pourquoi ils étaient si loin de chez eux. Et vous ? Avez-vous appris quelque chose ?

Margo prend la parole en premier et lui rapporte que toutes les clôtures sont électrifiées, mais que la moitié des portes de paddocks ne le sont pas.

— Et une explication à ça, maman ?

— Non, franchement, nous en avons largement discuté, et ne trouvons aucune raison valable.

— Effectivement, aucune logique ! C'est comme si le câblage a été fait de façon aléatoire. Les poignées d'enclos non électrifiées ne sont pas celles d'un même propriétaire ou de clients ayant un forfait moins cher. Il ne s'agit pas des clôtures pour les chevaux les plus sages ni des parcs mitoyens. Et pour terminer : celle de ton père est alimentée. Franchement je ne saisis pas la stratégie, avoue Valérian.

— Et tout aussi incompréhensibles : les spots menant aux paddocks, qui d'ailleurs ne sont toujours pas remplacés ! ne sont pas en lien avec les portes non électrifiées, ajoute Margo.

— Vous voulez dire que Pablo avait raison, mais que pourtant, il semble qu'il n'y ait aucun motif à ce manquement ?

– Exactement. Et j'ai également contrôlé le portail de devant et celui sur le côté. Figure-toi qu'ils s'ouvrent tous les deux sans code.

— Quoi ?

— Oui, effectivement, n'importe qui peut entrer ! Posséder le code ne sert à rien. J'ai fait le test moi-même et maintenant je ne le rentre plus du tout.

— Mais c'est incroyable ce que tu me dis là. En avez-vous discuté avec Sophie et Mattew ?

— Non ! répondent-ils en même temps.

Valérian explique alors à Mel que sciemment, ils n'ont pas parlé avec Sophie au cas où cela viendrait d'elle.

— J'ai du mal à imaginer que Sophie soit pour quelque chose avec ça. À moins qu'elle n'ait été entraînée par Mattew, ou pire, qu'il soit derrière tout cela pour une raison pas : « jolie jolie ».

— Justement, rajoute Valérian, Mattew ne s'est pas montré de la semaine.

— Quoi ? Il a disparu ?

— Au bout de deux jours d'absence, j'ai fini par demander à Pablo s'il l'avait rencontré ces temps-ci. Il m'a appris les avoir entendus se disputer, puis apercevoir Mattew, quelques minutes plus tard, monter dans son fourgon avec sacs à dos et gros fourre-tout de voyage avant de partir sur les chapeaux de roues.

— Et Sophie ? Qu'a-t-elle dit ou fait après ?

— Figure-toi qu'elle est cloîtrée chez elle et ne veut voir personne. J'ai essayé plusieurs fois d'entamer un dialogue, mais elle refuse de répondre. Que ce soit au téléphone, par SMS ou lorsque nous allons sonner à la porte ! annonce Margo.

— Je lui passerai un coup de fil ! Histoire de discuter de mon stage. Et peut-être qu'à moi, elle s'ouvrira.

— C'est une bonne idée bébé, croisons les doigts pour qu'elle te parle. De mon côté, je continue à le chercher car il ne peut pas avoir disparu sans laisser de trace ! dit gentiment Valérian.

Margo finit par lui donner des nouvelles de ses deux chevaux avant de les abandonner en tête-à-tête. Elle part se coucher, heureuse d'avoir vu sa fille en pleine forme, mais inquiète du temps qui passe sans piste à explorer.

Le grand départ

La vente arrive à sa fin, Mark ne sait que penser, que faire pour éviter le pire. Où va-t-il atterrir ? Sera-t-il loin de Margo ? Aura-t-il la possibilité de s'enfuir ? Comment lui faire connaître sa position ? Pourra-t-il communiquer avec quelqu'un qui lui viendra en aide ? La chance de se retrouver près des siens se présentera-t-elle une deuxième fois ? Il tourne en rond, créant une poussière incroyable, mais ne s'en rend pas compte. Son humeur est passée de paisible, lors de l'entrée des acheteurs dans son enclos, à agitée après la rencontre avec « Cruella ». Mais maintenant, il est furieux. Au point que les visiteurs s'écartent de son parc.

— Hey Tonnerre, tout doux mon beau, tout doux. Que t'arrive-t-il ? s'inquiète Claire qui accourt.

Apercevant un visage ami, Mark s'approche en ronflant, remue la tête et finit par se calmer.

— Voilà, oui c'est moi, là, c'est bien. Chuchote, la jeune fille en le flattant derrière les oreilles.

Le voyant redevenu lui-même, elle entre dans l'enclos sous l'œil médusé des visiteurs et l'entraîne loin de la clôture pour lui murmurer :

— Je ne sais pas ce qui t'arrive Tonnerre, mais le résultat est génial ; Monsieur m'a demandé si je pouvais t'accompagner jusqu'à ta nouvelle demeure. Comme tu t'en doutes, j'étais aux anges. Mais, avant même que je dise oui, il a rajouté : « si vous acceptez, vous ne le regretterez pas ». Puis il m'annonce que je constaterai 200 euros de plus sur ma paie, sans parler des heures supplémentaires. Et tous frais payés ! Te rends-tu compte ? Il va me rémunérer pour que je reste avec toi ? Le seul ami que j'ai ici et que je craignais de perdre ? termine-t-elle d'une voix chargée de tendresses.

Mark est ému de cette déclaration et décide de le manifester. Il appuie sa tête sur le ventre de la jeune fille tout en frottant son chanfrein de haut en bas, ce qui la fait rire aux éclats. Elle le ramène dans son box, s'emploie à lui enlever la poussière accumulée, lui apporte sa nourriture et part boucler sa valise. Il est déçu, car dans ce qu'a dit Claire jusqu'à ce qu'elle s'en retourne, rien ne l'a éclairé sur leur destination. Elle n'a pourtant pas arrêté de parler, un vrai moulin à paroles ; toute à l'excitation de l'accompagner. La nuit risque bien d'être longue, il lui faut attendre jusqu'au lendemain pour, peut-être, avoir une idée de l'endroit où il va se retrouver.

Ce matin, ce n'est pas Claire qui s'est occupée de lui. Il a été nourri puis amené dans son enclos par un palefrenier, sans aucun signe de Claire, ni d'indice lui permettant de connaître l'heure de départ. Ce n'est qu'aux alentours de midi, qu'elle arrive enfin, toute guillerette.

— C'est le grand jour Tonnerre, nous partons ! Mais je vais d'abord te brosser afin de te faire encore plus beau. Ensuite, je t'accompagnerai dans le camion.

Tout en lui mettant son licol et le guidant jusqu'à la salle de pansage, elle continue :

— Tu n'as pas vu le monstre qui vient te chercher ? Il est splendide ! Il y a une caméra pour que je te regarde, t'entende et même te parle de la cabine. De ton côté, c'est entièrement capitonné, du sol au plafond, y compris les flans. Rien ne peut t'arriver, c'est fantastique ! Et l'aération ! Tout est prévu pour ton bien-être : du chauffage, de la clim...

Mais Mark n'a que faire de tout ce bla-bla sur son moyen de transport, seule l'intéresse la destination. Malheureusement, cela ne semble pas être important pour Claire. Il essaie de prendre son mal en patience et monte sagement dans le camion. Lorsque celui-ci se met en route, il entend Claire dans le haut-parleur lui dire :

— Courage mon Tonnerre, dans quatre heures, nous serons arrivés.

Aussitôt, Mark effectue des calculs dans un rayon de quatre à cinq heures autour du plateau de Valensole. D'après ses résultats, ils peuvent aussi bien se rendre au-delà de Perpignan que de Toulouse, mais également dans l'agglomération de Lyon ou encore de Genève ! Il ne veut pas envisager le pire : l'Italie, près de Milan ou Gênes. Malheureusement, ses craintes semblent légitimes, car deux heures plus tard, Claire annonce :

— Hey, Tonnerre ! nous arrivons en Italie ! Personnellement, pour la première fois dans ce pays, j'aurai préféré Venise, mais je suis certaine que la région du Piémont est magnifique.

— Et voilà, Turin ! se dit Mark.

Claire continue toute exaltée :

— J'ai cherché tout ce que je pouvais trouver sur le coin. Et figure-toi que Turin n'est qu'à quelques kilomètres de là où nous allons.

— J'aurais aimé avoir tort, pense Mark.

— Turin fut la première capitale de l'Italie. Tu savais ça toi ? En plus d'être une réussite industrielle, ainsi que je l'ai lu, elle est très riche en culture et en architecture, elle mélange les styles savoyards, français et italiens, tu te rends compte ? Il paraît que le Palais et ses jardins sont magnifiques et classés au patrimoine mondial de l'UNESCO ; j'espère bien aller voir ça. Malheureusement, tu ne pourras pas venir avec moi, mais je suis sûre que là où nous serons, tu seras comme un « coq en pâtes ».

Mark n'est pas de son avis, il s'éloigne de Margo et en plus, il sort de France. Jamais il n'aurait dû monter dans ce camion ! se dit-il. De toute façon, ce n'est pas comme s'il avait eu le choix. La meilleure solution était de suivre sagement Claire tout en espérant tomber dans un lieu d'où il pourra s'échapper. Sans compter qu'il est persuadé qu'il n'y a que Monsieur pour être paranoïaque au point d'utiliser toutes sortes de méthodes incroyables. Que ce soit l'hackamore du premier jour, les caméras « dernier cri », les rondes de vigiles en pleine nuit et les clôtures de deux mètres cinquante ou encore les plannings, tellement bondés que personne n'est seul même un instant. Oui, il a fait le meilleur choix. Et il ne lui reste plus qu'à attendre, espérer et garder le sang-froid de l'être humain qui est heureusement toujours en lui.

Chapitre 5
L'étau se resserre : des suspects

Durant sa journée de congé après sa première semaine de stage, Mel a réussi à visiter la propriété en entier grâce au collègue qui le lui avait proposé lors de son arrivée. C'est ainsi qu'elle a pu constater qu'aucun cheval correspondant à son père n'était présent ni même n'avait transité par ici. Ce constat était loin d'être une surprise, car elle s'en était doutée à chaque instant. Cela ne la rassurait pas pour autant, et la question restait toujours la même : où est-il et pourquoi les administrateurs du haras sont-ils allés chez Sophie ce fameux jour ?

Demain, elle se rend dans les bâtiments principaux afin de travailler avec les « bureaucrates » comme se plaisent à les appeler ses collègues. Cette deuxième et dernière semaine doit être fractionnée entre la comptabilité, les achats et ce qui l'intéresse le plus : les gestionnaires ; auprès desquels, elle espère apprendre la raison de leur venue chez Sophie. Pourquoi sont-ils allés à des kilomètres de leur région ? Ont-ils visité uniquement l'écurie de Sophie ? Ou était-ce une tournée dans un but commercial ? Ont-ils vu le cheval « Fandhor » et ont-ils été informés de quoi que ce soit sur lui ? Ces réponses peuvent tout changer dans leur quête. Non seulement, cela lui permettra de connaître les intentions de Sophie (à condition qu'elle se soit confiée à eux) mais également, ça leur apportera l'espoir que Mark n'est pas trop éloigné de chez eux.

Mel a attendu avec impatience cette semaine où elle pourra poser toutes les questions que l'on a, en fin de stage. Elle est persuadée qu'elle trouvera l'opportunité d'aborder le sujet sur l'écurie de Sophie en tant qu'habitante de la région. Mais elle doit être suffisamment astucieuse pour ne pas leur faire suspecter la supercherie sur sa venue. D'une part afin de les amener à lui dire ce qu'elle aimerait savoir et d'autre part, car elle a réellement apprécié ce lieu et tous les salariés. Elle ne veut pas qu'ils soient déçus, voire choqués de sa duperie. Elle tient en estime tous ceux qui ont croisé sa route ces derniers jours et ne désire pas les détromper sur sa mentalité. Malgré la raison inavouable de sa présence, elle n'a rien caché de sa personnalité et est restée elle-même.

Mais avant de démarrer cette nouvelle semaine de stage, il lui faut téléphoner à Sophie. Elle doit comprendre ce qu'il se passe. Et pourquoi Mattew est absent :

— Allô ! Sophie ?

— Bonjour Mel ! ne t'inquiète pas, tes chevaux vont bien, ta mère et ton chéri s'en occupent. Ils sont tout le temps ici, c'est à penser qu'ils n'ont aucune confiance en moi.

— Sophie n'imagine pas ça ! C'est pour me rendre service qu'ils le font, pour que je ne « psychote » pas. Tu sais comme mes « loulous » sont capricieux lorsque je ne suis pas là ; et tu as eu assez d'ennui ces dernières semaines !

— Oh, oui tu ne crois pas si bien dire. Excuse-moi, je suis à fleur de peau en ce moment et je prends tout mal.

— Sophie, nous en avons suffisamment parlé. Personne ne te rend responsable de la disparition de Fandhor, et même si je ne comprends pas ce qui s'est passé, je te l'ai déjà assurée : je suis persuadée que tu n'y es pour rien.

— C'est gentil, d'autant que je suis convaincue que ta mère n'est pas du même avis.

— Comme tu l'as vu, maman a un lien fort avec Fandhor, le perdre pour la deuxième fois ne lui permet pas d'être objective, ce n'est en aucune façon contre toi.

— Puisque tu le dis ! Et toi, comment vas-tu ?

— Très bien, mon stage se passe à merveille. J'apprends beaucoup et je suis entourée de personnes hyper-bienveillantes.

— Tu en as de la chance. Mais au fait, où es-tu ?

Mel s'était préparée à cette question. Aussi répond-elle tout naturellement :

— En Normandie, au « Haras du Pinel », il me semblait que je te l'avais annoncé.

— Peut-être, je ne me souviens pas. Je ne comprends pas pourquoi tu as choisi un si gros haras. Sa taille et leur expérience sont démesurées par rapport à ce que tu veux faire.

— Oui, effectivement c'est pour ça que j'ai opté pour cette structure. Ils n'ont aucun risque de concurrence avec moi et peuvent ainsi tout me montrer.

— Mouais, je ne suis pas persuadée que tu vas apprendre grand-chose pour ta future exploitation. Je te rappelle qu'en fonction de la dimension, de la région et de la clientèle : tout est différent.

— C'est vraie Sophie. En revanche, tu oublies qu'en ce qui concerne le lieu, je ne me suis pas décidée ; je suis donc ouverte à n'importe quel département.

— Très bien, tu as réponse à tout, comme

d'habitude.

— Oh, Sophie, je sens un certain mal-être dans ta voix et tes propos, que se passe-t-il ? As-tu des soucis ?

— C'est le moins que l'on puisse dire, je me retrouve avec un pensionnaire en moins et en plus, Mattew a décampé.

— Il est parti ? Mais pourquoi ? Vous vous êtes disputé ?

— Je n'en ai pas eu l'occasion, après m'avoir déclaré qu'il couchait avec Virginie, il a déménagé avec toutes ses affaires.

— Il quoi ? Il t'a avoué être avec Virginie ? Nous parlons bien de la propriétaire de la jument « Isabelle » ?

— Exactement, j'ai fait une remontrance sur elle et il est « parti en vrille » ! me disant que c'était la plus belle personne qu'il ait pu rencontrer, que je ne lui arrivais pas à la cheville, qu'elle s'y connaissait mieux sur les chevaux que moi. Il a rajouté qu'elle : elle l'écoute, elle a confiance en lui et qu'ils sont sur la même longueur d'onde.

Après un petit silence et un reniflement, elle poursuit :

— Te rends-tu compte ? Me comparer à cette femme ? Cette espèce de « m'as tu vu », qui a presque le double de son âge ! Et moi qui n'ai rien vu ! Mais comment ai-je pu être aussi aveugle ?

— Ne sois pas si dure avec toi, Sophie. Il n'y a rien de plus difficile que de voir ceux qui ne veulent pas être vus. Si cela se trouve, ce n'était qu'une passade qui a malheureusement tourné au sérieux récemment, pour je ne sais quelle raison.

— Mais moi, je la connais la motivation ! Un blanc s'installe et Mel se demande si elle doit réagir. Heureusement, Sophie ajoute :

— Virginie l'a draguée pour se sentir plus jeune, encore désirable et quand elle a saisi ce qu'il pouvait lui apporter, elle lui a mis le grappin dessus. Elle obtient ainsi, les muscles et la force de la jeunesse, sans oublier les compétences et connaissances sur les chevaux.

— Oui, tu as raison ! et très bien brossé la situation. En revanche, ce que je ne comprends pas, c'est pourquoi Mattew a choisi de te quitter ? Qu'est-ce qui l'a fait basculer d'une vie avec toi, qu'il paraissait vraiment aimer, avec qui il avait de nombreux points communs : à un avenir incertain avec une femme mûre qui va devoir divorcer.

— Je ne sais pas ! Lorsque tu le racontes, ça

semble illogique. Pourtant, il a pris sa défense avec une telle ferveur, ça m'a fait si mal que je me suis énervée ; et c'est là qu'il m'a avoué avoir une aventure avec elle. Aussi, quand il a rajouté, que je ne lui arrivais pas à la cheville ! Je lui ai dit de récupérer ses cliques et ses claques et de s'en aller. Je ne pensais pas qu'il partirait avec toutes ses affaires, j'espérais qu'il revienne, ou qu'il essaye au moins : mais rien ! Pas une nouvelle.

Mel avait pitié de Sophie, mais elle devait absolument savoir si la fuite de Mattew n'avait pas un lien avec la disparition de son père ou les malfaçons en électricité. C'est pourquoi elle insiste :

— Virginie et Mattew se sont peut-être trouvé quelque chose en commun ? Un trait de caractère non avouable que ni toi ni le mari de Virginie ne possédez ? Et dont tu serais loin ! J'entends par là un côté vénal, voire malhonnête, des actes mal-intentionnés et intéressés !

— Qu'est-ce que tu veux que je réponde à ça ? Es-tu en train de me demander si l'homme que j'aime, qui est parti avec une de mes clientes, est malhonnête et que je m'en doutais ?

— Ne le prend pas comme ça Sophie ! Tu sais que j'ai beaucoup d'affections pour toi et j'aime à penser que nous sommes amies en plus de notre relation professionnelle. Et sans attendre que Sophie ne dise quoi que ce soit de plus, elle poursuit :

— Vous n'êtes ensemble que depuis deux ans, il peut très bien t'avoir caché un « côté obscur ». Peut-être qu'il ne t'a montré que son bon profil, t'empêchant ainsi de percevoir un mauvais fond ou de regrettables intentions.

La sentant en pleine interrogation, elle rajoute :

— Vois-tu, je ne connais pas réellement Virginie, mais les quelques réflexions qu'elle a faites ne m'ont pas donné envie de me rapprocher d'elle. Quant à Mattew, comme tu le sais, nous avons eu de nombreuses disputes ; nous étions rarement d'accord. Et quel que soit le sujet ! Donc oui, je peux imaginer qu'il a un trait de caractère plus semblable de celui de Virginie que du tien. Toi, tu es à l'écoute, droite, fidèle, souriante, responsable.

— Oh ! Pas tant de compliments, je t'en prie. Et puis moi, mon Mattew, je le vois bien meilleur que tout ce que tu as l'air de présumer. Avec moi, il est tendre, attentif, gentil, sûr de lui, travailleur, intelligent... Et j'en passe.

— Oui, c'est ce qu'il me semble ! Tu n'es peut-être pas très objective, c'est l'amour qui guide tes paroles. Moi, voici comment je le perçois : beau parleur, retors, renfrogné, fouinard, coléreux, opportuniste, manipulateur.

— Eh bien, je ne m'étais pas douté que tu le méprisais à ce point.

— Non, je ne le déteste pas, je pense juste qu'il ne te mérite pas et que vous n'avez rien à faire ensemble et qu'il est vraiment capable de magouilles.

— Je peux te le dire maintenant, Mel. Certaines fois, il me surprenait dans ses propos. Mais je ne veux pas me souvenir de cette facette.

— Tu as raison, Sophie. Chacun réagit comme il le sent pour tourner la page.

Puis, elles continuent la conversation sur différents chevaux, pensionnaires de Sophie, sur un ton plus léger. Puis, après lui avoir assuré son amitié, Mel la quitte, car elle souhaite donner un deuxième coup de téléphone.

Il faut absolument que je partage ça avec Valérian et maman ! Ils doivent être en fin de repas à cette heure. Se dit-elle en parcourant son répertoire.

— Hey, comment ça va ce soir bébé ? entend-elle après une seule sonnerie.

— Super bien ! Et j'ai une nouvelle qui vous

permettra d'explorer une piste.

— Oh, c'est génial ! De quoi s'agit-il ? intervient Margo.

— J'ai un nom qui pourrait se révéler être l'allié d'un de nos anciens suspects.

— Dis-nous vite.

— Commencez par vous asseoir, car vous n'allez pas en revenir !

— Arrête de tourner autour du pot, tu vas faire exploser ta mère. Rétorque Valérian en pouffant.

— Mattew n'a pas disparu, il est simplement parti avec Virginie.

— Comment ça : parti ? Il a quitté Sophie pour Virginie ? avance Valérian.

— Exactement, ils avaient une aventure. Lorsque Sophie a tenu des propos désobligeants sur sa maîtresse, il ne l'a pas supporté.

— Tu veux dire qu'il est parti de lui-même ? Ce n'est pas Sophie qui l'a mis à la porte parce qu'elle se doutait de quelque chose sur l'absence de ton père ? déclare Valérian.

— Parfaitement ! Et franchement, je pense que c'est une bonne chose pour Sophie.

— Mais, qu'est-ce que cela à avoir avec nos suspects et une nouvelle piste ? lui rappelle Valérian.

— Peut-être que Virginie et Mattew avaient besoin d'un capital pour s'installer ensemble ?

— Si tu pouvais m'éclairer, bébé, car je ne suis pas sûr de comprendre.

Mel émet un petit rire :

— J'ai une théorie, mais cela demande à être confirmé. Imaginons que Mattew ait voulu gagner de l'argent sur le dos de Sophie grâce à la vente de Fandhor, il lui fallait un ou une complice n'est-ce pas ?

— Oui, bégaient-ils tous les deux.

— Eh bien ! Pour qui est-il le plus facile de faire disparaître un cheval ?

Après un lourd silence, elle poursuit :

— Ne pensez-vous pas que quelqu'un de la région, qui possède des chevaux, qui côtoit de nombreuses personnes du monde équin, ce ne serait pas l'idéale ?

— Euh, oui, mais encore ? lâche Margo.

— Mais Virginie, enfin ! Je vous parle de Virginie et Mattew, qui ensemble, ont : l'un, la motivation et l'autre, des connaissances dans le milieu.

Margo et Valérian n'en reviennent pas : Mel a plus de 400 km, a trouvé une piste sérieuse à creuser !

Margo réagit la première :

— Dès demain matin, je me mets à leur recherche. Merci, ma puce !je suis fière de toi et je sais que ton père l'est également. Et lorsque nous l'aurons retrouvé, il apprendra à quel point il a raison de l'être !

Puis ils établissent un plan de bataille avant de la laisser aller se reposer, car le lendemain, elle démarre sa semaine de bureau.

Des indices émergent

Mel continue son enquête sur la raison de la venue des administrateurs chez Sophie. Et elle espère bien pouvoir écarter un rapport avec la disparition de son père aux Écuries.

Pendant ce temps, sa mère et son ami tentent d'avancer sur leur nouvelle piste.

Margo veut demander à Aurélie de l'aider à trouver Virginie, car si cette dernière a parlé de son lieu d'habitation à quelqu'un ici, ce ne peut être qu'à la jeune palefrenière aimée de tous. C'est ainsi que dès huit heures, Margo se rend près du hangar, persuadée qu'elle tombera sur Aurélie en pleine préparation pour la distribution des repas. Et Jackpot, elle est en train de remplir l'énorme chariot à foin !

– Hey bonjour Aurélie. Comment vas-tu ?

— Impeccable ! Et vous, Margo ? Vous êtes matinale ! Pas de souci, j'espère ?

— Non, ne t'inquiète pas ! Mais j'avoue que je ne suis pas ici par hasard. Je désirais te voir afin de te demander de l'aide.

— Bien sûr, avec plaisir.

— Je cherche des renseignements sur Virginie : nom de jeune fille, adresse ; des bricoles comme ça ! ou n'importe quoi, qui me permettrait de la trouver.

— Loin de moi, l'idée de ne pas vouloir vous répondre, mais ne vaudrait-il pas mieux poser ce genre de question à Sophie ? Voyez-vous, je ne pense pas qu'il soit correct de ma part de donner les coordonnées de nos clients.

— Pour toute autre personne, je ne te solliciterai pas, mais il ne semble pas judicieux d'aborder le sujet « Virginie », avec Sophie en ces jours-ci. Rétorque Margo en inclinant la tête.

— Mais pourquoi donc ?

— Ah ! Tu n'es pas au courant ?

— Je ne sais pas. Peut-être ! De quoi voulez-vous parler ?

— Comme tu as dû le remarquer : Sophie est malheureuse en ce moment.

— Oui. C'est vrai ! déclare-t-elle gentiment.

— En fait, sa peine est due au départ de Mattew.

— J'ai effectivement constaté qu'il est absent depuis quelques jours, mais que se passe-t-il ?

— Je viens d'apprendre par Mel qu'il a eu une aventure avec Virginie, c'est la raison pour laquelle je ne peux pas demander cela à Sophie. Comprends-tu ?

— Oh ! lâche Aurélie d'un air indigné. Mince alors ! mais c'est dingue cette histoire.

— Oui, nous aussi nous avons été stupéfaits. Nous en sommes restés sans voix.

— Eh bien, si je m'attendais à ça, la pauvre Sophie je m'explique mieux à présent, son comportement des derniers jours.

— Tu saisis également pourquoi c'est auprès de toi que je cherche des renseignements ?

— Assurément ! Mais croyez-vous qu'il soit bien raisonnable de s'en mêler ?

— Non ! Et ce n'est absolument pas mon intention ; c'est pour un tout autre motif que je veux parler avec elle ! Et je souhaiterais, ne pas peiner Sophie en lui disant que je vais m'entretenir avec Virginie.

— Très bien, j'approuve ! C'est gentil de votre part ! Et puisqu'elle ne fait plus partie de nos propriétaires ; je ne vois pas pourquoi je ne vous donnerais pas ses coordonnées ou tout renseignement d'ailleurs.

— Tu me rends un grand service Aurélie et comme je t'ai fait perdre suffisamment de temps, je reviendrai pendant ta pause pour noter ce que tu auras. Et j'apporte les croissants ! lance-t-elle en souriant et en prenant la direction de la sortie.

— Vous êtes bien la mère de Mel, toujours une petite attention. Merci et à tout à l'heure.

Margo s'éloigne, le cœur rempli d'espoir. Avec l'adresse de Virginie, elle pourra aller rôder et s'informer sur ses allées et venues, ses connaissances, le lieu où elle a amené ses chevaux…

Trois heures plus tard, Margo est passée à la boulangerie et prépare deux cappuccinos dans le Club House lorsqu'elle entend derrière elle :

— Hum ! que ça sent bon ici ! Aurélie est heureuse des attentions de Margo. Avoir attendu l'heure de sa pause pour obtenir les renseignements demandés et ensuite, en faire un réel plaisir à l'aide d'une boisson chaude et de viennoiseries. Ce sont des moments comme celui-ci qui lui confirme que Margo est une de ces personnes qui vous aide à vous sentir bien dans n'importe quel lieu.

Cet arrêt est agréable pour les deux femmes et très constructif pour Margo. Tout en discutant de Virginie, Aurélie lui apprend que la famille paternelle de cette dernière est dans l'agriculture. Le fait qu'elle puisse prendre la suite d'un de ses oncles lui ouvre d'autres pistes d'adresses à explorer.

Malgré l'heure (il est bientôt midi), Margo ne voit pas la nécessité de remettre sa visite. Malheureusement, elle ne trouve de présent, que son mari. Il est anéanti par l'adultère de sa femme, sa tromperie et son départ. Sans oublier qu'il reste seul avec leurs trois filles de moins de 18 ans qui partagent l'amour des chevaux avec leur mère. Lui ne s'est jamais investi dans cette passion. Il a l'impression de ne pas connaître ses enfants et n'arrive à rien avec elles. Par compassion, Margo l'écoute et essaie d'aplanir ses doutes à l'aide de gentilles phrases. Son besoin de parler est tel que Margo accepte de l'entendre bien volontiers. Elle sait que ce n'est pas une heure de plus ou de moins, qui l'empêchera de retrouver Mark.

Et c'est probablement grâce à sa bienveillance qu'elle obtient les deux adresses et numéros de téléphone que sa femme lui a laissé en lui précisant :

« tiens ; pour régler au plus vite la paperasse du divorce que j'ai mis en route ».

Margo trépigne, elle est obligée d'attendre la fin de journée pour partager tout cela avec son gendre. Il leur faut discuter du meilleur stratagème à adopter pour se rendre dans ces deux lieux. Il s'agit d'être prudents !

Ils décident ainsi d'aller ensemble faire leurs visites dès le lendemain soir. Ils espèrent avoir quelques réponses à leurs nombreuses questions : qui habite sur place ? Est-ce que Mark est présent ? Vont-ils trouver des indices ?

La nuit tombe tard en été dans le sud de la France, c'est pourquoi ils ne partent qu'à 22 heures. Ils ne veulent pas que Mattew et Virginie se doute de quelque chose. Arrivés à une centaine de mètres de la première adresse, ils garent la voiture dans une rue adjacente et longent le mur de ladite propriété. En plus d'une grande maison, il semble y avoir derrière cette enceinte, un hangar agricole et une belle zone de prairie. Valérian a même l'impression de voir des petites cabanes en bois. En suivant la paroi à la recherche d'un moyen d'accès, ils se rendent compte que la surface doit approcher les trois hectares. Ils n'en reviennent pas, ils n'ont jamais entendu parler d'une telle propriété. Qui a-t-il derrière ces murs non loin de chez Sophie ? Mark, est-il prisonnier ici ?

Enfin, ils s'arrêtent à ce qui leur parait être l'arrière de l'enceinte construite en forme rectangulaire et grimpent sur le muret de pierres, essayant d'être les moins visibles possibles. Valérian fait la courte échelle à Margo, qui l'aide à son tour en le tirant près d'elle. À cheval sur la paroi, elle est prise d'un éclat de rire monumental.

— Mais que t'arrive-t-il ? s'inquiète-t-il.

Elle réussit à lui répondre entre deux hoquets de rigolade : ne vois-tu pas l'hilarité de la situation ? Une femme de soixante ans, enjambe le mur d'une propriété privée en pleine nuit et avec son gendre ?

— J'avoue que ce n'est pas commun.

— Le plus drôle, c'est ce que je dirais aux gendarmes si nous sommes découverts : monsieur l'Agent, je voulais vérifier que mon mari, le cheval surnommé Fandhor, n'est pas retenu ici contre son gré.

Valérian s'esclaffe :

— Oh non, arrête, ne me mets pas ça dans la tête, je ne vais pas pouvoir rester silencieux.

Ils rient de bon cœur durant quelques minutes.

— Allez, reprenons notre sérieux et aide-moi à

descendre de là avant que quelqu'un ne nous repère mon grand.

— OK, je saute et t'attrape ensuite.

Et c'est ce qu'ils font sans douleur ni bruit, puis ils commencent par inspecter les lieux afin de voir si l'endroit ne possède ni caméra ni spots avec détecteurs de mouvement.

— J'étais sûr qu'en entrant par le fond de la propriété, nous aurions plus de chance ! lance Valérian.

— Ce qui m'inquiète, moi, c'est la présence éventuelle de chiens de garde.

— J'ai tout prévu ! ajoute le jeune homme en sortant de son sac à dos un sifflet à ultra-son, un laser, un paquet d'os et un teaser.

Le fou rire n'est pas loin de reprendre Margo, mais elle se contient et lui dit :

— Je suis fière de toi et du coup, je n'ai plus peur du tout ! Et tous les deux pouffent doucement avant de se remettre en route.

Heureusement, ils ne sont rejoints ni par des chiens ni par les occupants et ont le temps de visiter, fouiner, fureter, un peu partout. Finalement, ils se retirent sans bruit après avoir vu des chevaux, des ânes et des poneys, mais aucune trace de Mark. Par bonheur, ils ont découvert quelques papiers dans un bureau au fond du hangar dans lequel ils ont pu relever des adresses de fournisseurs, de voisins et confrères avec lesquels les habitants semblent être en relation commerciale ou du moins avoir des rapports. Sur la route du retour, la conversation va bon train. Ils sont euphoriques de revenir avec des noms et coordonnées qui, très certainement, les amèneront sur la piste de Mark.

Durant plusieurs jours, ils se rendent dans les différents endroits guidés par la liste qu'ils se sont constituée. La journée, puisque Valérian à des horaires de travail, Margo visite seule et se renseigne sur Virginie, Mattew ou Sophie. Elle recherche n'importe quoi, qui peut la mettre sur le chemin de Mark. Le soir, ils partent tous les deux dans les lieux qu'ils trouvent suspects, soit en raison d'un lien familial avec Virginie, soit parce que c'est une propriété où il est possible de cacher un cheval. Ils préfèrent visiter furtivement plutôt que de poser des questions aux habitants afin de ne pas les alarmer et ainsi garder une avance sur les voleurs. Ils restent persuadés que le ou les kidnappeurs se croient à l'abri.

À Oléron, Mel est avide d'apprendre tout ce que l'administration, d'une aussi grosse exploitation, peut lui apporter.

Pourtant, les deux premiers jours de cette dernière semaine de stage l'inquiètent un peu. La comptabilité est loin d'être son point fort. Par bonheur, comme depuis son premier jour ici, elle se trouve devant une personne très gentille et pédagogue. Grâce à elle, Mel acquière quelques astuces à appliquer dans son futur plan comptable. Cette femme lui fait penser à sa grand-mère ; vive dans ses gestes comme dans l'esprit, elle n'arrête pas une minute. Elle jongle avec les mots comme avec les chiffres. Elle court chercher un classeur sur le haut d'une étagère pour lui montrer un exemple de calcul de fin d'année, puis l'instant d'après se précipite dans une pièce voisine et en revient les bras chargés de cahiers comptables tout en précisant qu'avec ces trésors, Mel va comprendre l'essentiel de la comptabilité en deux jours. Rien n'échappe à cette petite femme fluette et souriante, du haut de ses 1m55 sur talons aiguilles, Jacqueline à compris comment amener Mel à ne plus voir la comptabilité comme une ennemi, mais plutôt comme son alliée.

C'est ensuite dans le service des « achats » qu'elle se rend le mercredi et le jeudi. Quelle surprise pour Mel ! Elle qui croyait s'ennuyer dans ce service, elle qui pensait tout connaître sur les transactions qui ont lieu dans le milieu agricole ! Elle apprend grâce à ses deux nouveaux collègues, comment marchander avec un fournisseur. Jamais elle n'aurait imaginée pourvoir acquérir une baisse de prix, un acompte sur la livraison retardée ou encore un report de paiement. Charles et Camille, tout deux diplômés d'une grande école de commerce lui apprennent les ficelles de la négociation. Pour eux, les journées sont toutes cadencées sur le son des bonnes affaires obtenues. Ils s'amusent de la tournure que prend certaines transactions, celle qui semble « foutue » d'avance les intéressent bien plus que le contrat acquis d'emblée. Ces deux jeunes pleins d'entrain qui aiment foncièrement ce qu'ils font, lui donnent une énergie nouvelle pour l'avenir de sa future exploitation.

Mais malgré tout, lorsqu'arrive le vendredi tant attendu : la journée avec un des administrateurs de cette structure, elle est surexcitée. Les quatre derniers jours ont été riches en émotions, en rencontres et en connaissances, il n'empêche qu'elle aspire à se retrouver devant celui qui l'a accueilli, Wilson. Peut-être, sait-il quelque chose sur son père ?

Et cette dernière journée se révèle être effectivement exceptionnelle. Mel est ravie de pouvoir remercier Wilson pour ce stage. Elle est heureuse de pouvoir lui témoigner sa gratitude pour lui avoir permis d'apprendre autant en si peu de temps.

— Mais ce fut un plaisir, Mel. Déclare-t-il en souriant modestement et lui présentant une assise en face de lui.

— C'est gentil et le plaisir est partagé. Déclare la jeune femme tout en prenant place dans le fauteuil de bureau en cuir.

— J'ai grâce à vous, non seulement rencontré de très belles personnes ici, acquis énormément pour travailler et gérer ma future écurie de propriétaire, mais également cru comprendre que vous voyagez souvent pour aller à la rencontre d'écuries comme celle que je m'apprête à créer. C'est pourquoi, j'espère bien qu'aujourd'hui n'est pas la fin de notre relation.

— C'est exact, nous aimons prendre contact avec les écuries privées. Que ce soit dans un but commercial ou une simple fréquentation.

Mel sent que le moment est venu d'amener le sujet de leur visite chez Sophie. Aussi, elle se lance tout en croisant les doigts le long de sa jambe.

— Saviez-vous que mes deux chevaux sont pensionnaires aux Écuries du Canal ? A Valensole, dans les Alpes-de-Haute-Provence ! précise-t-elle, pensant qu'il ne situait pas le lieu.

— Non, je l'ignorais, en revanche je connais votre belle région, car je me suis rendu dans cette écurie il n'y a pas si longtemps.

— Oui, je le savais et c'est un peu grâce à votre visite que j'ai fait ma demande dans ce Haras. D'ailleurs, peut-être que vous avez croisé mes chevaux ou même Fandhor, celui de ma mère ? lui demande-t-elle tout en se précipitant sur la bibliothèque-photos de son portable afin de lui les montrer.

Wilson regarde attentivement les multiples clichés qu'elle fait défiler devant ses yeux et répond en riant :

— Eh bien, ils ont l'habitude d'être pris en photos dites donc ; ils semblent poser ! Ils sont vraiment très beaux, en particulier l'étalon à la robe noire. Et concernant votre question, non je ne crois pas les avoir vu. Mais il faut avouer que nous n'étions pas là-bas pour les chevaux, mais pour des tracas de voisinage.

— Ah ? Mel est prise de court, elle ne sait quoi dire de plus. Peut-elle se permettre de demander de quel problème il s'agit ? Ne va-t-il pas trouver bizarre qu'elle n'est pas au courant ? Peut-elle prendre le risque de perdre une si belle relation naissante avec une question indiscrète ? Mais d'un autre côté, elle ne veut pas laisser passer une occasion de savoir ce qui est arrivé à son père ?

Par bonheur, Wilson qui ne lit pas dans ses pensées et est donc loin de se douter de son dilemme, ajoute :

— Effectivement, il nous arrive de rendre visite aux écuries dans l'espoir de trouver un nouveau reproducteur, une jument en vente ou encore pour placer momentanément un de nos poulains durant le sevrage. Mais ce jour-là, nous venions nous renseigner sur les opinions publiques concernant une certaine personnalité de la région.

Voyant les sourcils de Mel se relever en signe de surprise, il s'explique :

— Voyez-vous, lorsque vous serez installée, vous aurez affaire avec toutes sortes de personnes. Des plus aimables aux plus odieuses et des honnêtes gens aux pires crapules. C'est pourquoi, il vous faudra parfois demander de l'aide auprès de vos congénères afin de recueillir un maximum de convictions, de valeurs, de jugements, de préjugés sur vos futurs clients ou fournisseurs. C'est ainsi que nous avons abouti près de chez vous pour connaître les croyances partagées de la population équestre amenée à travailler avec un haras dirigé par une personne nommé « Monsieur ».

Mel est stupéfaite, elle ne s'attendait pas à cette

déclaration. Mais elle se reprend très vite et affirme :

— Je n'ai jamais entendu parler d'un homme portant le nom de Monsieur près de Valensole !

— C'est malheureusement aussi ce que nous a répondu la propriétaire des Écuries du Canal.

— Sophie côtoie beaucoup de monde, si elle ne le connaît pas, vous risquez d'avoir du mal à vous faire une opinion.

— Voyez-vous Mel, il ne faut jamais baisser les bras. Car finalement, nous avons obtenu nos réponses. Et je dois vous en informer afin que vous n'ayez aucune relation d'affaire avec lui.

— Ah oui ? Mel est interloquée. Elle est tout ouïe et attend avec impatience de savoir ce que l'administrateur va lui apprendre.

— Comme je vous l'ai dit, certaines personnes sont peu scrupuleuses ; c'est pourquoi il faut préserver votre entreprise de ce genre d'individu. Ainsi, l'homme en question ne s'arrête devant aucune bassesse. Il achète des faux papiers de chevaux, croise les semences congelées, n'hésite pas à mentir, tricher et falsifier sa comptabilité. Autant vous dire qu'il est loin d'être honnête. En revanche, toujours d'après nos recherches, c'est un excellent cavalier et il sait reconnaître un bon produit. Pour finir, il est détesté par ses employés qu'il malmène volontiers. Par contre, il aime tellement les chevaux qu'il semble que son Haras soit le palais idéal pour n'importe quel équidé.

Cette dernière journée de stage se poursuit sur le ton de bonne humeur, dans un climat de confiance et de générosité. Mel, qui a caché le premier motif de sa venue ne pense plus qu'à la raison donnée : sa future écurie de propriétaire ; elle n'hésite pas à le bombarder de questions auxquelles il répond avec bienveillance et compétences. À l'issue de cette journée, Wilson lui assure qu'il lui rendra visite où qu'elle s'installera en France. Puis il rajoute qu'elle sera toujours la bienvenue à Oléron. Enfin, il lui annonce qu'en souvenir de son passage chez eux, un dîner a été préparé.

Cette soirée réalisée en son honneur est riche en émotion pour Mel. Car ce qu'elle ne savait pas, c'est que tous ont aimé son travail ici.

En effet, Mel est une jeune femme enjouée, positive, agréable en tout point. Elle ne s'en rendait pas compte, mais tous ont apprécié sa compagnie et pris plaisir à travailler avec elle.

Le lendemain matin, après une courte nuit, Mel s'approche de sa voiture de sport. Sa valise à la main, elle fait un dernier signe à une des cuisinières qui vient de partager son petit déjeuner. Elle se retourne en direction de l'immense portail, celui-là même qui lui avait procuré une si grande angoisse il n'y a que quelques jours.

La route du retour lui parait courte, les kilomètres s'accumulent mais elle ne sent pas la fatigue. Elle a hâte de s'entretenir avec sa mère et Valérian.

Malheureusement, elle doit attendre la fin de la journée pour les joindre et apprendre où ils en sont dans leurs avancées.

C'est ainsi qu'à peine arrivé à son l'hôtel, elle les appelle :

— Hey vous deux, comment ça va ? Prêts à repartir en exploration nocturne ?

— Coucou, toi. Pas encore, réponds Margo, il nous reste une heure avant le coucher du soleil, nous ne partirons qu'à la nuit tombée.

— Eh bien, vous êtes courageux, je ne sais pas si j'aurais été capable de jouer aux détectives comme vous.

— Franchement, je crois que je ne me suis pas autant amusée ces dix dernières années ; tu ne peux pas imaginer les fous rires incontrôlables qui surviennent certaines fois. J'ai l'impression de revenir en enfance lors des cache-cache avec mes cousins.

— Ah Ah Ah, je suis contente pour toi, moi, j'aurai trop peur pour avoir envie de rigoler.

Valérian, arrivé de la cuisine sur ces entrefaites, se met à raconter quelques rigolades qui sont certainement amenés à devenir culte dans la famille. Comme par exemple, la fois où ils sont restés figés, accroupis derrière un tracteur durant près d'une demi-heure pensant qu'un homme fumait une cigarette dos à eux, alors qu'il s'agissait d'un épouvantail posé contre le véhicule agricole.

— Et vous avez trouvé quelque chose à part des points de côté à force de rire ? plaisante Mel.

— Lors de nos visites clandestines, absolument rien ; si ce n'est pendant la première excursion comme nous te l'avions conté. En revanche, ta mère a peut-être bien obtenu une piste intéressante.

— Ah oui ? Mais dites-moi ! Ne me laissez pas dans l'ignorance comme ça !

— Cela t'apprendra à te moquer ! La taquine Margo. Puis elle poursuit : on m'a indiqué qu'une vente s'est passée il y a trois jours, dans un haras pas très loin d'ici. Apparemment, ils organisent ce genre de « marché » tous les ans et possède d'ailleurs une belle notoriété. Je pense m'y rendre demain et croise les doigts ; car figure-toi que si la personne m'a parlé de cette vente, c'est que le nom du propriétaire des lieux, se trouvait dans les papiers que nous avions photographiés le premier soir.

— Ah bon ?

— Oui ! Te rappels-tu que nous étions frustrés d'avoir vu un rendez-vous sans annotation de nom ? C'était noté « Monsieur » et rien d'autre ! Eh bien ce propriétaire s'appel « Monsieur ». Tu le crois-ça ? Une personne qui s'appelle Monsieur ???

— Ce qui est encore plus incroyable, c'est la nouvelle que je voulais vous annoncer ! La raison pour laquelle ils sont venus chez Sophie !

— Quelle rapport ? dirent-ils en même temps.

— Figurez-vous qu'ils faisaient la tournée des lieux équestres pour avoir des renseignements sur un homme du coin nommé « Monsieur ».

— Non !

— Mais oui comme je vous le dis, quelle coïncidence ; nous courons tous après le même suspect.

— Moi, je ne crois pas aux coïncidences, enchérit Margo.

— T'ont-ils expliqué pourquoi ils voulaient des informations sur lui ? ajoute Valérian.

— Ils se renseignent toujours sur les acheteurs de spermes. Avec celui-ci, ils avaient de forts doutes sur sa sincérité lorsqu'il déclarait qu'il voulait garder le descendant. Et cette méfiance a été justifiée après avoir consulté ses antécédents professionnels.

— Jackpot ! s'exclame Valérian avant d'énumérer : il y a :

1/ Mattew qui s'en va avec Virginie.

2/ Le nom d'une personne de petite moralité trouvé chez cette Virginie.

3/ Un gros Haras qui confirme tout ça ! Nous tenons le bon filon, c'est sûr et certain cette fois : c'est eux qui ont volé Mark pour le vendre à ce « Monsieur » qui évolue dans des affaires douteuses.

La conversation se poursuit, tout à l'euphorie de cette découverte. L'avenir s'éclaire, ils semblent pouvoir deviner la lumière au fond du tunnel. Ils sont à deux doigts de retrouver Mark !

Chapitre 6
L'Italie : un souffle de liberté

Le voyage, l'expédition, le trajet incertain ! Quelle que soit l'expression ; il touche à sa fin ! Claire a pourtant décrit avec enthousiasme tout ce qui les entoure, mais Mark n'a rien entendu tout à sa peine d'être dans un lieu, une région, un pays si éloigné de Margo. Le camion s'arrête. Claire le fait descendre, lui enlève ses protections de transport, lui donne à boire, puis l'emmène dans un enclos afin qu'il se dégourdisse les jambes. Mais Mark n'a pas le cœur à gambader ni à brouter cette herbe, si magnifique soit-elle.

— Mais que t'arrive-t-il, mon Tonnerre ? Aller, je t'en prie, fait quelques foulées.

Rien n'y fait, elle a beau taper dans ses mains, claquer de la langue, l'encourager de la voix, aucune sollicitation n'a d'effet. Elle finit par l'emmener dans le box qui lui a été attribué et lui murmure :

— Tu dois être fatigué après cette route. Car je ne vois aucune raison d'être démoralisé à ne plus entendre Monsieur approcher furtivement derrière nous ou ne pas être examiné par tous ces acheteurs potentiels ! dit-elle en lui faisant un clin d'œil.

Elle n'a pas tort, pense-t-il. Mais, comment me rendre aux écuries de Sophie maintenant ? Tant de kilomètres me séparent de toi mon amour, je n'ose pas imaginer dans quel état tu dois être après autant de temps, de semaines, sans savoir ce qu'il m'est arrivé !

Les matins, comme les après-midi, sont identiques. Tout se déroule plus ou moins de la même façon. Claire passe toutes ses journées à s'occuper de Tonnerre. Elle le libère dans de grandes prairies. Puis, elle l'entraîne dans un très beau rond de longe (l'espace circulaire en extérieur pour travailler le cheval en liberté). Elle lui donne ses repas, et lui tient compagnie les soirs en lui racontant ses quelques visites dans le coin. À chaque sortie dans le cercle, trois à quatre personnes s'installent et suivent son exercice en commentant plus ou moins gentiment sa démarche, son allure, son caractère... Claire, tout sourire, déclare qu'ils évaluent leur achat. Mais il n'apprécie pas du tout d'être observé comme un rat de laboratoire et a de plus en plus de mal à maîtriser sa part d'animalité. Il veut faire plaisir à Claire et doit bien s'avouer qu'il aime ces exercices, mais cette surveillance constante lui porte véritablement sur les nerfs.

Claire se rend compte que quelque chose cloche, sans toutefois comprendre de quoi souffre Tonnerre. Elle ne sait pas non plus comment y remédier. Puis, un jour : c'est la catastrophe ! Évitée de justesse, heureusement !

Tout se déroulait impeccablement bien, ils enchaînaient les figures et les allures lorsque soudain, Tonnerre opère un demi-tour sans qu'elle le lui demande et fonce sur deux personnes qui viennent d'arriver. Il a la bouche grande ouverte, les naseaux dilatés, et ne s'arrête qu'à quelques millimètres des spectateurs. Ceux-ci sont tellement pétrifiés de peur, qu'ils n'ont même pas pris le temps de reculer.

Rapidement Claire s'interpose en lui parlant calmement. Finalement, à force de douceur, elle réussit à lui faire retomber la pression. Mais elle sait que cela ne doit plus jamais se reproduire, car aujourd'hui, ils ont eu beaucoup de chance ! Il faut très vite trouver une solution pour faire baisser son stress. Sinon...

Elle en est certaine : Tonnerre ne va pas bien depuis leur arrivée !

C'est pourquoi par la suite, elle amène Tonnerre dans différents endroits. Tous, spécialisés pour les chevaux de compétitions. De longues séances en piscine avec jets, des massages chez le kinésithérapeute équin puis même un rendez-vous avec un ostéopathe et un éthologue. Le nouveau propriétaire a été d'accord pour tout tester, car le moindre accident peut lui faire perdre son investissement, sans parler du scandale si un éventuel acheteur vient à se plaindre.

Toutefois, ce qui va se révéler être réellement intéressant pour Claire est l'idée de demander l'aide d'un kinésiologue spécialisé dans les chevaux. Claire a besoin de réponses aux problèmes de stress ou de mal-être de Tonnerre, pour cela elle désire tout essayer ! Elle a entendu dire que la kinésiologie peut résoudre les comportements de peur, d'agressivité, d'abattement, de nervosité, de tension... Elle veut comprendre d'où provient ses angoisses, cette combativité : est-ce le transport, le lieu ? Peut-être que le maréchal-ferrant ou le dentiste venu ces derniers jours lui ont provoqué des douleurs ?

Cette première visite ainsi que les trois suivantes agissent comme des consultations, et elles sont très révélatrices. En observant le cheval, la spécialiste cherche des informations sur des choses qu'il a vécues ou ressenties dans le passé. Elle part du principe que chacun a subi énormément de traumatismes avant d'entrer dans la vie des propriétaires. Pour les chevaux, leur quotidien est fait de bouleversements. Qu'ils séjournent au pré ou en box, dans le travail, il y a toute sorte d'éléments à prendre en compte en plus de la personnalité de chacun. Cette spécialiste explique à Claire que les chevaux ont l'étrange capacité de se comporter comme des éponges. C'est pourquoi elle doit établir un dialogue avec le corps par le toucher. C'est son anatomie qui lui montre ce dont le cheval a besoin.

Le premier souci détecté pour Tonnerre est une grosse sensibilité, il semble absorber toutes les émotions du quotidien. Elle ressent qu'il a eu un passé très pénible. Mais elle ne comprend pas s'il s'agit de son apprentissage au travail (ce qui arrive trop souvent), d'une relation avec un cavalier, d'un événement antérieur ou encore actuel. En étudiant le binôme cheval/cavalier, car les problématiques personnelles de chacun sont en général liées, elle espère bien percevoir la difficulté. Pour cela, ils entament tous les trois une longue balade en extérieur, s'arrêtant tantôt le long d'un cours d'eau, tantôt sur une place pleine de monde, et même au bord d'une nationale.

En partant de chez Monsieur, Mark souhaitait trouver un lieu moins sécurisé afin de leur fausser compagnie. Mais il n'a fait que troquer une forteresse contre une captivité qui l'éloigne encore plus de Margo, aussi cette sortie est un vrai bol d'air.

Tout au plaisir d'un semblant de liberté, il profite de ces moments en écoutant Claire et la praticienne parler de lui et il s'amuse terriblement en réagissant au quart de tour à chaque demande. La kinésiologue disait pouvoir comprendre son mal-être en effectuant des tests musculaires durant cette petite excursion, Mark est curieux de voir cela. Il n'est jamais allé chez un kinésiologue en tant qu'homme (malgré les convictions des femmes de sa vie -Margo et Mel- qui déclaraient que cette science bien pratiquée apporte réellement du bien à tout être vivant).

Sur la route, la professionnelle et Claire peuvent découvrir à quel point Tonnerre se sent mieux ; ni stress ni douleur, aucune crainte ou frayeur.

— Voyez Claire, il semble que ce cheval ne soit bien que libre, sans barrière ni mur. Tourner dans un enclos ou être observé lorsqu'il est cloîtré l'énerve au plus haut point. Il « pétera un câble » à chaque fois qu'il sera enfermé, contrôlé ou examiné telle une bête curieuse.

— Tout simplement ? s'étonne Claire.

— Oui, c'est effectivement simple ! Mais compliqué à la fois, pour un cheval. Voyez-vous, je peux comparer sa vie à celle des esclaves d'antan. Certains étaient en demeure d'obéir, travailler, accepter, se taire, baisser la tête, sans donner leur opinion, capable de ne jamais dire non. D'autres, se battaient pour leur liberté, osaient dire non, essayaient de s'échapper quitte à en perdre la vie.

À l'écoute de ce discours, Mark se plante devant elle et regarde cette femme qui résume si bien sa vie actuelle.

— Hey, il semble que tu es d'accord avec moi, toi ! s'extasie-t-elle

— Mais oui, c'est ce qui arrive tout le temps. Il comprend tout et devance même nos mouvements parfois ! ajoute Claire candidement.

— Je ne suis pas adepte de la croyance sur l'anthropomorphe. Vous savez les animaux qui ont un comportement humain ! précise la spécialiste en voyant que ce terme ne parle pas à la jeune fille.

— Mais s'il existe une exception, je dirais que c'est lui.

— Eh bien, je ne connaissais pas ce mot, mais franchement, moi qui côtoie Tonnerre, je peux avouer qu'il y a énormément de réactions humaines en lui et surtout : il saisit vraiment tout ce qu'on exprime.

— C'est parce qu'il est très sensible, il ressent toutes les émotions qui l'entourent et les absorbent telle une éponge. D'où ses comportements de fureurs à certains moments et de douceurs malgré son gabarit imposant.

— Le problème, c'est que Tonnerre ne m'appartient pas et je ne sais pas ce qu'il va devenir, chez qui il atterrira. Si j'ai tout compris, il n'est ici qu'en transite. De plus, si je suis là avec lui, ce n'est qu'en tant que coach comportementalisme, un « horsemanship » si vous préférez. Lorsqu'ils l'ont acheté, ils ont su qu'en ma présence il était beaucoup plus calme, je suis donc payé pour que leur futur client ne prenne pas peur. Mais depuis que nous sommes arrivés, Tonnerre ne supporte pas qu'on le regarde travailler, ni même bouger. Je suis d'ailleurs heureuse aujourd'hui, mais surprise, que cette balade se passe si bien.

— Comme je vous l'ai expliqué, il ressent tout. Il comprend probablement qu'il ne doit se montrer agréable qu'en votre compagnie, sinon il vous perdra.

— Vous voulez dire qu'il fait tout cela pour ne pas être séparé de moi ? s'étonne Claire en fixant Mark d'un œil humide.

— En quelque sorte. Peut-être bien qu'il perçoit votre désir de rester le plus longtemps possible avec lui.

— Il est vrai que je n'ai jamais eu autant de connexion avec un autre cheval. Mais je sais très bien que je ne demeurerai pas toujours avec lui.

— Vous le savez ! Mais ne le voulez pas !

— Oui, c'est exact. Oh, mince alors, que faire ?

— Là, je ne peux pas vous aider. Pour lui, le plus simple serait d'être avec vous. Mais étant donné la situation, l'idéal pour vous serait d'essayer de moins l'aimer et vous persuader que vous trouverez mieux que lui.

En entendant cela, Mark ne peut s'empêcher de réagir et il s'arrête net, encolure arque-bouté, oreilles en arrière, pieds bien campés afin de ne pas bouger.

— Oh, tu es vraiment impressionnant toi ! déclare la kinésiologue. Tu n'as incontestablement pas besoin de la parole ! affirme-t-elle tout en reprenant le chemin du retour.

Ce que n'avait pas prévu Claire, c'est que les propriétaires des lieux ont demandé un compte-rendu aux spécialistes qu'elle a consultés. Et avec ce dernier exposé, ils sont très heureux d'apprendre qu'ils possèdent un phénomène et envisagent de s'en servir. Ils invitent par conséquent Claire à continuer de sortir Tonnerre le plus souvent possible. Tout en précisant :

— N'hésitez pas à vous rendre dans des endroits impensables afin de le sociabiliser.

C'est ainsi que les semaines qui suivent, Claire organise de belles et longues balades aux alentours. Rien n'est à bannir : ruelles ou nationales, voies empierrées ou goudronnées. Ils longent de grandes propriétés bordées de murs cachant de magnifiques demeures et des routes très fréquentées dans des quartiers modernes. Des sorties en journées, mais également à la tombée de la nuit ; dans des lieux calmes et durant des soirées musicales. Tout est essayé.

Ils sont aux anges, ils se promènent tranquillement en discutant, ou plus précisément Claire croit mener un monologue. Les passants sont curieux et étonnés de voir cette petite femme, presque fragile, à côté de cet impressionnant, mais somptueux cheval. Il s'ensuit souvent de longues conversations. Toutes plus drôles, les unes que les autres, du fait de son très mauvais italien.

Chacun veut connaître leurs noms ou la raison de leur venue ici. Et Mark permet que les enfants le caressent, mais seulement les plus jeunes ! Il s'amuse à être remuant lorsque les adultes l'approchent d'un peu trop prêts et Claire qui a vite compris son manège, joue le jeu en n'acceptant que les petits.

Les semaines passent, composées de balades, de soins, massages et travail en carrière avec Claire et uniquement elle. Tout est prévu pour que Tonnerre se sente bien et ne montre aucune agressivité, jusqu'au jour où Claire est demandée au bureau pour un entretien auquel elle se rend en tremblant, pensant recevoir l'annonce de son départ. À son arrivée, elle est surprise de revoir « Cruella ». Entièrement vêtue de cuir noir ; des bottes à hauts talons au petit top, laissant deviner sa poitrine sans soutien-gorge, elle est impressionnante. Sa mini-jupe, fermée d'un gros ceinturon à tête de cheval, ne « colle » pas avec le maquillage très élégant, pense Claire. Elle n'a plus rien de la jeune femme effacée du jour de la vente. Claire, apeurée, se retourne donc vers la deuxième personne ; un homme d'une quarantaine d'années qui vient de s'approcher d'elle la main tendue en déclarant, dans un Français impeccable :

— Bonjour, Claire ! Mon nom est Alphonso Sïao. Je suis le propriétaire de cet établissement. Nous n'avons pas été présentés et je vous prie de m'en excuser, j'étais terriblement occupé depuis votre arrivée.

Sans être réellement beau, cet homme a pourtant un regard charmeur, mais dans cette entrée en matière, Claire ressent une salutation trop conventionnelle et non chaleureuse, elle reste donc sur sa réserve.

— Asseyez-vous Claire, je vous en prie. Dit-il, en lui montrant un magnifique siège rappelant ; les fauteuils « bridges » d'un château du XIXe.

Lorsqu'elle s'assoit dans ce siège qui sent si bon le cuir, il prend place en face d'elle, la femme se tenant debout sans donner son nom, sans un geste ni un sourire. Claire, étonnée est sur ses gardes et elle préfère se concentrer sur l'homme.

— Il semble être venu pour vous le temps de rejoindre la France et votre employeur ! Mais nous aurions bien besoin d'une personne telle que vous ! C'est pourquoi j'aimerais vous faire une proposition d'embauche.

Claire n'en croit pas ses oreilles, elle va pouvoir rester avec Tonnerre ! Elle ne connait pas leurs projets, ni pour lui ni pour elle, mais une chance lui est offerte : elle ne doit pas la laisser passer.

Sur la trace de Mark

En France, Valérian et Margo arrivent sur le lieu qui les intrigue tant. Valérian a posé sa matinée, car il ne veut pas que Margo se rende seule chez « Monsieur ». Ils en ont longuement discuté, mais le jeune homme a obtenu gain de cause. Après tout, ils ne savent pas ce qu'ils vont trouver là-bas ! Par contre, ils sont certains de deux choses : d'une part, l'adresse était sur une carte découverte lors de leur sortie nocturne (et ils soupçonnaient fortement Virginie d'être pour quelque chose dans la disparition de Mark). Et d'autre part, ils ont appris que les administrateurs du Haras d'Oléron ont des doutes sur la moralité du propriétaire de cette demeure !

La première impression qui les saisit ; est la « majesté » du lieu. Tout de suite suivie par un étonnement ; à la vue de la multitude de salariées, affairées à cette heure matinale. Il n'est même pas 8 heures.

— Cette propriété est immense ! s'exclame Margo, les yeux arrondis de stupeur.

— Mais oui, je ne m'attendais pas à ça. Tout ce monde ! Et regarde ! Les murs de l'enceinte semblent s'étendre sur des kilomètres.

Passé ce moment de surprise, ils prennent la décision de se séparer afin de montrer la photo de Fandhor à un plus grand nombre de personnes.

— Mais sans se quitter de vue ! lui rappelle Valérian qui craint trop qu'elle ne s'attire des problèmes en insinuant qu'elle soupçonne le propriétaire des lieux d'être un voleur.

— Ne t'inquiète pas, rien ne peut nous arriver en plein jour, si ce n'est d'être mis dehors ! répond-elle avec un clin d'œil pour le taquiner.

Une heure plus tard, Valérian est contraint d'envoyer un WhatsApp à Margo. Il lui annonce : que non seulement, il n'a rien de concret ; mais qu'il s'est gentiment, fait raccompagner jusqu'à la sortie. Il finit son texto en précisant qu'il l'attendra le temps qu'il faudra, mais qu'elle doit rester prudente.

Margo, de son côté, s'est dirigée vers les box sans que personne ne s'intéresse à sa présence. Ce qui lui permet de parler avec plusieurs lads avant de s'en retourner rejoindre son gendre quelques minutes après son message. Elle est à la fois heureuse, troublée, et frustrée.

— Ah ! Enfin ! Je commençais à m'inquiéter, lui dit-il en la voyant s'installer dans la voiture.

— Oui, je m'en doutais. Mais je suis tombée sur un jeune soigneur qui me semblait savoir quelque chose ; il m'a cependant fallu pas mal de temps et des trésors de patience pour qu'il m'apprenne ce que je voulais entendre.

— Oh wouah, tu as eu des nouvelles de Mark ?

— Si tu le permets, nous allons téléphoner à Mel. Je ne me sens pas la force de tout raconter deux fois. Et puis, nous pourrons ainsi commencer à organiser un plan.

Ils appellent donc Mel, qui est sur la route du retour et attend désespérément leur compte-rendu de la visite chez « Monsieur ».

Valérian décide de prendre la parole en premier afin de laisser du temps à Margo dont il a deviné l'émotion. Elle semble choquée. Il veut ainsi alléger l'atmosphère en décrivant (à sa façon) comment il a vécu cette heure de questionnement et son renvoi « illico presto ».

Lorsque vient le moment de Margo, ils sentent son trouble à travers sa voix. Elle leur conte l'histoire de « Tonnerre » -le cheval arrivé de nulle part- et leur raconte sa vente, puis son départ pour l'Italie, il y a de cela à peine quelques jours. Enfin, elle leur avoue ne pas avoir réussi à savoir à qui il a été cédé ni le lieu où il peut bien avoir été transporté. En revanche, ce qui est certain, c'est que l'apprentie affiliée à ses soins l'a suivi et n'est toujours pas de retour.

— Mais c'est incroyable ! Pendant tout ce temps, il n'était qu'à quelques kilomètres de chez nous ! J'en rage ! s'exclame Mel en intervenant la première.

— Et c'est dingue que cet homme ait réussi à s'approprier Mark et le vendre sans aucun papier, poursuis Valérian.

— D'après ce que l'on m'a dit, Mark en posséderait. Comment « Monsieur » s'en est procuré : là est la question ! En revanche, si nous avions encore un doute sur son intégrité, voilà notre réponse.

— Et pourquoi es-tu contente que la fille soit avec lui ? lui demande Mel.

— Ton père semble l'apprécier ; il n'est calme qu'en sa présence. Donc je pense qu'elle est gentille. Et j'ai son nom de famille. Du coup, il nous faut absolument obtenir des informations sur elle, et où elle se situe actuellement.

Malgré la triste nouvelle du départ de Mark à quelques jours d'intervalle de leur découverte, l'espoir de le retrouver reste grand et rien ne vient enrayer leur assurance en une proche réunion.

Le soir, après un bon repas pour fêter le retour de Mel, Margo les laisse tous les deux et se met sur son ordinateur. Elle passe une partie de la nuit à effectuer des recherches sur Claire. Elle doit suivre plusieurs pistes en raison du nom relativement commun de la jeune fille, mais heureusement, peu d'entre elles ont la passion du cheval.

Finalement, tôt sur le matin, elle crie victoire. Tout se recoupe sur les réseaux : Facebook, Instagram et Snapchat ; Claire est en photo dans différents endroits, notamment sur le plateau de Valensole : c'est donc bien elle ! Margo est rassurée ; il s'agit bien effectivement de Claire ! Elle peut enfin aller se coucher, car elle l'a trouvée : son cher et tendre amour est près de Turin ! Margo sait que même ; s'il lui faut courir la région piémontaise centimètre par centimètre, questionner tous les gens de chevaux, ameuter la police et les mairies, rien ne l'arrêtera. Elle retrouvera Mark et pourra enfin le ramener à la maison !

À son réveil, elle est fraîche et ragaillardie ; après avoir avalé un énorme petit déjeuner dans la jolie cuisine provençale, elle décide de s'activer au ménage puis de préparer le repas des jeunes, partis travailler, tôt ce matin. Margo veut leur annoncer son voyage pour l'Italie dès le lendemain.

— Oh ! Comme ça sent bon ici, bonjour maman ! entends Margo dans son dos.

— Bonjour, ma chérie. Comment vas-tu ? se renseigne Margo tout en se retournant.

— Très bien, je prends une douche pour laisser le temps à Valérian d'arriver et je te rejoins ! lui lance sa fille en se précipitant dans sa salle de bain.

Vingt minutes plus tard, ils sont tous les trois à table à discuter d'un voyage dans la province du Piémont. Chacun donne son avis sur le circuit à emprunter, les lieux à explorer de fond en comble, les villes connues pour leur activité équine... Sans parler des arguments de Mel pour suivre sa mère dans cette expédition.

— Je ne veux pas que tu utilises tes congés pour m'accompagner dans mes recherches, ma fille !

— Mais voyons, ce voyage est bien plus important que d'aller me prélasser au bord d'une piscine. Et puis je dois te rappeler que je pratique l'italien et pas toi ! ajoute-t-elle en effectuant un « pied de nez ».

— Hey, inutile de me remémorer mes lacunes ! s'exclame Margo souriante tout en essayant d'attraper la main de sa fille. Puis de compléter :

— Rien ne me fera plus plaisir que d'être accompagnée de toi ma puce.

— Alors, n'en parlons plus et établissons le chemin pour votre épopée ! surenchérit Valérian montrant ainsi son approbation.

Pendant que Mel et Margo prennent la route de l'Italie ; Claire raconte à Mark l'entrevue et la métamorphose de la « transparente », mais cruelle « femme en bleu » qui avait remporté l'achat !

— Cet « Alphonso, je ne sais quoi » me terrorise autant que Cruella. En ce qui la concerne, nous avons déjà notre opinion : elle est capable de se transformer et passer de gentille à inquiétante. C'est une personne en qui il ne nous est pas possible d'avoir confiance. Mais lui, avec son sourire, ses bonnes manières et cette façon qu'il a de proposer sans qu'on ait réellement le choix de dire non, il me fait peur ! Je me sens comme la souris devant le chat dans « Cendrillon » ! Tu sais : lorsque tu crois qu'il dort et qu'il est tellement gros qu'il ne va pas pouvoir t'attraper, alors qu'il est fourbe et capable de te sauter dessus à tout moment !

Mark sourit en son for intérieur de la métaphore. Mais il se dit également que si l'intuition de Claire est bonne, il se doit d'être à l'affût dès à présent.

Aussi, les jours suivants, il se met à épier et écouter tout ce qui l'entoure. Mais rien ne lui semble anormal : ni visite inhabituelle ni entretien suspect entre deux salariés ou animation pouvant éveiller des soupçons. Jusqu'au moment où Claire lui annonce très enthousiaste :

— Toi et moi, nous allons participer à un spectacle !

Mark s'arrête instantanément de mâcher les granulés qu'elle vient de lui apporter et la regarde attentivement.

— Oui, tu as l'air de comprendre que quelque chose de nouveau arrive. Nous risquons de bien nous régaler, Tonnerre. Vois-tu, une fête est organisée dans une ville voisine et quelques-uns, dont nous, sont sélectionnés pour une représentation.

Mark ne saisit pas la raison qui la rend si heureuse ! Pourquoi, le fait de faire une démonstration devant des inconnus serait si agréable ou amusant ? Par bonheur, la jeune fille, exaltée, continue sur le même ton :

— Tous les deux, nous allons tellement nous exercer que nous serons les meilleurs ! Ils n'auront jamais rien vu de tel !

Mark s'amuse de l'entendre s'emballer ainsi. Claire est euphorique, tout excitée. Cette annonce a enflammé son côté créatif. Elle a des tas d'idées toutes plus saugrenues les unes que les autres. Elle rit ! Et mime les figures géométriques et les tableaux représentatifs qu'elle vient d'imaginer.

Les jours suivants, Mark se prend au jeu. Et, égayé par la joie et le désir de créer un fabuleux, mais élégant spectacle, il en oublie ses recherches de fuites. Durant une semaine, ils s'entraînent ; Mark fait attention à ne pas comprendre les mots, mais plutôt les gestes et sollicitations de toute sorte (en bon cheval qu'il doit être). Claire est très impliquée dans son rôle de princesse apeurée qui petit à petit devient heureuse puis rayonnante d'avoir trouvé une complicité avec un beau et ténébreux destrier.

Et rapidement arrive le jour « J ». Ils se rendent en camion sur la place où doit se dérouler l'évènement. Ils sont surpris de l'ampleur de cette fête. Tout est grandiose ! Rien à voir avec la petite manifestation de village qu'avait imaginé Claire. Le stress, le tract et l'appréhension d'avoir créé un spectacle des plus naïf tétanisent soudain Claire. D'un coup, elle ne peut ni parler ni marcher et finit par s'asseoir sur le marchepied utilisé pour le brosser. Mark vient alors à son secours. Il lui souffle dans le cou, attrape les jolis rubans blancs et dorés qui tombent de sa coiffure, puis mordille le stick qu'elle tient dans la main, ce qui parvient à la faire réagir :

— Comme tu es gentil Tonnerre ! Et tu as raison, je dois me ressaisir et faire abstraction de la foule qui nous attend.

Pour réponse, il la pousse amicalement de la tête en effectuant une pression dans son dos. Ce qui a pour effet de la faire basculer en avant, provoquant son rire cristallin si agréable aux oreilles de Mark.

Dès lors, tout se déroule très vite, pour l'un comme pour l'autre. La journée commence par des répétitions et échauffements dans le coin d'une carrière et fini très tard, par leur spectacle. Des centaines (voire des milliers d'après Claire) de personnes étaient présentes. Elle est aux anges, un monde fou a réclamé un autographe. Elle n'en revient pas et se sent célèbre. Même la presse locale est venue prendre une photo du couple : « Princesse/Étalon ».

Le retour leur semble bien plus rapide que l'aller, et une fois dans le box, Claire s'écroule terrassée de fatigue :

— Si tu permets, je vais rester un peu avec toi, je suis morte et n'ai pas la force de marcher jusqu'à mon lit.

Une heure passe et Claire dort à poings fermés ; Mark n'ose pas bouger de peur de la cogner en effectuant un faux mouvement. Lorsque soudain, il perçoit deux personnes entrer dans l'écurie et se diriger vers eux. Il souffle doucement dans le cou de la jeune fille afin de la réveiller, tout en espérant qu'elle ne fera aucun bruit, mais elle ne remue pas d'un centimètre. Mark ne voudrait pas qu'elle soit réprimandée pour être restée avec lui. Et avant même que Claire ne réagisse, il entend une voix féminine déclarer :

— Il est dans le dernier box à droite, celui à l'écart après le bureau du régisseur.

Claire lève soudain des yeux étonnés et très vite, semble apeurée. Mark comprend qu'elle connaît cette femme. Il se place alors de façon à leur tourner le dos, pour les persuader qu'il sommeille. Ce qui lui permet également de cacher la jeune fille.

— Et voici notre « anthropomorphe » ! annonce la voix féminine.

— Oui ! Enfin, l'anthropomorphe à un aspect humain, lui n'en a que le comportement ! réplique l'individu d'un air réprobateur.

Après un lourd silence, ce dernier déclare d'un ton grave :

— Cependant, tu as tout à fait raison ! Ce que j'ai vu dans le rapport, ajouté à la représentation d'aujourd'hui, me permet d'être d'accord avec toi lorsque tu dis que ce cheval est hors du commun.

Aussitôt celle qui s'était tu, presque vexée, reprend exaltée :

— Exactement ! Et avec ce que la presse va sortir demain, nous allons empocher une petite fortune !

La voix de la femme est mordante, elle n'annonce rien de bon et inquiète Mark.

Il s'ensuit une très longue discussion. Ils échafaudent de nombreux plans pour faire monter le prix de vente de Mark. Ils décident notamment de présenter de grands spectacles aux quatre coins de l'Italie, sans oublier d'inclure Claire. L'un après l'autre, ils argumentent leurs idées à l'aide d'exemples plus ou moins rocambolesques.

Enfin, constatant que le futur prodige ne bouge pas, ils finissent par rebrousser chemin tout en construisant l'avenir du Cheval Tonnerre.

Ce que viennent d'entendre Claire et Mark leur fait peur. Que va-t-il leur arriver encore ? Où vont-ils aboutir ? Vont-ils devenir des personnages de cirque ? Mark est désolé d'avoir accepté que Claire l'accompagne jusqu'ici. Dans quoi l'a-t-il embarquée ?

TONNERRE

Non loin de là, dans un petit café de quartier, Mel et Margo prennent un copieux petit-déjeuner tout en planifiant leur sixième journée de recherche. Lorsque Margo se lève brutalement et s'élance sur le journal que tient un septuagénaire à deux tables de la leur.

— Maman ? crie Mel en se précipitant à sa suite.

— Oh ! Je suis désolée, Monsieur. Je ne voulais pas vous faire peur.

Margo lui a littéralement arraché la gazette des mains. Elle constate qu'il est près de la crise cardiaque. Aussi, se tourne-t-elle vers sa fille et réclame rapidement :

— S'il te plaît, demande-lui de bien accepter mes excuses ? Et regarde : c'est ton père dans le journal !

Tonnerre est effectivement en première page de la revue locale.

Après avoir expliqué à l'homme, à la limite de l'infarctus, la raison du comportement de sa mère, elle lui demande la permission de lui emprunter la première de couverture quelques minutes. Elle omet, cependant, de lui donner la véritable identité du cheval. Le septuagénaire semble compréhensif et leur offre les quatre feuilles afin qu'elles puissent conserver la photo, en plus de l'article.

— Regarde, c'est bien lui, il y a même les noms « Tonnerre et Claire ». Allez, décode-moi s'il te plaît. Vite, je t'en prie. Qu'est-ce que ça dit ?

— Arrête de parler et laisse-moi trente secondes de répit, que je m'assoie, afin de ne pas faire d'erreurs dans la traduction. Le titre est sympa : la princesse et son ami l'étalon sauvage.

— Ah oui ? Il s'agit de quoi ? Une représentation ? Mais où ? Et c'était quand ?

— Attends ! Calme-toi ! Voilà : c'était hier, la fête du canton qui, comme chaque année, met les chevaux à l'honneur notamment avec des spectacles équestres.

— Ton père a joué dans une comédie ? Je suis contente, ça veut dire qu'il va bien, sinon personne ne serait parvenu à lui faire réaliser quoi que ce soit.

— À moins qu'ils aient été si durs avec lui qu'il ait capitulé !

On sentait dans la voix de Mel toute la crainte qu'elle avait à formuler cette éventualité.

— Non, non, jamais il n'abdiquera. Même face à la force. Il est possible que durant le temps des répétitions il puisse leur laisser croire qu'ils ont réussi à le « casser » ! Mais je suis certaine que le jour de la représentation, il se serait vengé en devenant une furie et ce ne serait pas ce style d'article qui figurerait devant nos yeux ! Continue, est-ce qu'il y a de quoi le retrouver ?

— « Spectacle féerique entre un magnifique étalon et une belle et jeune française, gracieuse », blablabla... « Une revue artistique alliant les prouesses équestres et la splendeur des acteurs, car il s'agit bel et bien d'un comédien, dans cet extraordinaire cheval », blablabla...

— Comment ça : blablabla ? Il y a quoi de plus ? Margo surexcitée veut connaître le moindre détail.

— Des adjectifs, des adverbes, des compliments... Mais rien qui ne puisse nous permettre de le retrouver, malheureusement.

— Mais bien sûr que si. Ne sois pas défaitiste, allons ! Nous allons trouver quelque chose ! Cherche le nom du journaliste ou celui du photographe.

— Oui, il y a ces informations. Et alors ? lui répond sa fille sans grand enthousiasme.

— Mais haut les cœurs, ma puce. Avec tous les

compliments qui sont notés ; il est certain qu'ils disposent des coordonnées -adresse et numéro de téléphone de Claire- ! Sans parler des coordonnés du propriétaire de l'EXTRAORDINAIRE cheval ! Enfin, réfléchis, ils n'ont pas montré « leur étalon », accepté cette pub, pour rester incognito !

— Mais c'est vrai, tu as raison ! Heureusement que tu as la foi, maman ! Oh, comme j'aime ton légendaire optimisme ! clame sa fille, en reprenant espoir.

Toutes deux, pleines d'entrain, se mettent en quête ; l'une du journaliste et l'autre du photographe. Chacune de leur côté, elles donnent des coups de téléphone (en italien pour Claire et en français pour Margo).

Et finalement, grâce à leur persévérance, elles décrochent chacune un rendez-vous pour lendemain, au siège du quotidien, en plein centre de Turin. Très heureuses de leur réussite, elles s'accordent l'après-midi pour déambuler dans les ruelles du village. Flâner leur permet de faire tomber la pression de ces jours derniers.

Dans le hall du journal ; ponctuelles et fébriles, elles attendent le premier des deux entretiens, que Margo a obtenus, par bonheur, seulement une heure avant celui de Mel. Lorsqu'un homme entre et semble venir à elles, toutes deux se lèvent d'un même élan, ce qui amène un sourire au journaliste. De taille moyenne, mais d'une belle carrure, il a dans la quarantaine et porte jean et polo, façon sportive et chic. Il est brun au teint mat, avec une petite fossette qui se creuse sur le côté droit de sa bouche.

— Bonjour, Mesdames. Que me vaut l'honneur d'une si adorable rencontre ? s'enquiert le journaliste dans un Français impeccable. La séduction de l'homme italien s'est mise en route dès les premiers mots ; son accent, son sourire enjôleur et ses manières dignes d'un Don Juan du XVIIe siècle leur rappellent qu'elles se trouvent en Italie.

Il est effectivement charmant en tout point. Il les guide jusqu'à une salle de conférence pour leur offrir un café (bien trop serré au goût de Margo). Il leur raconte en détail son entretien avec Claire, qui selon lui, comme toute Française, est des plus adorables. Il finit par leur confirmer qu'il y a véritablement une très grande complicité entre le cheval et la jeune fille et leur certifie qu'il s'agit réellement de « Tonnerre » venu du sud de la France. Malheureusement, il n'a aucune adresse de résidence en Italie. Mais il rajoute en souriant lorsqu'elles lui apprennent qu'elles ont rendez-vous dans quelques minutes avec le photographe :

— Je ne serais pas surpris que mon collègue soit en mesure de vous donner quelques informations supplémentaires. Il a passé un peu plus de temps que de raison avec cette belle demoiselle.

Il les laisse alors à peine quelques instants et revient, accompagné d'un jeune homme d'une trentaine d'années pour faire les présentations. Il se propose volontiers en tant qu'interprète, mais Mel désirant exercer son italien lui assure être en mesure de s'en sortir. Elle ajoute que sa présence peut très probablement lui être utile. Mais il leur demande de bien vouloir l'excuser, car il se doit d'être rationnel et quitter leur charmante compagnie afin de retourner travailler.

Mel se charge alors de la traduction entre sa maman et le jeune et aimable photographe, qui leur révèle être tombé amoureux de la « princesse Claire ». Il est d'un blond vénitien et ses yeux bleus pétillent en parlant d'elle. Il espère la revoir et sollicite leur permission pour les accompagner afin d'avoir un motif pour aborder « sa belle ». Il s'est effectivement procuré son adresse de résidence. Margo est tellement heureuse, qu'elle lui dit oui sans hésiter. Ils finissent par convenir de se retrouver à 16 heures le lendemain. Ce sera à la croisée de leurs routes respectives, et à seulement quelques centaines de mètres de la propriété.

Ce même matin, Claire et Tonnerre ne passent pas une bonne matinée, ils sont au ralenti ; l'entrain n'y est pas. Claire n'a pas envie de discuter et Mark n'a pas le cœur de la solliciter. Un autre soigneur qui arrive près d'eux, leur en fait la remarque :

— Eh bien ; un souci ? Pas de rire, pas de galopade ou de jeu improvisé ? C'est inhabituel de votre part !

Et il poursuit son chemin, grommelant qu'ils doivent être fatigués du stress provoqué par la fête de la veille.

— Il a raison, tu sais Tonnerre. Que pourrions-nous faire pour nous remonter le moral ? Lorsque je n'étais pas en forme, avant de te connaître ; je me blottissais devant la télé avec une énorme glace au caramel beurre salé. Chose que je regrettais aussitôt que je passais sur la balance (ajoute-t-elle avec une ravissante grimace). Mais pourquoi se rendre malade ? À cause de ce que nous avons entendu ? Si ça se trouve, tout va bien aller ! Partons nous promener.

Et effectivement, cette balade leur permet de penser à autre chose. C'est pourquoi, ils décident de sortir également le lendemain.

De retour de cette deuxième promenade, ils distinguent à l'entrée de la propriété, un petit groupe de personnes en train de discuter.

— Tiens ! Il est rare de voir des gens planter devant le portail ! Crois-tu qu'ils n'osent pas pénétrer dans les lieux ? dit Claire à Tonnerre.

Mais celui-ci est attiré par un bruit. Car l'un d'entre eux tape dans ses mains : 1-2 - 1 - 1-2. Mark s'arrête net, secoue la tête de haut en bas puis de droite à gauche. Comme, en pleine crise de headshaking. Il se cabre et finit par arracher la longe des mains de Claire, pour démarrer en trombe. Les deux hommes du groupe sont apeurés et se reculent de plusieurs mètres, mais les deux femmes ne bougent pas ; elles savent ! Et en effet, le cheval stoppe juste devant la plus petite et pose sa tête contre sa poitrine, qui aussitôt, l'enlace de ses bras et l'embrasse entre les deux yeux.

Claire, qui s'était mise à courir derrière lui, parvient enfin, sans comprendre ce qui est en train de se passer. À son arrivée, une femme pleure en ceinturant Tonnerre de ses bras, une deuxième lui étreint l'encolure et lui ne bouge pas. Quant aux deux autres, apeurés, elle les reconnaît ; il s'agit du charmant photographe de la fête et d'un de ses collègues-soigneurs.

— Hey ! Mais que faites-vous ? Qui êtes-vous ? Écartez-vous de Tonnerre ! dit-elle après avoir repris son souffle.

Mark et Margo relèvent tous les deux la tête en

direction de Claire et Margo dit gentiment :

— Excusez-nous Claire, je me nomme Margo et ce cheval ne s'appelle pas Tonnerre, mais Mark ! Ma fille Mel et moi, en sommes propriétaire ! s'explique-t-elle brièvement en effectuant un mouvement du bras en direction de Mel.

— Il nous a été volé il y a quatre ans. Puis il a disparu à peine quelques semaines après nos retrouvailles dans le sud de la France. Depuis, nous suivons sa trace. Mais, grâce à vous, à vos exploits communs et à votre photographie : nous l'avons enfin rejoint.

Mark choisit ce moment pour frotter sa grosse tête contre l'épaule de Margo dont le regard plein d'amour se reporte sur lui. Mais Claire abasourdie réplique :

— Ça fait beaucoup là, je ne comprends pas tout. Nous allons rentrer et parler calmement, dit-elle en essayant de récupérer la longe.

Ce qui provoque chez Mark un pas de côté, et lui fait louper sa prise.

— Et bien que t'arrive-t-il, Tonnerre ?

— Ainsi que l'a suggérée ma mère, ce cheval n'est pas comme les autres. Même s'il vous aime beaucoup et a accepté de se faire appeler différemment ; il ne se sent réellement en sécurité qu'avec nous ! intervient, Mel.

Margo choisit cet instant, pour lui enlever licol et longe afin de lui rendre sa liberté.

— Mais que faites-vous ? s'écrit Claire affolée.

— Il est libre ! Libre d'aller où il le souhaite, et avec qui il veut ! Et nous n'allons pas entrer, car celui qui l'a acheté sait pertinemment que les papiers fournis par « Monsieur » sont faux. C'est pourquoi il ne doit pas apprendre que nous l'avons retrouvé. Venez ! Le mieux serait que nous nous promenions ensemble tout en discutant afin de ne pas éveiller les soupçons, lui explique Margo.

Et c'est ainsi que quelques piétons peuvent voir un grand cheval noir sans aucun harnachement, accompagner tranquillement trois femmes en pleine conversation. Ce groupe incroyable est lui-même suivi de deux hommes bavardant tout naturellement.

Durant une heure, Margo raconte tout à Claire, hormis la réelle identité de Mark. Elle lui explique le stratagème mis en route pour obtenir des papiers à son nom. Elle lui parle du vol qu'elle a annoncé a Sophie. Elle s'en veut de mentir à cette jeune fille qui s'est si bien occupée de Mark. Mais comment réagirait-elle si elle comprenait que Margo et Mel n'étaient nullement propriétaires de ce cheval, mais sa femme et sa fille ?

— Lorsque je regarde Tonnerre, ou plutôt Mark - excusez-moi- ; être tellement différent depuis que vous êtes à ses côtés, je n'ai aucun mal à vous croire. Avec moi, il est relativement calme et il est très attentif pour ne pas me blesser ou me faire peur. Mais cela n'a rien à voir avec l'attitude qu'il a en ce moment. C'est comme si avec moi, il est à l'affût de tout, afin de me protéger. Alors que là, il se repose sur vous.

En entendant cela, Mark stoppe sa marche et se place derrière Claire pour frotter ses naseaux sur son épaule. Toutes les trois rient de bon cœur, tandis que les deux hommes, prudents, se sont arrêtés pour mettre de la distance entre eux et cet animal impressionnant.

— C'est exactement ça ! poursuis Claire. Il y a ce, je ne sais quoi en lui, qui me fait penser qu'il comprend ce que l'on dit. Et je ne suis malheureusement pas la seule !

— Oui, il ressent nos émotions et c'est ce qui le rend si extraordinaire ! affirme Margo.

— Justement, voilà ! C'est cette capacité à s'adapter à nous et à ce que nous voulons, qui le met dans une situation dont je dois vous parler.

Claire a une voix grave en déclarant cela. Ce qui alarme les deux femmes. Tous reprennent alors leur place pour continuer la balade, pendant qu'elle leur raconte ce qu'ils ont entendu l'avant-veille.

Après de longues minutes de silence pesant, Margo s'arrête et se tourne vers Mark : j'ai un plan « mon cœur » !

Mark la reconnaît bien là, elle n'est jamais à court d'idées ! Il pose sa tête sur son épaule pour un énorme câlin. Car, lorsque Margo a prononcé ces mots, quelque chose a changé en elle. On peut remarquer une grande détermination dans son regard, sa voix est ferme, son menton s'est légèrement levé comme pour dire : « Osez vous interposer et vous verrez ».

— Claire, tu vas rentrer Mark et faire comme d'habitude, puis tu prétexteras avoir rencontré des connaissances françaises et désires passer la soirée avec tes amis. À l'heure du dîner, nous nous retrouverons tous dans la ville voisine pour que je vous explique mon projet. L'un de vous propose-t-il un lieu sympa et discret pour se réunir en mangeant ? demande-t-elle en les fixant à tour de rôle.

C’est Angelo, le photographe qui fournit un nom.

Aussitôt, Margo regarde Claire et son collègue et rajoute :

— Dans combien de temps pensez-vous pouvoir être libre ?

Puis, après avoir pris rendez-vous, et donné maints câlins, ils se séparent pour quelques heures.

Chapitre 7
Sur les routes du retour

A vingt heures, ils ont rendez-vous au centre de la jolie petite ville de Susa, dans la pizzeria « Osteria Della Markhesa ». Chacun a une bonne raison d'être présent, qu'elle soit flagrante ou inavouée.

Margo et Mel sont les premières à arriver, car depuis les retrouvailles, Margo ne tient plus en place. Avoir découvert l'amour de sa vie sur Valensole a été très intense. Mais cette fois-ci, qu'elle soit parvenue à le rejoindre à force de recherches presque désespérées, lui donne cette sensation urgente de se réunir à tout prix. Quant à Mel, qui a appris le plan que Margo à conçu, elle a hâte de connaître l'opinion des autres et surtout de tester leur sincérité.

Angelo, le photographe, arrive très vite derrière elles. Son entrée est remarquée par toutes les femmes présentes, mais lui semble ne pas les voir ; tout à son enthousiasme de retrouver celle qui comble ses rêves. Son sourire ensorceleur et ses yeux de séducteur perdent un peu d'éclat en n'apercevant pas Claire, mais il se ressaisit rapidement, en homme galant qu'il est, avec un mot flatteur pour la mère et la fille

Claire apparaît sur ces entrefaites, accompagnée de Tony, son collègue et ami soigneur. Angelo se lève et présente une chaise à Claire, s'assurant ainsi qu'elle s'assoit à ses côtés et relayant Tony à une place bien éloignée de sa dulcinée.

Avec l'Apérol Spritz et des Crostinis de chèvre à la tomate confite, commandés dès son arrivée par Margo, la conversation devient plus fluide et les visages moins crispés. Chacun se met à discuter avec son voisin de table. Il y va du vrai débat sur les différences de pratiques équestres françaises et italiennes entre Tony et Mel, au badinage pour Angelo et Claire. Margo, quant à elle, en profite pour réfléchir à son plan tout en calculant les risques et dangers que chacun va encourir par sa faute.

Dès que les plats arrivent ; pizza pour certains, pâtes pour d'autres ou encore viandes pour ceux qui connaissent la renommée du lieu, Margo (qui a choisi une table ronde afin d'être à portée de voix de chacun) prend la parole :

— Si nous sommes réunis ce soir, c'est que nous sommes d'accord sur un point : Tonnerre est bel et bien Mark !

Voyant les regards braqués sur elle dans l'attente de la suite, elle poursuit :

— Et si je ne me trompe pas, vous êtes tous prêts

à m'aider à le ramener en France !

Avec plaisir, elle entend un méli-mélo de « Oui », « bien sûr », « évidemment » et « cela va sans dire ». C'est avec soulagement qu'elle continue avec un grand sourire :

– Voici donc le plan que j'ai imaginé :

– Angelo prendra des photos de Claire et Tonnerre, puis demandera à son collègue-journaliste d'écrire un nouvel article pour annoncer une arnaque.

Claire qui traduit tant bien que mal, à son voisin, s'arrête soudainement et s'écrie :

– Une arnaque ? C'est-à-dire ? Quelle sorte d'arnaque ? Qui a fait quoi ? Je ne comprends pas !

– Ne vous méprenez pas, Claire. Il n'y a pas eu d'escroquerie en soi, mais nous allons le laisser croire. Margo reprend, avec un grand sourire afin de la mettre en confiance :

– Je vous explique ! L'article annoncera une supercherie, et non une « arnaque ». Qui, nous sommes tous d'accord, n'a pas eu lieu ! ajoute Margo en faisant un clin d'œil à Claire, avant de poursuivre en citant la future information dans le journal :

– « La jeune fille habillée en princesse n'était pas réellement une simple soigneuse de chevaux ! Mais bel et bien une cavalière experte en spectacle » ; et le texte continuera ainsi : « L'étalon n'est pas une nouvelle acquisition du Haras Valiana, mais un animal parfaitement dressé, et usurpé à son propriétaire français ».

– Je ne vois pas en quoi cela vous permettra de le récupérer ! dis Tony.

– Effectivement, si nous nous arrêtions là nous n'aurions que des ennuis et il est même probable que Mark disparaîtrait mystérieusement. Mais en amont, je vais téléphoner à Sophie, qui comme vous le savez, est la possesseur actuelle de Mark. Je lui annoncerai que j'ai retrouvé « Fandhor » (puisque c'est ainsi qu'elle le nomme) et lui demanderai de venir avec un camion. Elle brandira l'article sous les yeux d'Alphonso Sïao ou de sa collaboratrice, avec les titres prouvant qu'elle est l'unique propriétaire. Elle les menacera de les dénoncer pour vol, faux papiers et arnaque.

– Pourquoi cette « Sophie » accepterait-elle de se confronter à eux et qu'est-ce qui vous fait penser qu'elle sera à la hauteur ? s'inquiète Claire.

– Parce que je la connais, elle ne lâche rien. Et de toute façon, je resterai avec elle afin qu'elle ne perde pas contenance. Pendant notre entretien, le camion se positionnera dans la cour de telle sorte que Claire et Mark puissent monter dedans en nous attendant. Tout cela sera possible, grâce à Tony. Il se sera arrangé pour que tout le monde soit occupé à l'opposé de l'entrée. Margo termine son discours en regardant le soigneur, un grand espoir dans les yeux.

– Ne vous inquiétez pas ! Je sais déjà comment faire pour que tous soient pris par ailleurs. Ce qui m'étonne, c'est que vous ne pensiez pas qu'il va vous poursuivre vous ou cette Sophie pour vol !

Margo sourit et déclare :

– J'avais prévu que l'un de vous me dise cela. Avant l'entrevue, j'aurais parlé avec Sophie de l'extorsion de « Fandhor » par l'homme nommé « Monsieur ». Je lui aurai appris qu'il est bien connu des gens de chevaux en tant qu'escroc. Ensuite, je n'aurai plus qu'à apporter quelques allusions sur les relations entre mafieux... J'entends déjà les verbes et adjectifs qu'elle va employer.

– Je dois vous avouer que le jour de la vente, j'ai écouté la « collaboratrice » dire au téléphone qu'elle savait que les papiers de Tonnerre étaient faux et qu'ils pourraient donc récupérer leur prix d'achat ! Leur rapporte Claire.

– Oh ! Mais c'est très bon pour nous, ça ! Merci

infiniment Claire. En rajoutant cela au reste, sans confesser d'où elle le tient, Sophie va leur clouer le bec.

C'est alors qu'Angelo glisse une idée à l'oreille de sa bien-aimée. Elle sourit, lui répond et informe le groupe du plan qu'il vient de lui soumettre. Pourquoi de ne pas tout simplement subtiliser le cheval pendant la nuit avec l'aide de Claire et Tony, qui sont sur place ?

Mais Margo ne veut pas entendre parler d'enlèvement ; même si les acquéreurs de Mark ne semblent pas honnêtes et que son prédécesseur l'était encore moins. Elle ne souhaite pas courir le risque ni exposer l'un d'eux a avoir des ennuis avec la justice. Ce qu'elle n'avoue pas, mais que Mel sait pertinemment, c'est qu'elles mentent à tout le monde depuis le début (et en particulier à Sophie) sur la soi-disant appartenance et le « vol » de Mark à Margo. La mère et la fille sont déjà suffisamment mal à l'aise avec ce mensonge, pour ne pas accepter de basculer dans la délinquance avec un enlèvement organisé.

La soirée se poursuit en élaborant divers plans pour parer aux éventuels aléas pouvant arriver dans les jours prochains. Ils sont tous d'accord sur un point : il leur faut faire vite. Personne ne doit pouvoir remarquer quoi que ce soit. Le plus délicat étant de synchroniser la venue de Sophie avec la sortie de l'article. Pour cela, Angelo doit obtenir de son collègue et du rédacteur en chef : la liberté de choisir la date du texte, qui paraîtra à la « Une ». A partir de là, Margo disposera d'un laps de temps suffisant pour appeler Sophie.

Pour Margo et Mark, les jours suivants sont à la fois, les plus longs et les plus courts de ces dernières semaines. Claire, comme convenu afin de ne pas éveiller les soupçons, sort se promener avec « le cheval ». Ils retrouvent ainsi Margo, Mel et Angelo. Et ceci, jamais au même endroit ni à la même heure.

Le premier jour, Angelo fait des clichés de Claire et Tonnerre qui, grâce à Margo, prend des positions très recherchées : cheval qui semble sourire, qui éternue, assis, couché ou encore, cabré. Claire a en plus le droit de monter sur son dos, chose que personne n'avait pu faire chez Monsieur.

Par la suite, se sont de merveilleuses balades. Margo et Mark apprécient de flâner ensemble, Claire et Angelo deviennent de plus en plus épris l'un de l'autre, et Mel profite de cette âme humaine dans l'animal qui la surprend tant. Mais ces promenades ne doivent pas être longues pour ne pas attirer l'attention. C'est pourquoi chacun se sent frustré de ce trop court instant. Fort heureusement, ils se rassurent en se disant que bientôt, ils vont être définitivement réunis.

Le quatrième jour, Angelo signale à Margo que son collègue-journaliste vient de recevoir l'accord du rédacteur en chef pour faire paraître l'article à la « Une » du journal dès le lundi suivant. Ce qui leur laisse trois jours pour demander à Sophie de les rejoindre sans éveiller ses soupçons. Mais également pour que Tony invite les salariés, apprentis et stagiaires à un pot pour une énigmatique annonce. Et enfin, pour prendre rendez-vous avec Alphonso et Cruella (dont ils ne connaissent toujours pas le nom) pour un achat quelconque. Et tout cela, en espérant que dans ce laps de temps, Claire et Tonnerre ne soient envoyés nulle part ailleurs.

Par bonheur, la chance est avec eux. Et grâce à leur plan bien ficelé, tout se passe comme prévu :

À l'arrivée de Sophie, le dimanche soir, Mel et Margo lui expliquent le projet. Malgré tout, il leur faut de nombreuses heures avant qu'elle capitule et accepte le stratagème.

De son côté, Tony annonce un brunch. Il doit présenter son ami et fêter son « coming out ». La curiosité de tous est piquée, il est assuré de la présence de tout le personnel.

Seul Angelo a faillit ne pas avoir la chance avec lui. Une panne de courant au journal a brutalement reporté les presses. Par bonheur, après quelques sueurs froides, ils ont réussi à rattraper le retard.

Et c'est ainsi que le lundi matin, Sophie, accompagnée de Margo, frappe à la porte principale pour leur rendez-vous avec le maître des lieux.

Mel, au volant du camion de Sophie, entre dans la cour centrale pour permettre à Claire de faire grimper Mark à l'arrière.

Et, à peine trente minutes plus tard, comme prévu, Sophie et Margo montent à l'avant du van. Sans un mot ni un regard, Mel démarre tranquillement et passe le porche, une légère sueur sur le front.

Après quelques kilomètres, elles font halte pour permettre à Claire de descendre et retrouver Angelo. Car elle a finalement décidé de rester en Italie, pour vivre avec lui. Les embrassades sont émouvantes sur cette petite route sinueuse, mais il ne faut pas s'attarder et ils ont promis de se revoir. C'est ainsi que Margo monte derrière, afin de ne plus quitter l'amour de sa vie.

Pendant qu'elle lui raconte tout ce qui s'est passé depuis sa disparition, Sophie rapporte à Mel l'entretien houleux qu'elle a eu avec Alphonso et une

« furie » qui semble être son bras droit.

Sur ce trajet de retour, à l'avant comme à l'arrière, ce n'est que rires et partages, émotions et joies de la réussite. À mi-parcours, après une courte pause, Margo redevient sérieuse et murmure à l'oreille de Mark qu'elle n'a pas renoncé à obtenir ses papiers de propriété. Elle ajoute qu'elle a stoppé momentanément afin de le retrouver, mais qu'elle va reprendre de plus belle.

À ce moment, côté cabine, Mel s'inquiète du silence :

– Tout va bien derrière ?

– Oui, nous savourons le fait d'être ensemble. Lui répond Margo en faisant un clin d'œil à Mark.

La paix s'installe durant de longs kilomètres dans le camion. Margo réfléchit à tout ce qu'elle doit accomplir avant le retour de Mark à la maison et lui chuchote de temps en temps ses projets. Mel, de son côté, aurait aimé parler ouvertement de ce qu'elle ressent, sachant son père enfermé dans un corps de cheval, mais pense que Sophie ne peut pas comprendre. Quant à cette dernière, elle réalise que les deux femmes doivent toujours désirer récupérer Fandhor et ignore quelle décision prendre. Elle n'est pas méchante et voit l'affection qui les relie tous les trois, mais elle a besoin d'argent pour faire fonctionner son « Écurie ». Et ce cheval a été acheté afin de lui permettre d'effectuer une marge considérable ! Quel dilemme ! D'un côté, elle a son « entreprise » et de l'autre, sa morale qui lui interdit de faire une plus-value au détriment de la maman de Mel.

Déterminée à tout risquer

Dès leur arrivée en Provence, Margo reprend les papiers photographiés par Mel chez Sophie, ainsi que toutes les recherches qu'elle avait effectuées. Aussi bien celles sur l'éleveur ardéchois, où était né le poulain dans lequel est logé Mark, que celles de son premier acheteur trouvé sur les réseaux sociaux. Sans oublier les noms d'escrocs connus dans le milieu du cheval. Elle a confiance en son plan initial. Il lui faut cependant revoir quelques faits des événements récents. Son but est simple, elle doit se faire passer pour le premier propriétaire de Mark, sympathiser avec l'éleveur puis lui apprendre que « Fandhor » étant difficile, elle l'avait donc remis à un spécialiste. Mais cette personne s'est malheureusement révélée être un escroc. Elle poursuivra en déclarant que très rapidement, celui-ci ne lui a plus donné aucune nouvelle, puis a littéralement disparu dans la nature avec son cheval et les papiers (qu'elle avouera avoir naïvement laissés à l'homme). D'une façon plaintive, Margo dira l'avoir cherché sans relâche ces quatre années écoulées et lui annoncera qu'elle l'a enfin retrouvé en Italie grâce à la presse. Elle développera en ajoutant que puisque les titres de propriété ont été falsifiés de nombreuses fois, la loi accorde l'appartenance au dernier acquéreur en date. C'est à ce moment qu'elle expliquera la raison de sa venue chez lui : cette énième propriétaire n'est d'accord pour lui recéder Fandhor que si, et seulement si, elle lui apporte la preuve d'achat.

Là, deux hypothèses pourront se présenter. Le premier et le plus simple, une certaine confiance s'est installée, et il lui fait un duplicata de vente en lui demandant tout bonnement d'épeler son nom. Le deuxième cas, l'éleveur prend les papiers d'origine et elle devra lui déclarer qu'en raison d'un divorce (et par facilité pour la propriétaire réticente) il lui faudrait son nom de jeune fille sur l'acte ; réglant ainsi la différence de dénomination.

Il ne suffit à Margo que de deux soirées, pour réussir à regrouper les documents et composer des notes bien claires. Ces listes doivent lui permettre de connaître tout le passé de Mark pour ne pas créer d'impairs lors de son rendez-vous.

Nous sommes jeudi, cela ne fait que trois jours qu'ils sont de retour, mais Margo est prête et veut discuter de son départ imminent. C'est pourquoi elle se rend avec Mark sur le haut d'une petite colline, non loin des écuries, où les rejoignent Mel et Valérian. C'est le lieu idéal pour parler sans être écouté. Tout promeneur est extrêmement visible, il leur est ainsi très facile de changer de sujet à leur arrivée.

Le but de cette réunion est de revoir, ensemble une dernière fois, si tout concorde entre ce que Margo a prévu de dire et les papiers accumulés. Les dates de naissance, d'origine, d'achat, du vol ; ainsi que les taches de naissance, noms d'escrocs notoires. Margo connaît ses fiches par cœur et les deux jeunes applaudissent sans rien avoir à ajouter, tandis que Mark manifeste sa joie en effectuant plusieurs cabrioles.

Son rendez-vous est programmé pour le samedi en tout début d'après-midi. Ils ont tous hâte que ce cap soit passé, car cela représente la première étape pour la demande auprès de la justice afin d'acquérir les droits de propriété à la suite des escroqueries et reventes avec faux papiers.

Samedi matin après un dernier bisou et une carotte à Mark, Margo prend la route pour la Haute-Loire ; plus précisément à la limite de l'Ardèche. Il lui faut quatre heures pour se rendre chez l'éleveur ; elle a prévu 5 h 30 afin de ne pas risquer d'être en retard. Il n'est pas question de donner une mauvaise impression. Margo veut mettre toutes les chances de son côté ; et de la chance ! Elle en a vraiment besoin !

Durant son absence, Mel a décidé de venir tenir compagnie à son père :

— Coucou ! Ça te dit d'aller te promener avec moi ? lui demande-t-elle en entrant dans son box.

Mark est très heureux de la voir arriver, car il se fait du souci pour Margo. Des tonnes d'interrogations se bousculent dans sa tête : comment sera-t-elle reçue ? Y aura-t-il des échanges houleux ? Sera-t-elle traitée de menteuse ? La personne, avec qui elle a rendez-vous, sera-t-elle pointilleuse ?

Il lui a fait comprendre tout ce dont il se souvient. Les lieux et bâtiments, les mâles et juments qui étaient sur place en même temps que lui. Sans oublier les habitudes de l'élevage, le caractère du propriétaire et de sa femme, ainsi que de leur employé de l'époque. Il espère qu'avec cela, elle pourra donner le change. Et ainsi, laisser supposer qu'effectivement elle les connaît.

Père et fille vont se promener autour des écuries, pas extrêmement loin, juste de quoi se dégourdir les jambes tout en demeurant ensemble, le temps que Margo revienne.

— Vois-tu papa, je n'ai pas eu l'occasion de beaucoup te parler. Au début, je souhaitais que maman puisse rester avec toi le plus possible. Et très vite, tu as disparu.

Mark ralentit légèrement et incline la tête vers elle.

— Ne t'inquiète pas papa, ça va. C'est seulement que je suis contente d'avoir, enfin, la possibilité de passer un moment avec toi. Et tout en lui frôlant la joue, elle continue :

— Marchons si tu le veux bien, il ne faudrait pas que quelqu'un nous entende. En mouvement il y a moins de risque, et avec ta super écoute, ajoute-t-elle en riant, il me suffit uniquement de chuchoter.

— J'ai l'air de plaisanter, mais je suis sérieuse ! Nous devons vraiment faire attention. Si quelqu'un saisit que nous communiquons, il désirera en tirer profit et cette fois-ci, nous n'arriverons peut-être pas à te retrouver. Tu ne peux pas imaginer à quel point les gens exploitent les chevaux, aussi bien pour leur beauté, leurs capacités physiques et même leurs performances. Alors, imagine ! Avec tes compétences humaines ! Lorsque maman m'a dit que c'était toi, bizarrement je l'ai cru tout de suite, certes il y avait urgence, car Sophie ne devait pas comprendre qui tu étais en réalité, mais quelque chose s'est passé. Je ne ressentais aucune crainte près de toi, je sentais un lien fort, comme une connexion entre nous. Je n'arrive ni à l'expliquer ni à le justifier !ajoute-t-elle en s'arrêtant une fraction de seconde afin de le regarder.

Mark saisit très bien ce qu'elle veut dire, car de son côté, sa colère, sa fébrilité, sa fureur de ne pouvoir communiquer l'ont abandonné dès qu'il s'est trouvé en leur présence.

— Vois-tu, mes croyances sont chamboulées. Je pensais fermement qu'avec la mort, notre énergie nous quittait. Que toute cette énergie se dissipe dans l'univers et qu'à la rigueur, cela provoque quelques problèmes électriques ou plutôt énergétiques. Mais maintenant, je ne sais plus que croire, je ne comprends pas ce qui arrive après la mort. Est-ce pour tout le monde pareil ? Ou es-tu une exception ? Est-ce, ce que certains appellent la réincarnation ? Et dans ce cas, qui peut accéder à ça ? Et comment ? Puis par-dessus tout, combien de temps vas-tu rester dans ce corps ?

Toutes ces questions, il se les était posées également et n'avait pas de réponse. Margo aurait dit que le sujet n'était pas de savoir, mais d'accepter et de profiter. Comment rassurer sa fille lorsque lui-même était inquiet pour l'avenir ? Il s'arrête en lui barrant la route et tourne son encolure afin qu'elle lui passe les bras autour du cou, c'est la seule chose qu'il peut faire dans l'immédiat : un gros câlin !

— Oh, mon Papounet chéri, je te reconnais bien là, du plus loin que je me souvienne, tu me prenais dans tes bras et mes problèmes disparaissaient. C'est comme si j'étais redevenue enfant lorsque je me blottissais dans tes bras, les miens, autour de ton cou : en quelques minutes, mes malheurs semblaient vraiment moins graves. Merci d'être toujours présent pour moi mon papa d'amour.

Tous les deux continuent cette balade en se félicitant d'avoir une si grande entente. Ce moment indéfinissable rempli de tendresse leur permet d'être côte à côte sans se sentir obligés de parler, ils finissent la boucle du parcours en silence, apaisés et heureux d'être réunis.

En arrivant près des écuries, Mel reçoit un SMS de Margo qui annonce son retour pour les environs de 21 heures. Elle se plaint en quelques mots à son père :

— Mais pourquoi ne dit-elle rien de plus ? Rien, sur sa visite. Que ce soit positif ou négatif. Juste : « ne vous inquiétez pas, je vais bien, on se voit vers 21 heures dans l'enclos de Mark ». J'enrage, ce n'est pas humain, encore quatre heures à attendre ! Crois-tu qu'elle répondra si j'appelle ?

Mark balaye l'air de la tête tout en soufflant des n aseaux.

— Tu as raison, si elle avait voulu en parler, elle nous aurait téléphoné. Je ne sais pas quoi penser ;

est-ce qu'elle ne dit rien parce que ça s'est mal passé ou est-ce qu'elle est tellement heureuse qu'elle préfère nous l'annoncer de vive voix ? Ou encore, ça s'est bien terminé, mais elle n'a pas pu avoir de papier. Incroyable, je suis si énervée que je suis un moulin à paroles. Mais bon sang de bon sang, comme elle m'agace parfois !

Son père gratte aussitôt du pied pour attirer son attention et finit par agiter l'encolure par deux fois.

— Es-tu en train de me répondre que tu es d'accord avec moi ? Et que toi aussi, cette situation t'exaspère ?

Et Mark abaisse à nouveau la tête.

Mel se met à rire de bon cœur, ce qui permet à la tension de descendre.

— Eh oui, tout comme dit maman, « qui aime bien châtie bien » ; c'est pourquoi on a le droit, même si elle n'est pas là, de s'énerver contre elle. Oh ! Comme ça fait du bien de rire, enchaîne-t-elle en ouvrant la porte de l'enclos.

— Je vais te laisser redevenir un cheval pour que personne ne se doute de rien et je pars m'occuper de mes deux loulous. Soit patient mon papa-cheval. Et croisons les doigts pour que tout se soit passé à merveille. À tout à l'heure, dit-elle en effectuant un clin d'œil et en entremêlant l'index et le majeur à la hauteur de ces yeux.

Mark permet à l'instinct animal de prendre le dessus afin d'arrêter son esprit de le tourmenter. Comme il l'a souvent ressenti depuis qu'il est dans ce corps, le cheval utilise un langage corporel spécifique composé de postures, d'attitudes et de mouvements précis. Ses congénères ont des besoins bien réglés : manger, dormir, brouter, jouer... Et leur cerveau n'est pas en ébullition constante ! Il se laisse alors envahir par cet instinct et ses nécessités. C'est tout ce dont il désire en ce moment en attendant le plus sereinement possible que Margo revienne et leur rapporte son entretien.

Quelque temps plus tard, Aurélie arrive avec du foin et des granulés près de son pâturage. Mel lui a effectivement demandé de ne pas le rentrer dans son box, lui précisant qu'elle s'en occuperait dans la soirée.

— Coucou Fandhor. Je t'apporte ton repas, tu viens ? l'appelle-t-elle en entrant dans le pré avec une brouette pleine.

Mark fait mine de ne pas s'intéresser à elle, puis de changer d'avis en se rendant nonchalamment près de la porte de son enclos.

— Tu es bien calme ce soir, c'est agréable de te

sentir mieux dans ta peau !

Après avoir posé le foin et le récipient de granulés, elle rajoute :

— Ce sont Mel et Margo qui te rentreront au box. Tu en as de la chance d'avoir autant de monde qui s'occupe de toi !

Mark lève la tête du seau, aussi elle renchérit :

— Hey. Ne me regarde pas comme ça, je sais que tu le mérites ! Je t'aime beaucoup, il y a quelque chose d'intelligent en toi qui te rends attachant. Bonne soirée.

Puis elle s'en retourne en chantonnant.

Mark a de l'estime pour cette jeune fille, elle est douce et sensible, très attentive au bien-être des chevaux et adore ce qu'elle fait.

Margo de son côté a hâte de raconter son rendez-vous aux siens. Seule dans sa voiture, le stress retombe au fur et à mesure qu'elle repasse l'entrevue qui aurait pu tourner au désastre. Elle était pourtant confiante en ce qui concerne l'usurpation d'identité de l'acheteuse, grâce à l'entretien téléphonique qu'elle avait eu quelques jours plus tôt avec la réelle première propriétaire. Cette femme, à peine moins âgée que Margo, n'avait jamais rencontré l'éleveur, puisque c'était un cadeau-surprise de son mari pour leur vingtième année de mariage.

Elle a donc réussi à dérouler toute l'histoire inventée. Elle a pleurniché sur son divorce, pour ensuite amener le sujet du cheval hyper compliqué. Elle lui a parlé de son placement chez un arnaqueur professionnel, pour terminer par la disparition.

L'éleveur, Monsieur Decouen, a été extrêmement compatissant lorsqu'elle en est arrivée à cet instant du récit. Car lui-même a été confronté à ce genre de personnage :

— Je comprends très bien que vous ayez fourni les papiers de Fandhor à celui qui devait se charger de son éducation. Les gens comme nous ne pensons pas une minute qu'il puisse y avoir des créatures aussi malhonnêtes.

— Mais complètement ! enchérit Margo, sautant ainsi sur l'occasion pour ne pas passer pour une femme naïve.

— Il faut que je vous dise que de nombreuses personnes se sont fait « avoir » de la sorte et pas uniquement de notre génération ou hors milieu équin.

Margo était tout ouïe. Elle était heureuse d'avoir inventé cette escroquerie qui semblait « parler » à cet homme.

— Avec quelques éleveurs, coachs et propriétaires privés, nous avons créé une association afin de recenser les dénominations de ce genre d'individus. Ainsi ils font partie d'une liste noire que peuvent consulter tous les professionnels du milieu. Donnez-moi le patronyme de ce gars que je vois s'il y est mentionné, et au besoin le rajouter.

Margo, prise au dépourvu, bégaya puis s'étrangla, ne sachant comment annoncer qu'elle ne connaissait pas le nom de la personne à qui elle avait soi-disant confié son cheval. Bienveillant, l'homme leur a préparé un café afin de la réconforter.

— Tenez ma petite dame, reprenez vos esprits.

— Merci, c'est très gentil ! réplique Margo avant de poursuivre :

— Voyez-vous, je suis bien ennuyée, car je ne possède aucun nom. J'ai eu des problèmes de téléphone à l'époque et tous mes contacts ont disparu. Et puisque je ne disposais d'aucun papier le concernant, je n'ai pu effectuer aucune recherche. C'est à croire que l'Univers ne voulait pas m'aider, j'étais anéantie. D'abord mon divorce, puis la perte de mon cheval à cause de ma bêtise, se justifie Margo d'un air pleurnichard.

— Oh, ne soyez pas si dure avec vous, Margo. C'est ce que l'on appelle la loi des séries. Mais tout s'est bien terminé puisque vous l'avez retrouvé, n'est-ce pas ?

En entendant son prénom, elle comprend qu'un lien s'est créé entre eux et est heureuse de s'en sortir à si bon compte. Elle boit une autre gorgée afin de se donner un peu de temps pour une réplique.

C'est extra, il lui apporte ainsi de quoi amener le sujet sur les retrouvailles et donc la raison de sa venue. C'est-à-dire l'impossibilité de racheter Fandhor, car la dernière propriétaire en date veut un acte à son nom de jeune fille.

À cet instant sur la route, ses pensées sont interrompues par une pluie fine, mais intense. Elle a besoin de toute son attention. Il est hors de question d'avoir un accident, que ce soit aujourd'hui, sur le chemin du retour ou n'importe quand, tant qu'elle n'aura pas ramené Mark à la maison !

Un peu après 20h30, Mel et Valérian parviennent tour à tour auprès de Mark pour attendre l'arrivée de Margo. Mark, quoiqu'inquiet, est calme et le temps passe relativement vite à les écouter parler de leur projet de création d'une écurie de propriétaire. D'un coup, il lève la tête très haute, les oreilles pointées en direction de l'entrée principale. À cette réaction, Mel comprend tout de suite que Margo n'est pas loin.

— C'est incroyable comme ton ouïe est fine. Je savais que mes loulous m'entendaient arriver, mais là, ça me confirme que vous faites bien la différence entre tous les véhicules. Tu parais certain que c'est sa voiture qui approche et non une autre !

Mel et Valérian regardent dans la direction du parking, mais ne voient rien ; c'est à peine s'ils ont l'impression de percevoir un semblant de bruit de moteur.

Chapitre 8
Entre doute et espoir

Margo gare sa voiture et se rend rapidement vers l'enclos où ils l'attendent. Mel qui ne tient pas en place court ouvrir la barrière ; signe qu'elle n'a aucune crainte que « ce » cheval sorte précipitamment.

— Oh, je suis tellement contente d'être arrivée. Je suis épuisée. Et vous trois ? La forme ?

— Impec maman, et toi ? Bon moral ? réplique Mel, qui ne sait pas comment aborder le sujet.

Margo embrasse les deux jeunes et en entourant l'encolure de Mark répond :

— Oui, je vais véritablement bien. Ça s'est finalement joliment passé.

— Wharf, Ouf, tu m'enlèves un de ces poids. En fait, tu nous l'enlèves à tous les trois. Nous étions morts d'inquiétude. Lui avoue sa fille.

— Je m'en doutais, mais tu sais comme je suis devenue parano depuis quelque temps ! Je ne veux pas parler au téléphone ni encore moins écrire.

Enfin, je suis là et je ne vous cacherai rien. Elle effectue un geste de recul des deux mains en avant et s'écrie :

— Oust, allons-nous mettre un peu plus loin, histoire que personne ne soit en mesure de nous entendre. Déjà, que de nous voir tous les quatre en rond, peut paraître bizarre !

— Tu as raison, on n'est jamais assez prudent. D'ailleurs, puisqu'il fait bon, nous devrions nous asseoir et donner l'impression de profiter de l'air frais du soir, d'une nuit étoilée et de ce beau cheval ! renchérie Mel espiègle, en montrant son père.

Valérian joue le jeu aussitôt et s'écroule par terre. Il met les mains sous sa tête et s'écrie en s'extasiant.

— Comme on est bien ici, moi je ne bouge plus de là ! Inutile d'insister, je regarde ce ciel magnifique et me repose. Revenez me chercher dans une heure si vous ne voulez pas rester avec moi.

Mel s'assoit à côté de lui et fait mine de le secouer en riant à son tour. Aussi sec, Margo se met en tailleur pratiquement en face d'eux. Mark se place de façon à sembler brouter à leurs pieds et Margo peut enfin commencer à raconter sa visite chez l'éleveur :

— Vous souvenez-vous de la photo du naisseur de Fandhor, que nous avions trouvé sur Internet ? Eh bien, c'est tout à fait lui, mais avec dix ans de plus (elle échappe un petit rire discret). Du coup, je ne l'ai pas reconnu lorsqu'il est venu vers moi. Je lui ai annoncé avoir rendez-vous avec monsieur Decouan. Comme il me répond : oui, c'est moi ! Je l'informe que probablement, ce doit être son fils qui m'attend ! Là, il éclate de rire, proclame qu'il a vieilli, mais peut-être pas à ce point-là. Je me suis trouvée toute bête. J'ai eu honte et me suis étranglée. Il a été contraint de me conduire à son bureau pour m'offrir un verre d'eau. Je ne savais plus où me mettre, j'étais confuse et ne pouvais sortir un seul mot. Il a été vraiment très gentil et dans son fou rire, il m'a avoué n'avoir pas autant ri de sa vie ni avoir fait rougir une femme comme ça depuis des lustres. Si moi j'étais mal à l'aise, lui était détendu ; j'ai donc commencé à lui parler de l'achat, dont il se souvenait, fort heureusement.

— Comme tu sais si bien le dire maman, nous pouvons monter tous les plans possibles et inimaginables, il y aura toujours le risque qu'un grain de sable « vienne sur le tapis ».

— C'est exactement cela ma puce. Je lui ai avoué avoir regardé son profil sur internet et que c'était pour cela que j'avais eu cette réaction.

— Oh, excellente idée Margo. Je ne pense pas que j'aurais osé. !s'exclame Valérian admiratif.

— Vois-tu, je n'avais rien à perdre de toute façon. Et comme je vous le disais, il semblait être bien disposé à mon égard. Aussi, je suis devenue de plus en plus à l'aise et ma spontanéité a refait surface. Nous avons beaucoup parlé, il m'a raconté la naissance, le début de vie de Fandhor, puis son éducation en tant que jeune étalon. Et bien entendu, nous ne pouvons en douter, il ne leur a rien épargné. Ni la casse des portes de box, ou encore, embarquer les copains pour bondir au-dessus des barrières et faire des kilomètres. Sans parler des apprentis ou stagiaires qui capitulaient et ne voulaient plus s'en occuper. C'est pourquoi ; lorsqu'un homme lui a annoncé que sa femme avait flashé sur lui en regardant son site ; il a sauté sur l'occasion pour s'en défaire. Quand j'ai parlé du vol dont j'ai été victime, nous avons longuement dialogué sur les escrocs qui sont extrêmement nombreux. Quelques minutes plus tard, il me proposait de visiter ses installations et je n'ai pas pu résister.

— C'était dangereux, n'aurais-tu pas plutôt dû essayer de partir le plus vite possible ? s'inquiète Mel.

— Comme tu le sais, j'avais vraiment envie de constater où ton père a fait ses premiers pas en tant que poulain et j'espérais apercevoir la jument qui l'a mis au monde.

— Non ! Tu l'as vu ?

— Oui, c'était incroyable. Elle était là avec un autre jeune étalon, elle est splendide. Mark, ton corps lui ressemble en tout point : la robe, la taille, la magnifique crinière. Elle a la même majesté lorsqu'elle se déplace. Je pourrais en parler des heures, mais bon, je continue. Il possède de belles installations et aime énormément ce qu'il fait, quand bien même son élevage d'anglo-arabe n'est pas sa principale activité.

— Ah non ? interroge Valérian,

— Pas du tout ! Figurez-vous qu'il est bûcheron ! Nous sommes allés nous balader ; il a de magnifiques arbres centenaires dont il est très fier. En plus, il a intégré une petite famille de chevreuils tout récemment et j'ai pu les approcher, c'était magique.

Mel reprend la parole impatiente de connaître le résultat final :

— Nous voyons bien que tu as fait « ami-ami » avec lui et que tu as passé une journée mémorable. Mais pense un peu à nous qui t'avons attendue tout ce temps et brûlons de savoir si tu as eu gain de cause.

Margo éclate de rire et rétorque :

— Oui, je suppose que l'attente a été longue pour vous. Mais pour moi, cela n'a pas été facile non plus. Comme vous pouvez l'imaginer, le stress était intense malgré la gentillesse d'Edmond !

— Oh ! Tu l'appelles par son prénom ! Alors, ça s'est bien terminé. Non ? l'interrompt Mel.

Mark désireux de venir au secours de sa fille s'approche et souffle dans le cou de Margo qui finit par capituler :

— OK, OK, j'arrête le suspense. Oui, pour conclure, j'ai un acte faisant office de duplicata de vente.

— Mais c'est génial ! Tu as réussi, tu es la meilleure ! s'écrie Mel en se levant d'un bond. Elle se met alors à tourner plusieurs fois sur elle-même, puis explose :

— Oh ! j'ose à peine y croire : c'est bientôt la fin de ce cauchemar. Vous rendez-vous compte ?

Margo se relève à son tour et prend les mains de sa fille dans les siennes en déclarant calmement :

— Ne nous emballons pas. Maintenant, il est nécessaire de faire une demande en justice, aux greffes de la juridiction, afin de comparaître devant un juge. Et pour cela, je devrais formuler les points sur lesquels je suis en désaccord, c'est-à-dire le nom du propriétaire. Et là, il me faudra fournir tous les papiers possibles en tant que preuve.

— Très bien, tu as l'acte désormais.

— Le document, oui, mais pas la déclaration de vol. Et encore moins le contrat établissant que j'ai confié mon cheval à quelqu'un qui est « soi-disant » parti.

— Le certificat ne suffira pas ? demande Valérian inquiet.

— Je crains bien que non. Je peux passer pour une personne naïve en ayant abandonné mon étalon à un escroc (sans même avoir noté ses noms et adresses). Mais puis-je me révéler être un imbécile qui ne s'est pas rendu à la police ou la gendarmerie lorsqu'il a disparu avec mon cheval ? Je ne pense pas ! Il me faut quelque chose de solide qui tient debout, quelque chose de correct qui me permettra d'être crédible.

— Quelque chose ; comme quoi ? s'informe Mel inquiète.

— Tu veux probablement parler d'une notoriété, une réputation connue. Présenter des références, témoignages ou recommandations ? énumère Valérian.

— Oui, en quelque sorte. Je dois trouver « La Raison », qui leur donnera confiance en moi. Ainsi, il leur sera plausible de croire que les papiers de Fandhor sont faux. Et surtout, ils pourront accepter que je n'aie pas finalisé ma plainte quand je suis allée à la gendarmerie. J'avouerai que lorsque le gendarme qui m'a reçue m'a appris que c'était peine perdue, que les dépôts de ce genre n'aboutissaient pas, j'avais capitulé.

Mark s'approche de Margo et frotte son nez sur son épaule plusieurs fois de haut en bas. Il a confiance en elle et sait que s'il y a une solution, elle la trouvera. Il en est convaincu et aimerait le lui dire, la prendre dans ses bras pour lui donner la force de se battre.

Et comme toujours, le contact de son mari lui est bénéfique ; aussi elle le regarde et reconnaît :

— Tu as raison mon cœur ! Je ne dois pas me laisser aller, même si nous avons connu de pénibles déboires et perdu du temps : nous sommes ensemble, conscients d'être là, en bonne santé et avec un acte authentifié par le vendeur.

Elle se retourne vers les deux jeunes et rajoute :

— Il y a quelques semaines, nous avons décidé de nous lancer avec ardeur et fougue dans cette action. Nous avons fait bien plus que cela ! Alors, haut les cœurs ; nous allons tout donner et réussir. Et nous obtiendrons gain de cause, j'en suis persuadée.

Sur cette phrase pleine de confiance, tous les trois raccompagnent Mark dans son box, l'embrassent chacun à leur tour et rentrent se coucher.

Après une nuit réparatrice, quoiqu'en majorité à chercher des idées, Margo se rend à la cuisine afin de confectionner le petit-déjeuner. Elle veut tout préparer en attendant que les deux jeunes se lèvent. Elle a hâte d'exposer à sa fille et son gendre, ce qui lui a germé dans la tête. Elle ne tient plus en place et espère que l'odeur du café et des tartines grillées vont les réveiller.

Margo en est à son deuxième bol lorsque Mel apparaît en nuisette, laissant deviner ses courbes féminines. Ses longs cheveux noirs nattés pour la nuit lui descendent jusqu'aux reins. Sa démarche lente et nonchalante accompagne sa voix à peine sortie du sommeil :

— Bonjour, maman, tu es matinale pour un dimanche. Tu vas bien ? Tu n'as pas trop mal dormi ?

— Oui, ma chérie, je vais très bien et j'ai suffisamment dormi, je t'assure. J'ai trouvé une idée pour apporter une preuve de mon intégrité, pour faire partie des personnes « bien sous tous rapports », lui répond sa mère en mimant les crochets à l'aide des doigts.

— Mais avant, je te sers un café. J'ai fait griller quelques tartines, ça te dit ?

— Oh oui, merci. Se lever et mettre les pieds sous la table pour un bon petit-déjeuner : j'adore, je vais dévorer en t'écoutant ! déclare-t-elle tout en attrapant d'une main une tranche fraîchement grillée devant elle et le beurre de l'autre.

Margo lui présente une chaise et remplit sa tasse, tout en la bombardant de petits bisous par-ci, par-là. Certains dans le cou ou sur la tête, d'autres sur l'épaule ou le bras. Elle tourne, virevolte autour d'elle ; heureuse de la servir comme lorsqu'elle était enfant.

— Arrête, arrête s'il te plaît. Je ne vais jamais manger tout cela. Assois-toi et explique-moi ton idée, lui dit Mel en riant.

Margo ne se fait pas prier et lance, avec à la main sa troisième tasse de café :

— J'ai pensé à une pétition !

Voyant sa fille lever les sourcils, elle continue :

— Comme tu le sais, dans ma vie j'ai côtoyé de nombreuses personnes. Si une partie de celles-ci acceptent de signer une pétition en ma faveur, peut-être que le juge acceptera de prendre en compte ma bonne foi ! Même si elle n'a aucune valeur juridique, elle constituera un moyen efficace de donner une idée générale.

— Mais oui, ça peut fonctionner. Tu penses à quoi comme sorte de pétition ?

— Eh bien, cela devra décrire les opinions que les gens ont de moi, afin que de nombreuses personnes la signent. Dessus seront précisés leurs noms et adresses bien évidemment.

— Et tu songes à beaucoup de monde ?

— J'ai créé trois listes, car il va falloir se répartir la tâche pour plus de rapidité. Bien sûr, en majorité cela se fera par mail. Donc je me charge des deux grosses entreprises où j'ai travaillé, y compris des personnes que j'ai questionnées lors de mes recherches sur la nuit de la disparition. Pour toi, je pensais que tu pourrais prendre contact avec tous ceux que nous avons rencontrés en Italie ainsi que nos voisins et famille. Il me semble qu'en venant de ta part, cela paraîtra moins présomptueux. Et pour Valérian, je suppose qu'il serait capable de voir le centre d'aide à la personne pour qui j'effectue quelques heures par mois depuis six ans. Si mes calculs sont justes, nous pourrons probablement arriver à 500 signatures.

— Waouh. Eh bien, je pense que c'est une excellente idée maman. Par contre, il ne va pas falloir se tromper sur l'intitulé et son contenu !

— Oui, cette pétition doit témoigner de mon intégrité et donner la sensation, grâce aux nombreuses signatures, que je suis, digne de confiance. Elle est censée montrer que je suis honnête, généreuse et gentille, mais également, que je peux avoir une bonne influence et enfin, apporter de la joie autour de moi.

— Mais voilà, c'est exactement comme ça que je te définirais moi !

— Je suis d'accord aussi, approuve Valérian. Qui était arrivé derrière elles sans qu'elles s'en rendent compte.

— Oh, comme vous êtes mignons tous les deux. J'ai une chance du tonnerre ! prononce Margo, les larmes aux yeux.

— Mais c'est tout à fait vrai Margo. Et je rajouterai même dans cette pétition, que tu es altruiste et possèdes énormément d'empathie.

Margo émet un gros soupir, attrape une biscotte et la beurre généreusement afin de se donner une contenance. Elle ne remarque pas le regard affectueux qu'échangent les deux jeunes, toute à l'émotion de ce moment.

Quelques minutes plus tard, ils ont tous les trois repris leurs esprits et démarrent un brainstorming. Il est puissant, abondant et se révèle constructif, pour alimenter la future pétition. Ce qui fait qu'en fin de matinée, elle est dressée et terminée. Les nombreuses personnes à contacter sont recensées, et le planning, établi.

Vers un avenir meilleur

Durant presque dix jours, tous les trois courent après des signatures ; que ce soit en face à face ou par mail. Ils s'activent afin d'obtenir un maximum de réponses positives. Malgré l'importance de cette course aux autographes, Margo passe énormément d'heures avec Mark, car elle ne veut plus le laisser très longtemps seul. Elle a compris combien le caractère animal s'empare de l'esprit humain de Mark dès qu'il se retrouve isolé. Elle ne peut pas risquer que comme la dernière fois, sous l'effet de la panique, il prenne « la poudre d'escampette ».

Lorsque tout est bouclé, Margo se rend vite au tribunal afin de présenter sa requête au juge. Cette demande d'attribution de « Fandhor » en tant que sa propriété, ne doit aboutir qu'après trois semaines ; trois longues semaines qu'elle emploie à rassurer son époux tout en croisant les doigts que la réponse soit positive. Ils passent tous leurs temps ensemble et réussissent à communiquer de mieux en mieux. Les deux jeunes la relayent auprès de Mark durant cette interminable attente, car aucun ne veut le voir disparaître à nouveau.

Lorsque le jour « J » arrive, Mel rejoint sa mère au tribunal afin de l'accompagner devant le greffier des affaires internes qui peut enfin leur annoncer la sentence. Elles sont toutes deux pressées de connaître la décision du Juge, mais n'ont pourtant aucune hâte d'apprendre le verdict s'il s'agit d'un échec.

— Allez, entrons ! De toute façon, le verdict sur la propriété est déjà tombé. Et il y a probablement plusieurs jours. Ce n'est qu'un résultat que nous venons chercher ! amorce Margo pour se donner du courage.

Elles pénètrent timidement dans le bureau, un poids sur l'estomac. Après un bonjour jovial et l'invitation à s'asseoir, le greffier prend un dossier. Il le lit silencieusement et leur annonce :

— Très bien, il semble que vos documents sont en règle. Ce cheval est effectivement le vôtre ; il va être ordonné un rapatriement sur vos terres.

Toutes les deux restent un instant sans voix, abasourdies par ces paroles, par cette joie immense qui monte peu à peu jusqu'à leurs cerveaux. Margo finit par se reprendre, un sourire éclaire son visage, elle se lève afin de signer les papiers que lui tend le greffier depuis de nombreuses secondes. Après avoir remercié maintes fois cet homme qui représente la fin d'un long cauchemar, elle entraîne sa fille à l'extérieur de cet imposant tribunal. Arrivée dehors, sur les larges marches de ce lieu majestueux et avec une joie incommensurable, elle explose de bonheur et crie en levant les bras écartés vers le ciel :

— Mark va enfin rentrer à la maison ! Puis elle fixe Mel, l'embrasse très fort et lui dit en la contemplant tendrement :

— Allons vite annoncer la nouvelle à ton père, j'ai tellement hâte de nous retrouver chez nous et pouvoir parler tous les deux sans oreille indiscrète.

Mel, moins euphorique, la regarde et les yeux pleins de larmes lui déclare :

— Je n'ose pas croire que tout est fini ; que papa soit bien ici, sur terre, avec nous et que plus rien ne nous l'enlèvera. Je suis si heureuse et si fière d'avoir une mère aussi déterminée que toi.

Margo et Mel s'embrassent de nouveau, puis vont rapidement vers la voiture, pressées de se rendre aux Écuries.

Pendant ce temps, Mark « ronge son frein », il tourne en rond dans son box, passe la tête sans cesse à la fenêtre en lâchant des hennissements aigus. Il semble bien, être condamné à l'ennui et son énergie contenue le mine au plus profond de ses entrailles.

Aurélie, la jeune apprentie qui traverse la cour en chantonnant s'exclame :

— Mais que t'arrive-t-il, Fandhor ? Pourquoi ces cris lugubres ? Tu n'es pas heureux avec nous ? De la paille fraîche, de l'eau courante, une ouverture sur l'extérieur, de la musique d'ambiance !

Mark secoue la tête et pense :

— Comment veux-tu que je sois bien ? Je dois faire mes besoins dans ma chambre, manger des granulés et du foin (même si j'apprécie cela sans savoir pourquoi). Et puis surtout, je suis séparé de l'Amour de ma Vie. Sans oublier qu'elle est la seule qui me comprenne réellement.

— J'adore ta façon de me regarder. On pourrait parier que tu me parles et surtout : que tu saisis le sens de mes paroles.

Mark s'approche d'elle et lui souffle sur les mains ; Aurélie rit et lui dit :

— Bon, j'ai pitié. Je te sors afin que tu te

dégourdisses un peu, dans ton paddock. Je pense que ni Margo ni Mel ne m'en voudront.

À peine lâché, Mark se met à galoper avec plaisir. Oh, combien il est agréable de filer aussi vite que le vent, de se sentir libre et de pouvoir effectuer des galipettes ! D'un coup, il freine des quatre pieds ; mais qu'est-ce que je suis en train de faire ? Je me conduis comme un véritable cheval, que m'arrive-t-il ? Tantôt, je deviens fou, tantôt j'agis exactement comme un étalon. Oh, mon Dieu, je dois absolument réagir et trouver quelque chose pour me sortir de là sinon...

La scène se passe devant un couple venu acquérir une jument :

— Admire-moi ça ! Il est magnifique ! Quelle puissance ! Je le veux, il me le faut ! déclare la jeune femme.

De petite taille, gracieuse et presque fragile ; elle suit Mark du regard. Elle a les yeux en amandes soulignées de khôl et ses cheveux noirs bouclés encadrent un visage parfait, seul dénote le ton de sa voix : très dure et implacable.

— Alhisha, puis-je vous rappeler que nous sommes ici pour « Gracia », la jument de ce côté-ci ? lui précise l'homme à sa droite en effectuant un léger geste vers le paddock voisin.

— N'as-tu pas entendu ce que je viens de formuler ? Je le veux ! Alors, débrouille-toi et embarque-le avec la pouliche. Cet étalon à la fougue et la robe dont j'ai envie. Il est hors de question qu'il ne soit pas à moi ! Allez, il te reste la soirée pour cela ! déclare-t-elle avant de tourner les talons.

L'homme a l'habitude des lubies de sa jeune protégée. Depuis 25 ans maintenant, il supervise les régisseurs des propriétés de son père en Arabie. Il l'a connue toute petite et l'a vu monter à cheval dès sa tendre enfance. Il y a de cela trois ans, elle a exigé de son père qu'il lui confie les « rênes » d'un de leurs domaines. Celui-ci a capitulé, mais à condition, que Malik lui apprenne le métier. Depuis, il la conseille et l'aide dans ses choix, notamment lors de l'acquisition de nouveaux spécimens pour le haras. C'est pour cette raison qu'ils se trouvent en France ; Alhisha désire renouveler le cheptel des géniteurs de son élevage.

Sophie s'est résolue à vendre sa jument, car elle a pris sa décision : elle va accepter de laisser Fandhor à Margo. Et ceci, sans effectuer de plus-value sur son achat. Que ce cheval soit celui de Margo ou pas, elle préfère garder sa bonne relation avec Mel plutôt que de faire des profits avec Fandhor. En mettant en vente Gracia, elle pense pouvoir améliorer ses finances. En effet, cette jument a gagné de la valeur après avoir terminé première dans de nombreux concours. Et par bonheur, son annonce a très vite intéressé ces riches éleveurs d'Arabie.

Malik rejoint Alhisha et ils pénètrent dans le paddock de Gracia où les attend Sophie. Ils prennent le temps d'examiner longuement la pouliche et demandent à la voir tourner aux trois allures. Ils finissent par la confier à leur vétérinaire, venue d'Arabie avec eux afin de s'assurer de la bonne santé de cette nouvelle recrue.

En sortant du pâturage, Alhisha lance à l'intention de Malik, tout en avançant vers la Tesla de location garée un peu plus loin :

— Je te laisse t'occuper de la paperasse et de ce dont nous avons parlé ! Je retourne à l'hôtel !

Malik accompagne Sophie jusqu'à son bureau en lui demandant de bien vouloir pardonner l'impolitesse et la fougue de la jeunesse de sa jeune protégée. Puis il s'efface, tout en ouvrant la porte, en homme courtois qu'il est, afin de la laisser entrer en premier.

Après avoir rempli les formulaires de vente et signé les documents, il la questionne délicatement :

— Sophie, j'aimerais que nous parlions de l'étalon noir.

— Bien sûr, que désirez-vous savoir ?

— Est-il à vous ?

— Oui, mais c'est un peu compliqué. Pourquoi ?

— Nous souhaitons l'acquérir et l'emmener ce soir avec Gracia. Votre prix sera le nôtre. Dans la limite du raisonnable, évidemment ! un sourire charmeur sur les lèvres.

— Comme je vous le disais, c'est compliqué ! J'ai bien acheté ce cheval. Les papiers sont assurément à mon nom. Mais à peine quelques jours après que je l'ai ramené chez moi, une femme a déclaré qu'il lui a été volé quatre ans auparavant. Nous sommes donc en pourparlers et je vais probablement le lui revendre au prix qu'il m'a coûté.

— Je saisis, mais rien ne vous empêche de le céder à un autre acheteur aujourd'hui ? Aucune action en justice ne vous l'interdit !

— Non effectivement, mais si elle est réellement la propriétaire, ce ne serait pas moral.

— La morale vous savez, dans les affaires… renchérie Malik, en souriant.

— Peut-être que pour vous cela ne compte pas. Mais comprenez-moi, la fille de cette personne est une de mes clientes et amies.

— Ce que je peux répondre à cela se trouve sur ce chèque ! affirme Malik en inscrivant une somme astronomique qu'il lui met dans la main.

Sophie, éberluée par le nombre de zéro, avale sa salive et après quelques secondes finit par dire au moment où il s'approche de la porte :

— Attendez ! Je ne peux pas accepter ! Et puis, de toute façon, si la loi lui donne raison, la vente sera caduque. Vous serez obligé de rendre le cheval et moi, de vous rembourser. Comprenez que ce n'est donc pas possible.

Le visage de Malik devient radieux et avec un énorme sourire, il déclare en repoussant le chèque qu'elle lui tend :

— Ne vous inquiétez pas. La somme vous est acquise puisque pour moi, et conformément aux papiers de propriété de Gracia, il s'agit de la commercialisation de votre jument. Ne vous effrayez pas, nous ne vous réclamerons rien, quoiqu'il advienne de cet étalon. Quant à la personne qui se dit volée : j'imagine mal quiconque venir jusque chez nous pour chercher un cheval. Et si cela était, nous la dédommagerions également.

— Voyez-vous, cher Monsieur, la justice en France est simple : si elle décide que ce cheval est à elle, je n'ai aucun droit. De plus, elle ne serait même pas obligée de me rembourser pour mon achat. Seules les assurances peuvent éventuellement le faire. Et puis ; comme je vous l'ai dit, un lien d'amitié est né entre sa fille et moi, mes scrupules m'empêchent d'accepter ! déclare Sophie en lui tendant le chèque, qui pourtant lui fait « tourner la tête ».

— Ne vous inquiétez pas, vous n'aurez rien à justifier ; nous nous occupons de tout.

Puis il fait demi-tour et la laisse sans explication supplémentaire, le chèque en main.

Après quelques secondes d'hésitations, mais surtout d'incompréhension, elle s'élance derrière lui en criant : attendez, arrêtez ! Mais il est déjà loin, ce temps de réflexion, ajouté aux grandes enjambées de l'homme sportif, la mit hors de portée de voix. Elle regarde le bout de papier et pense :

— Mais que vient-il de se passer ? Il est bizarre lui ! Je dis non, mais il n'en tient pas compte ! Eh bien, tant pis. Après tout, ils étaient ici pour Gracia et je n'ai fait des feuilles de vente que pour un seul cheval ! Je vais encaisser ce chèque, qui arrangera gracieusement ma comptabilité et demain sera un autre jour !

Puis le sourire aux lèvres, elle retourne à ses occupations.

Dans le milieu de l'après-midi, Margo arrive directement du tribunal comme prévu.

À peine garée, elle entend le hennissement qu'elle connaît si bien.

— Quelqu'un a eu pitié, et l'a sorti ! Inutile d'aller jusqu'aux box ! Se dit-elle. Puis elle se met à courir pour ne pas lui faire subir cette attente supplémentaire. De toute façon, crier le résultat n'est pas envisageable.

Il patiente à la barrière, puis recule afin de la laisser entrer tout en effectuant ce petit ronflement qu'elle aime tant.

— Nous avons réussi mon cœur, nous avons gagné. Tu es officiellement « Ma Propriété » ! lui dit-elle accompagné d'un grand sourire, avant de se jeter à son cou.

— Maintenant, je dois l'annoncer à Sophie et lui proposer de la dédommager en lui offrant une somme qui couvrira ton achat, les frais vétérinaires, ceux de l'assurance et un complément pour bons traitements ! finit-elle avec un clin d'œil.

Mark approche son nez du sien et effectue un petit frottement.

— Oui, je sais, je suis gentille ! Je n'ai effectivement, et légalement, pas d'obligation. Mais nous comprenons tous les deux pourquoi je fais cela, n'est-ce pas ? Mais bien sûr, je n'ignore pas qu'elle a déclaré « ne pas vouloir me mettre sur la paille ». Cependant, je tiens à ce que nous restions en bons termes. Et n'oublions pas que si nous nous sommes retrouvés c'est qu'elle t'a acheté pour pouvoir effectuer une plus-value à longue échéance.

Mark aurait aimé la prendre dans ses bras puis tourner avec elle dans une danse endiablée. Mais ce corps, ce fichu corps ne le lui permet pas. Il se contente donc de frotter sa tête contre son ventre, ce qui, comme il s'en doutait, la fait rire aux éclats. Ils restent ainsi jusqu'à l'heure du repas, puis entrent ensemble dans son box. Margo lui pose une double ration de foin et granulés en lui chuchotant : puisque nous ne pouvons pas fêter cela avec toi ce soir, voici de quoi festoyer tout seul en pensant à nous. Puis elle l'embrasse en rajoutant : étant donné que nous n'avons pas vu Sophie, je demanderai à Mel de lui téléphoner pour qu'elle nous accorde un moment demain en fin de matinée. C'est d'ailleurs préférable que Mel soit avec moi pour lui annoncer ton départ et le changement de nom de ton propriétaire. Bien sûr, avant je passerai à la banque. Je vais sortir l'argent de notre livret A.

Mark est heureux et serein, même si ce corps n'est pas le sien : il va rentrer à la maison, avec celle qui est tout pour lui.

— Allez, mon cœur. Encore une nuit et nous prenons la route pour aller chez nous ! Là où personne ne trouvera à redire que je mets mon lit à côté de ta paille.

Et après un dernier bisou, elle le quitte toute guillerette.

Chapitre 9
L'illusion d'une fin heureuse

Mark entend une personne approcher, c'est une femme, il ne la connaît pas et pourtant elle semble venir vers son box. Hum, ça sent bon ! Quelqu'un m'apporte des friandises ? Se demande-t-il.

— Bonsoir toi, il paraît que tu vas faire un long voyage. Tiens, voilà de quoi t'enlever tout stress ! dit-elle en lui ouvrant la porte doucement.

— Extra, tout le monde sait déjà que je repars à la maison ! Margo est vraiment géniale. Comme c'est gentil à elle de me faire apporter de si bonnes choses. Hum, c'est un régal.

Mark, repu, gâté et heureux, s'assoupit tranquillement. Puis, il lui semble voir entrer deux personnes dans son box, dont la dame du sceau de friandises. Mais ce qui l'inquiète, c'est qu'il est incapable de bouger. « Que m'arrive-t-il ? Pourquoi est-ce que je ne peux pas remuer ? » Il est toujours sur ses jambes, à moitié endormi et sans possibilité de réagir. Il les entend parler, mais ne comprends pas ce qu'elles disent. « Qui sont ces femmes ? ». Toutes les deux sont fines et grandes avec des cheveux sombres et fins. Il ne les reconnaît pas, il lui semble ne jamais les avoir vues. Leur peau n'est pas bronzée comme les filles d'ici, mais très mate. Leurs yeux sont noirs et bordés de khôl ! « Que me veulent-elles ? Et pourquoi mon cerveau marche-t-il au ralenti ? Est-ce que je suis malade ? Mais dans ce cas où est Margo ? »

La deuxième femme est tout près de lui maintenant et l'ausculte. Mais oui, j'ai probablement de la fièvre, elle est vétérinaire. Margo a fait venir quelqu'un de toute urgence. Elle ne doit pas être loin ! Il ne comprend toujours pas leurs paroles, il est légèrement intrigué, mais n'a pas la force de réagir, pas plus lorsqu'on lui met un licol. Et lorsqu'elles le sollicitent afin de sortir du box, il s'exécute. Il ne se rebelle pas davantage quand elles le conduisent jusque dans un camion. Durant le voyage, il s'endort à plusieurs reprises sans se rendre compte du temps qui passe. Aucun son n'arrive à ses oreilles, que ce soit le bruit du moteur, ou celui des voitures qu'ils croisent sur la route. Ce silence le berce, il se sent bien et ne s'inquiète pas.

Il ouvre un œil, car la porte latérale s'est entrebâillée. La jeune femme qui lui a apporté les juteuses pommes et carottes accompagnées de délicieux bonbons, le détache et le guide dans la descente. Il ne se pose plus de questions et il n'a aucune envie de s'en poser. Il la suit calmement, ses jambes sont lourdes et il n'a pas la force de lever la tête. Heureusement, son cou lui sert toujours de balancier. Après quelques mètres, elle le fait monter sur une sorte de plateforme inclinée. « Un plus gros camion ? » Se demande-t-il. « Celui-ci est encore plus beau, tout capitonné avec une musique douce et de la paille qui sent extrêmement bon ».

— Tiens mon beau, bois un peu, dit-elle en lui levant un seau d'eau fraîche près des lèvres.

— Merci beaucoup, c'est très gentil, j'avais comme un goût amer dans la bouche et une puanteur qui commençait à me remonter dans le nez ! pense Mark.

— Prend aussi ce petit bonbon, ça te permettra de te sentir bien. dit-elle en lui proposant une jolie douceur, odeur de fruit des bois.

Difficile de refuser pour Mark qui raffole des baies ; de toute façon, il n'a plus aucune volonté. Doucement, la sucrerie fond dans sa bouche et il somnole tranquillement accompagné par des bruits de moteurs et de personnes qui parlent une langue méconnue de lui. À un moment donné pourtant, sa conscience le réveille, il est entièrement enrêné, tout mouvement est devenu impossible et la femme vétérinaire de tout à l'heure approche une énorme seringue de son cou.

Pendant ce temps, Margo, Valérian et Mel sont heureux. Ils ont décidé de fêter la bonne nouvelle autour d'un repas festif. Tous les trois s'activent en cuisine. À commencer par Mel qui prépare des sushis, car c'est une de ces spécialités, dont tous raffolent. Valérian, lui, s'est mis à confectionner des mini desserts. Pour ce soir de fête, il a prévu : mille feuilles – éclair – baba – forêt noire – Bounty. Ses petites pâtisseries se mangent en une bouchée. Elles sont impatiemment attendues par les deux femmes, qui en salivent d'avance. Quant à Margo, elle prépare un cocktail sans alcool aux fruits de saison de sa création. Auparavant, elle a sorti des noix de Saint-Jacques du congélateur afin de les laisser décongeler lentement. En tout dernier, elle se met à la préparation de sa fameuse « sauce à la crème et au vin blanc du pays ». La musique les accompagne, ils sont enjoués, heureux que tout se termine aussi bien. Dans l'euphorie de cette soirée, ils dansent et chantent tout en préparant leur repas, obligés de crier, car le son est fort. Ils rient et virevoltent dans cette cuisine qui semble d'ordinaire si étroite.

Lorsque le moment de se mettre à table est venu, ils lèvent leur verre en l'honneur de Mark. Margo à une petite larme pour l'absent, mais la joie revient après l'embrassade chaleureuse des deux jeunes qui lui rappellent, à juste titre, que d'ici demain soir elle pourra prendre tous ses repas avec lui. Puis après le cocktail et les sushis, Mel téléphone à Sophie, qui est en boîte de nuit avec des amis. Elle est de très bonne humeur et accepte sans réserve un rendez-vous pour midi. La fin du dîner est agréable et distrayante, ils terminent la soirée en faisant différents jeux de mimes et de cartes puis vont se coucher avec une seule hâte : être le lendemain.

Quand tout bascule

Mark se réveille enfin, il se trouve dans une immense prairie bordée de barrières blanches, le long de laquelle il y a une rangée de palmiers qui longent une route goudronnée qui lui paraît sans fin. « Où suis-je, que s'est-il passé ? » Mark est désorienté, il ne connaît pas cet endroit et n'a aucune idée du temps qui s'est écoulé depuis que cette étrangère lui a injecté un produit dans la carotide. Il regarde autour de lui. Mais rien ne lui est familier ! L'herbe de cette prairie n'est pas desséchée comme aux écuries, elle est verte et grasse ; pourtant l'air semble très sec et les arbres ne ressemblent en rien à ceux des Gorges du Verdon.

— Ils ne m'ont tout de même pas ramené en Italie ! Non, rien à voir ! Il y a bien des palmiers, des orangers et les fleurs sentent merveilleusement bon, mais l'atmosphère est différente, les odeurs me sont étrangères ! Que m'arrive-t-il ? Suis-je en train de délirer ? Oui, c'est cela ! On m'a opéré et mon cerveau est embrumé par les drogues. Ouf, j'ai eu peur, j'ai cru un instant que tout recommençait, que j'étais encore séparé de Margo. Mais non, elle ne doit pas être très loin, il faut que je me calme. Il reprend ses esprits petit à petit, marche droit devant lui, broute une herbe par-ci, par-là ; jusqu'à ce que soudain, une forme fluette s'approche de lui et dit gentiment :

— Comment ça va le nouveau ? Bien dormi ? Tu as fait un bon vol, il paraît !

Mark relève la tête d'un coup sec et regarde l'intrus. Il s'agit d'un petit homme brun, plutôt chétif, de type maghrébin, habillé tout de coton blanc, façon-sportive.

— Ah ! Mais oui ! tu me sembles vraiment réveillé, puisque tu réagis à ma voix. Mon nom est Mostafa. C'est moi qui ai été choisi pour prendre soin de toi, car je parle ta langue. Mais je suis chargé également de t'apprendre quelques mots d'arabe. Nous allons bien nous entendre toi et moi, j'adore parler français.

Mark ne bouge plus, il est en plein cauchemar. « Qu'est-ce que cela veut dire ? » Le type s'avance davantage et tend la main afin que Mark la sente, mais il n'en a pas l'intention, il préfère reculer légèrement.

— N'aie crainte ! déclare l'homme en approchant près de lui.

— Je ne suis pas méchant, je pense même que tu as beaucoup de chance que je sois ton lad ! Vois-tu, Monsieur Malik a demandé expressément que ce soit moi afin que tu ne te sentes pas trop dépaysé. Il a insisté pour que je parle ta langue et que je sois très doux avec toi. Il a dit que tu as l'habitude des femmes françaises calmes et affectueuses.

Mark est décontenancé, la voix est amicale et bienveillante. Il devine que le gars n'est pour rien dans sa venue, mais il est abasourdi par ce qu'il entend.

— Ah, merci, c'est gentil de me laisser t'approcher ! formule le petit homme avec un accent prononcé en arrivant à sa portée.

— Je ne sais pas bien ce que je peux faire d'autre. Si je veux en apprendre un peu sur ce qui s'est passé, je dois me comporter en bon « toutou » jusqu'au moment où j'y verrai plus clair ! pense Mark tout en se laissant mener à l'aide d'une longe.

Tôt ce matin-là à Valensole, après un léger petit-déjeuner pris en compagnie de sa fille et son gendre, Margo toute guillerette enfile une petite veste et rappelle à Mel :

— Tu n'oublies pas de me rejoindre un peu avant 11 heures chez Sophie ?

— Ne t'inquiète pas, je serais là et je serai même passé prendre le camion pour le transport. Comme tu peux le constater, tout est sous contrôle ; lui répond-elle en souriant.

Margo est heureuse, ce soir, Mark rentre à la maison ! Elle a beau avoir de l'imagination, jamais elle n'aurait pu penser à cela ! Que son mari, l'homme qu'elle aime de tout son cœur, celui qu'elle a tant pleuré, va revenir chez eux quatre ans plus tard, dans le corps d'un cheval. Personne n'aurait pu imaginer cela ! Même pas elle ! Oui, ce soir, une nouvelle vie commence ! Elle a hâte et peur à la fois, elle imagine bien que la vie sera faite dorénavant de cachotteries et de dissimulations ; mais heureusement, elle sera pleine d'amour et de confidences. Un énorme soupir s'échappe de sa bouche, mais elle se ressaisit et s'oriente vers sa voiture. Elle doit se rendre à Nice afin de sortir de l'argent de son compte bancaire. Inutile de passer par les écuries, elle perdrait du temps et de toute façon Mark sait très bien qu'elle va faire le plus vite possible. Presque deux heures de route la séparent de la banque, mais elle s'estime chanceuse d'avoir réussi à trouver une agence ouverte tôt en début de journée et sans rendez-vous. Que sont quatre heures de conduite, comparées à tous ces jours de recherches et d'angoisses ? Il ne reste qu'une petite matinée et tout ne sera qu'un mauvais souvenir, elle est heureuse et chante à tue-tête sur sa playlist préférée.

Mel attend Margo sur le parking des écuries, elle n'est pas souriante à l'inverse de sa mère. Sa mine est grave, Margo le remarque instantanément.

— Que t'arrive-t-il ? Sophie n'est pas là ? Tu n'as pas l'air bien ? Es-tu malade, ma puce ?

— Non, maman ! Ou plutôt si ! Enfin, non ! je...

— Qu'y a-t-il ? Mais tu pleures ! Oh ma puce, qu'as-tu ? murmure-t-elle en la prenant dans ses bras.

— Maman c'est papa : il a disparu !

Margo reste un instant sans voix, ses bras tombent le long de son corps. C'est presque un chuchotement qui sort de ses lèvres :

— Il n'est plus là ?

Elle n'ose pas croire à ce qu'elle vient de dire.

— Sophie m'a appelée à 8 heures. pour m'annoncer que papa n'était pas dans son box.

Personne ne sait où il est, on l'a cherché partout, il n'est nulle part ! Rien n'est cassé : ni porte ni clôture.

— Non ! c'est un cauchemar ! Ça recommence ! s'exclame Margo en se prenant la tête dans les mains puis elle ajoute :

— As-tu visionné les vidéos ?

— Oh mon Dieu, mais bien sûr : les caméras ! Mais pourquoi n'y avons-nous pas pensé, s'écrie Mel en courant dans la direction de la maison de Sophie, laissant sa mère éberluée lui emboîter le pas.

Les ombres ressurgissent

Mel arrive la première et tambourine sur la porte d'entrée tout en appuyant frénétiquement sur la sonnette de l'autre main.

Alors que Sophie, les yeux rougis par les pleurs, ouvre, surprise par tant de bruits, Margo essoufflée les rejoint. Sophie s'efface afin de les laisser passer tout en s'adressant à Mel :

— Dis-moi qu'il est revenu ou que vous savez où il est !

— Malheureusement non. Mais ma mère a pensé aux vidéos ! Toi non plus tu ne les as pas visionnées ?

— Mais pas du tout, mais bien sûr ! Venez vite au bureau, s'écrit-elle en se dirigeant rapidement sur la droite.

Margo ne prend pas le temps de regarder l'intérieur de ce magnifique mas provençal élégamment décoré, entre moderne et tradition. L'entrée très spacieuse est pourtant accueillante et chaleureuse. Sur la gauche, un beau salon/séjour éclairé par de grandes baies vitrées donne sur une terrasse couverte. - Le mas du Lubéron est conçu comme un pavé rectangulaire entouré de verdure avec un étage où les chambres sont installées au sud -. En pénétrant dans le joli salon très lumineux, Margo ne peut cependant que remarquer le bon goût avec lequel il a été meublé. Sophie et Mel s'approchent d'un bureau-scriban (encore appelé commode provençale), sa façade arbalète, en noyer massif, est simplement splendide. L'abattant est ouvert et permet d'entrevoir un PC portable que Sophie s'empresse d'allumer.

Sur un ton d'excuse, Sophie annonce :

— Quelques minutes de plus afin que j'accède au Cloud et nous allons pouvoir tout visionner.

— Là, regardez, il est 23 h 30 et il n'est déjà plus dans son box. Je reviens davantage en arrière ! signale-t-elle en pianotant sur son clavier.

— Cale-toi directement à 19 heures ! je pense que rien ne s'est passé avant. Lui indique Mel.

— OK, tu as raison, je mets en marche rapide.

Toutes les trois, penchées sur l'écran, retiennent leur souffle en attendant de comprendre ce qui est arrivé cette nuit. Durant ces quelques petites minutes de recherche, Margo alterne entre espoir et chagrin, angoisse et colère. Tout en se demandant pourquoi son cœur et son esprit n'ont pas senti que l'amour de sa vie avait eu des problèmes. Elle s'en veut d'avoir passé une si bonne soirée pendant que Mark était probablement dans les ennuis. Elle n'en peut plus d'attendre dans l'incertitude, lorsque d'un coup elle s'écrie :

— Oh ! Voilà, regardez ! il y a quelqu'un qui entre ! Sur la caméra 3 ! précise-t-elle en tendant le doigt.

Sa fille écrit sur un bloc tout en déclarant :

— Je note, il est 20 heures. Mais qui est cette femme ?

— Je n'en ai aucune idée ! réponds Sophie.

— Elle ressemble à Virginie Non ? accuse Margo.

— Mais non ! font en cœur les deux jeunes. Puis elles dévisagent avidement les traits et la corpulence de celle-ci. Elles essayent d'imaginer la taille de cette personne qui entre avec un sceau dans la main droite.

— Regardez sur l'écran 2, elle ouvre la porte de la main gauche ! Virginie est droitière ! J'avoue que la ressemblance est saisissante, mais je suis certaine qu'il ne s'agit pas d'elle, affirme, Mel.

— Il n'y a pas de son ? s'inquiète Margo.

— Non, je suis désolée, c'était beaucoup trop

cher ! s'excuse Sophie.

— Hey, mais, il accepte ce qu'elle lui donne. C'est impensable, il doit la connaître ! constate Mel.

— Ah moins qu'elle lui ait dit quelque chose qui l'a rassuré, rajoute Margo.

— Oui ! enfin, n'exagérez pas trop. Ce n'est qu'un cheval ! Il était simplement de bonne humeur, c'est tout ! s'agace Sophie qui ne comprend et n'admet toujours pas cette façon qu'ont les deux femmes à vouloir humaniser cet étalon.

La mère et la fille se regardent, mais n'ajoutent rien. Puis elles continuent de visionner ce qui se déroule sur la caméra 1 qui permet d'avoir une vue dans le box, sous un autre angle. Cependant, rien ne leur semble se produire. L'intruse laisse le sceau et part assez vite.

— Actionne l'avance rapide s'il te plaît, Sophie. Rien ne se passe plus ! implore Margo avant de s'écrier :

— Attends, stop. Regardez, il ne va pas bien. Sa tête est basse, ce n'est pas normal !

— Il s'endort. Bien sûr que si, que c'est normal, il est bientôt 21 heures! réplique Sophie,

— Non, non, je le connais par cœur. Il est drogué, c'est certain.

— Tu as très probablement raison, maman. Sinon, pourquoi une inconnue lui aurait apporté quelque chose à manger !

— C'est ma foi vrai, j'avoue ! s'excuse Sophie.

Et de nouveau, elles examinent avidement les images qui défilent. Jusqu'à ce que Sophie prévienne en arrêtant la vitesse.

— Là ! Caméra 3 ! Deux personnes entrent à 23 heures ! précise-t-elle afin que Mel puisse le noter.

Toutes les trois contemplent l'écran. Elles voient pénétrer les deux femmes et constatent que le cheval ne bouge pas, il se laisse mettre un licol et conduire hors de son box sans contester.

— Mais qu'est-ce que c'est que cette drogue qui le rend si docile ? se lamente Margo.

— Et surtout, qui est cette deuxième personne ? On dirait une véto, regardez comme elle l'ausculte ! indique Mel.

La vidéo défile les enregistrements des différentes caméras, lorsque sur la 6, elles découvrent qu'ils rejoignent un homme. Il est debout près de la porte ouverte d'un camion de chevaux. Margo éclate en sanglots, elle s'effondre dans le fauteuil en cuir Chesterfield qui se trouve à côté d'elle. Mel se précipite vers elle afin d'essayer de la consoler, tout en sachant que rien de ce qu'elle pourra dire ne la soulagera réellement. Sophie quant à elle se met à courir à travers le hall en direction de la cuisine. Elle revient très vite avec trois jolis verres ballons et une bouteille d'eau pétillante tout en haletant :

— Il faut boire un peu d'eau avec des minéraux, sinon vous n'allez pas tenir avec ce stress.

Puis elle remplit les verres en tremblant. Mais avant qu'elle n'ait dit quoique ce soit, Margo se lève et interroge :

— Sophie, peux-tu imprimer des photos d'après ces vidéos ?

— Oui bien sûr, mais le résultat est en général très mauvais.

— De toute façon, il nous faut quelque chose pour faire la déclaration de vol auprès de la police. Cette fois-ci, nous possédons une preuve et nous allons l'exploiter. Ces deux femmes, cet homme et le camion n'ont tout de même pas pu passer complètement inaperçus.

— C'est ma foi vrai, mettons-nous au travail Sophie. Il faut sortir toutes les photos où l'on repère un visage, un corps, un engin. Argumente, Mel.

— Vous avez raison et ensuite je me rendrais à la gendarmerie pour la déclaration.

— Ou plus exactement, nous allons ensemble faire cette démarche. Car si nous avions demandé à te voir ce matin, c'est que j'ai obtenu en « déclaration de justice » : la propriété de Fandhor. Je venais aujourd'hui te donner ceci pour te remercier d'avoir pris soin de lui ! annonce Margo, la voix chevrotante, tout en lui tendant une enveloppe matelassée d'une main tremblante.

Puis elle fini par s'effondrer, en larme.

Sophie reste « bouche-bée » quelques secondes, puis se ressaisit et ouvre la pochette kraft, dans laquelle elle découvre de nombreux billets de 500 euros. La bouche grande ouverte, ses yeux passent de la somme, qui lui semble faramineuse, à Margo. Celle-ci s'est blottie dans le fauteuil, presque recroquevillée sur elle-même. Son regard finit par se porter sur Mel qui la fixe gentiment.

— Tout comme maman te l'avait dit, elle tient à t'indemniser. Que ce soit pour l'achat de Fandhor, les frais qu'il t'a coûtés, mais également pour les dommages occasionnés.

— Mais il n'en est pas question, j'avais bien expliqué que je ne voulais pas vous prendre votre argent si Fandhor se révélait être à vous. De plus, j'ai effectué une magnifique vente avec Gracia récemment, je m'estime donc chanceuse et cela suffit à me dédommager.

— Ah ! Je comprends mieux la musique très forte lorsque je t'ai appelé hier soir ! constate Mel.

— Exactement ! Et je me faisais une joie de vous l'annoncer ce matin, se lamente Sophie.

Margo toujours anéantie ne réagit pas durant la conversation des deux jeunes femmes. Son visage est éteint, son esprit est en pleine réflexion. A priori, Mark n'est pas le fautif cette fois-ci. En effet, rien ne semble laisser penser que son instinct animal lui a fait prendre une mauvaise décision. Il n'y a donc rien à voir avec les deux dernières disparitions. Mais alors, serait-ce le sort qui s'acharne ? Non, impossible ! Pourquoi l'âme de son mari lui serait revenue pour qu'ensuite un maléfice lui barre la route sans cesse ! Non, leur destinée est liée, elle en est persuadée : aucune fatalité, aucun sortilège n'est en jeu. Elle ne doit pas s'inquiéter, il s'agit très certainement de quelque chose de bien plus simple, plus terrestre.

C'est ainsi que Sophie et Mel la voit se lever toute

en douceur, le visage presque serein. Elle dépose un tendre baiser sur la joue de sa fille, fait un sourire à Sophie et leur annonce prendre congé. Les deux jeunes restent ébahies de ce changement soudain d'attitude et ne réagissent pas plus lorsqu'elle leur précise, tout en s'avançant vers la sortie :

— Retrouvez-moi à l'ouverture de la gendarmerie pour la déclaration, avec photos et papiers en main.

Le cauchemar recommence

Elles durent attendre le début d'après-midi pour se rendre à la gendarmerie afin d'effectuer la déclaration de vol. La petite brigade ne bénéficie pas d'effectifs suffisants pour recevoir les plaintes toute la journée. Sophie a apporté les preuves du vol, les photos plus ou moins nettes tirées des enregistrements et Margo, les papiers de propriété fraîchement obtenus.

À leur sortie, elles ne se sentent pas réellement rassurées sur la suite des évènements. Et une fois Sophie partie aux écuries pour effectuer les tâches habituelles, Mel envoie un message à Valérian pour qu'il les retrouve. Ils doivent monter un nouveau plan de bataille. En effet, elles n'envisagent pas d'attendre que les agents de l'ordre veuillent bien les informer de leurs découvertes.

Assis tous les trois dans un café au centre de Dignes, ils sont stupéfiés d'un tel revirement de situation. Il n'y a encore que quelques heures, ils étaient comblés et se projetaient dans un avenir, certes bizarre, mais heureux. Et aujourd'hui, tout donne à penser qu'ils se retrouvent dans la même position d'il y a quelques semaines en arrière. Ou, tout comme !

— Par quoi on commence ? questionne Valérian en premier.

— As-tu gardé toutes les listes que nous avons faites lors de nos recherches ? Noms, adresses, etc... ? lui demande Margo.

— Oui, bien sûr, c'est dans l'ordi !

— Il va falloir les imprimer et se les répartir, puis retourner voir les mêmes personnes que la dernière fois. Mais maintenant, nous pourrons leur montrer les photos des vidéos.

— Pas de soucis, je peux sortir ça avec mon téléphone « chez Dédé ». Nous gagnerons du temps.

— Chez Dédé ?

— Oui, le buraliste, à deux rues d'ici. Il y a une borne spéciale-impression ! lui explique Mel.

— Très bien ! Allez le plus vite possible : c'est exactement ce qu'il nous faut. D'ailleurs, nous nous séparerons de là-bas. Et nous devons imprimer suffisamment de photos pour le cas où un de nos interviewés accepte de les montrer pour se renseigner... On ne sait jamais !

Le planning de l'après-midi est simple. Mel va se rendre auprès des trois cabinets-vétérinaires des villes environnantes. Ceci dans l'éventualité où la pseudo-vétérinaire soit connue d'un de ses paires. Pendant ce temps, Valérian se chargera des propriétaires de chevaux possédant un transport. Ensuite, ils doivent se retrouver en fin de journée chez Mattew et Virginie pour les questionner ensemble. Quant à Margo, elle va faire la tournée des voisins et fournisseurs avant de revenir aux écuries pour parler avec Pablo et Aurélie.

Le soir est tombé depuis longtemps, Margo attend sa fille et son gendre en préparant une salade composée. C'est une tâche qu'elle effectue d'ordinaire en chantonnant, toute au plaisir de cuisiner avec les légumes de la région : poivrons, tomates, pointes d'asperges et olives gorgés de soleil. Tous proviennent d'un petit producteur local. Mais ce soir, son cœur est lourd. S'il ne s'agissait que d'elle, elle irait au lit sans manger ; mais elle est mère avant tout et pense au bien-être de ceux qui l'épaulent si gentiment. En outre, elle est troublée par ce que Pablo et Aurélie lui ont confié. Ils sont tous les deux persuadés que le camion dans lequel est monté Fandhor est celui qui a, dans l'après-midi même, embarqué Gracia, la jeune jument de Sophie. Pourquoi Sophie n'a-t-elle rien dit ? Ne l'a-t-elle pas reconnue ? Était-elle au courant de quelque chose ? Ou bien est-ce que ces deux jeunes veulent nuire à leur employeur en émettant un doute sur son intégrité ? Heureusement, Mel et Valérian arrivent enfin, ce qui lui permet de sortir de cette spirale de questions.

— Oh, mais : tout est prêt ! Génial, j'ai une faim de loup ! déclare Mel, en s'asseyant, suivi de Valérian qui semble être tout aussi affamé.

Le repas se passe dans la bonne humeur malgré le poids qui pèse sur leurs épaules, grâce à ce que tous trois ont glané de-ci, de-là. Le résultat des recherches leur permet de largement palabrer. Mel ne veut pas croire que Sophie soit pour quelque chose dans le vol de son père. Mais elle accepte toutefois d'imaginer qu'elle a pu reconnaître le camion sans rien dire, afin de ne pas attirer l'attention sur elle.

— Peut-être qu'elle sait que le véhicule est une location avec chauffeur et qu'on le découvrira sans l'incriminer ?

— Une location ? Mais ce serait génial ! Si effectivement c'est un louage, il nous sera facile d'apprendre qui l'a réservé ! s'exclame Margo.

— Oui, tu as raison, nous n'avions pas pensé aux loueurs. Nous sommes entourés de propriétaires qui possèdent leur propre van, du coup cette idée ne nous a même pas effleurés ! ajoute Valérian.

— OK, demain j'irai faire le tour des locations de camions. Je saurai ainsi si l'un d'eux a été loué avec chauffeur ou non. Et je demanderai si l'itinéraire est connu ! conclut Margo.

— De notre côté, nous devons te dire que Mattew et Virginie ne nous semblent pas être pour quoi que ce soit dans la disparition de papa. Mais nous ne pouvons pas écarter l'idée totalement, car ils sont sacrément remontés contre Sophie et seraient bien sûr capables d'avoir essayé de lui nuire en provoquant ce genre d'évènement.

— Et voilà ! Maintenant, tout le monde nous apparaît suspect. Il nous devient impossible d'exclure qui que ce soit ! ajoute tristement Valérian.

Margo ne comprend que trop bien, ce qu'il veut dire :

— Je sais, pour moi c'est la même chose avec Pablo et Aurélie. Il m'est difficile de ne pas m'empêcher d'écouter ce petit diable au-dessus de mon épaule qui me susurre qu'ils peuvent effectivement s'être ligués contre Sophie. J'ai l'impression de me retrouver au boulot lorsque les syndicats étaient systématiquement soupçonnés par l'employeur dès qu'un problème survenait. Mais, il est tard : courez vous coucher, je range un peu et j'y vais à mon tour. Excellente nuit, les enfants ! Et bon courage pour le travail. Nous nous revoyons demain soir.

Le lendemain, Margo se rend compte que chercher un transport pour cheval peut vous amener à parcourir la région de long en large. Entre ceux qui ont « pignon sur rue » et ceux que vous dépistez sur des sites professionnels. Ajouté à cela, les particuliers qui vous proposent la location avec une limite de kilomètres à la ronde. Il n'y a en fait que l'embarras du choix.

En fin de journée, elle souffle enfin, car elle en a déniché un, qui a fait deux déplacements entre Valensole et l'aérodrome d'Aix-en-Provence. Elle est à la fois soulagée d'avoir trouvé et anéantie de cette découverte. Et elle doit encore être patiente et attendre le lendemain avant de se rendre à la gendarmerie. Elle va leur apprendre qu'ils doivent enquêter sur un avion, qui aurait décollé il y a deux nuits, et leur demander de rechercher le nom du commanditaire, ainsi que le lieu d'atterrissage.

Néanmoins, malgré le chagrin, la fatigue, le stress et les traîtrises de certains ; elle sait qu'elle tiendra bon, jamais elle ne l'abandonnera. Cela prendra le temps qu'il faudra, mais elle le retrouvera où qu'il soit.

HADÈS

Non loin de Taïf, il y a un climat subtropical près des montagnes de Shafa en Arabie saoudite. Là se cache une propriété privée, entourée d'un incroyable paysage avec une faune et une flore qui rivalisent de beauté. On peut y découvrir une végétation sauvage importante. C'est dans cette province de l'Asie, dans ce petit paradis que se trouve Mark ! Pourtant, pour lui, cela n'a rien d'un éden.

Depuis son arrivée, il voit bien que tout le personnel est animé par une réelle passion des chevaux. Ils font de leur mieux afin que les pensionnaires soient en mesure de gagner des prix de beauté. Sans conteste, ce lieu est dédié aux Arts équestres, quels qu'ils soient : dressage, obstacle, voltige, course, travail en liberté. Sans oublier qu'ils effectuent un spectacle de renommée mondiale ! Mais Mark n'est pas heureux, car il est loin de Margo, et il est relégué au rang d'animal.

Les journées ne sont pas chargées, en revanche elles commencent très tôt le matin, avant même le lever du soleil. À 04 h 30, il est déjà lavé, brossé et conduit dans une belle prairie. Durant les temps chauds, de 10 à 17 heures, il est raccompagné par

Mostafa dans son box fraîchement nettoyé. Et un peu avant la tombée de la nuit, il le promène en longe. Ceci, afin de te « familiariser avec les lieux », lui a-t-il déclaré la veille.

Mark prend sur lui afin d'être le plus gentil possible. Il veut saisir où il est exactement, pourquoi il est là et qui l'a amené jusqu'ici ? Jusqu'à présent, seul Mostafa est venu le voir. Dans cette propriété, chaque cheval à son lad, qui est entièrement dévoué à celui qui lui est attribué. Les bâtiments qui abritent les box ont une décoration soignée et l'architecture lui fait penser à l'Andalousie. Néanmoins, il comprend bien qu'il se trouve en Arabie saoudite, peut-être que ce style permet d'accentuer le prestige des lieux pourtant très chics ! D'ailleurs, tout n'est que majesté et panache ici ; des édifices aux clôtures, des harnachements aux mangeoires. Sans oublier les drapeaux le long de l'allée ! Absolument tout, est brodé d'or.

— Trois jours déjà, et rien ne s'est passé, se dit Mark. Combien de temps vais-je encore attendre avant d'avoir une idée de ce que je viens faire dans ce lieu ? Et comment faire savoir à Margo que je suis à l'autre bout du monde ?

Tellement d'interrogations restent sans réponse, sans oublier celle qui l'inquiète davantage : son instinct animal a-t-il pris le dessus et lui a-t-il attiré des ennuis sans que son cerveau d'homme s'en souvienne ? Ce serait catastrophique ! Cela voudrait dire que son âme humaine disparaît. Mais également, que bientôt, il ne sera plus qu'un cheval ! Et il n'aura pas compris pourquoi, il a eu la chance de revenir ni ce que l'univers attendait de lui.

Avec sa troisième sortie autour de la propriété, il a une idée de tout ce que font les étalons et juments en fin d'après-midi. En fait, dans plusieurs carrières magnifiquement aménagées, différentes disciplines équestres sont réparties aux quatre coins de cet immense domaine. Mark a pu également entrevoir un portail au fond de l'allée. Mais ce qui lui semble bizarre, c'est que derrière celui-ci, il y a l'air de ne rien avoir : ni ville ni chemin de fer, uniquement un désert de végétation et de babouins. Il en a effectivement remarqué quelques-uns qui se faisaient pourchasser par des lads. De l'autre côté, peut-être à une vingtaine de kilomètres, il y a une montagne dont le bas parait couvert de genévriers. Mark se demande à quoi vont lui servir toutes ces informations qu'il emmagasine. Mais s'il veut sortir d'ici, il est certain qu'il doit garder les yeux et l'esprit ouverts. Il ne sait que trop bien, comment le caractère fougueux de ce corps peut lui jouer des tours. C'est pourquoi il s'acharne à conserver le contrôle… Mais durant combien de temps ? Là est sa seule question importante.

Au matin du cinquième jour, Mark sent que

quelque chose se prépare, les lads sont nerveux et leurs vêtements sont différents. Une certaine hilarité le prend : « ils ressemblent aux valets de l'époque de la royauté ! » Mais ce qui lui semble le plus étrange, c'est l'attitude de Mostafa. Lui qui la plupart du temps parle assez fort, et principalement de sa femme, de ses enfants ou de ses chèvres ; ne formule que peu de phrases et dans un Français mêlée à sa langue natale. Aujourd'hui, Mark doit tendre l'oreille pour comprendre ses paroles. Il sent que quelque chose de délicat va se produire, car son lad, d'ordinaire très souriant, a un air grave et tremble en réalisant ses tâches quotidiennes.

Enfin, Mostafa lui murmure :

— Voilà, je pense qu'elle sera contente, tu es exceptionnellement beau. Maintenant, il n'y a plus qu'à attendre sans te salir. Sa voix chevrotante et ses jambes flageolantes font pitié à Mark. Il décide de l'aider en effectuant un semblant de oui, puis souffle des naseaux. Mais Mostafa se méprend sur la réaction du cheval et lâche :

— Tu es nerveux toi aussi, c'est normal : mademoiselle Alhisha règne sur nous tous ici et aujourd'hui c'est toi qu'elle vient voir principalement.

Mark est tout ouïe. Il espère obtenir ainsi les réponses à toutes ses interrogations. Mostafa le regarde, lui brosse une poussière imaginaire sur l'encolure et lui dit :

— Si Mademoiselle Alhisha est contente de toi, si elle est de bonne humeur, si tu es comme elle l'espérait, nous aurons droit à de gentilles paroles. Et peut-être que je demeurerais avec toi.

Mark a hâte de voir celle qui met l'homme dans tous ses états. Il aspire à connaître qui est cette souveraine. Est-ce elle qui l'a choisi ? Ou peut-être que quelqu'un le lui a envoyé en présent ? Et surtout : comment faire pour rentrer en France ?

La multitude de lads reste au garde-à-vous à côté de leur cheval durant plus d'une heure. Puis, des chuchotements lui parviennent aux oreilles, et Mostafa tremblant se racle la gorge avant de pouvoir prononcer :

— La voilà ! Soit sage, je t'en supplie !

Puis il se transforme en statue, les bras le long du corps. Mark tourne la tête et voit arriver une dizaine de personnalités sur le tapis rouge, déroulé pour l'occasion. Une femme précède la grande file d'individus qui avance lentement. Ils s'arrêtent devant chaque couple cheval/lad et chacun commente. Puis Mark assiste avec stupeur à une scène impensable : la « souveraine », habillée en cavalière, cravache en plein visage un lad, sans que quiconque réagisse. Seuls les chevaux à proximité se reculent, se dressent ou tapent du pied, apeurés par le bruit du fouet. Il comprend pourquoi tous la craignent et se rend compte qu'il est bien loin de la France, où personne n'oserait traiter un être humain de la sorte.

Lorsqu'elle arrive près de lui, il constate combien cette femme est belle avec son teint doré et ses petites dents blanches ! Ses cheveux noirs, montés en chignon et son grand cou lui donnent un air princier. Le khôl soulignant ses yeux en amandes accentue la brillance ambrée de ses iris. En regardant le nouveau venu, sa bouche s'ouvre sur un charmant sourire, ce qui laisse apparaître une fossette sur sa joue gauche. Mark a du mal à croire qu'il s'agit de la même personne qui fait trembler les lads et qui en a cravaché un, en pleine figure.

— Ah, te voici mon bel étalon français. Dit-elle, avec à peine un léger accent, avant de poursuivre en aboyant après Mostafa tout en le désignant de sa cravache :

— Toi ! Je veux que ce cheval se nomme Hadès à partir d'aujourd'hui.

Le lad se courbe en deux sans prononcer une parole. Ce qui semble lui plaire, car elle déclare à sa cour d'une voix théâtrale :

— Hadès, Le Maître du Monde souterrain ! Ne trouvez-vous pas que sa robe s'y prête ?

Mis à part l'homme sur sa droite, les autres applaudissent en cœur jusqu'à ce qu'elle se retourne et susurre, presque un chantonnement :

— Organise cela, mon très cher Malik !

Puis elle disparaît en reprenant la langue arabe, laissant les effluves d'un parfum sucré et entêtant.

L'homme s'adresse alors gentiment au soigneur :

— Bonjour Mostafa. Comment vas-tu ?

— Remarquablement Monsieur Malik ! Et je m'occupe extrêmement bien de Fandhor, comme vous le voyez.

— Tu veux dire Hadès, je pense ! non ?

Le lad ne sait alors où se mettre. Son regard court de droite à gauche, il baisse la tête en reculant d'un mètre sans oser répondre.

— Ne t'inquiète pas, je suis seul à avoir entendu. N'en parlons plus. Tu vas faire attention et changer son appellation rapidement. Tout doit porter le nom d'Hadès dorénavant : tapis, harnachement, mangeoire…

— Oui, oui, Monsieur Malik. Vous pouvez avoir confiance en moi. Il ne sera plus question de « Fandhor » ici ! dit-il en vérifiant que personne ne l'écoute.

— C'est parfait, je suis vraiment content de toi et de ce que tu as accompli avec Hadès. Continue comme cela afin qu'il se familiarise avec notre beau pays. Et à partir de demain, rajoute quelques sorties sur la piste pour voir s'il aime courir.

— Oui, Monsieur Malik. Promis : je ferai, je ferai. Merci Monsieur Malik ! enchaîne le lad, en se pliant en deux, tout en reculant d'un bon mètre.

— Mon très cher Hadès, puisque tel est ton nom maintenant, reste beau et fort, ne perd pas ta vivacité, ton agilité ou ta fougue, car c'est ce qui te rend unique ! Au revoir, Mostafa, porte-toi bien.

Puis, les mains dans le dos, il emprunte le même chemin que la jeune propriétaire et sa cour.

Durant tout le temps du dialogue, Mark a observé cet homme.

De belle stature, sans être immense, il a l'air robuste et sportif. Ses cheveux sont coupés court mais laissent tout de même tomber quelques mèches bouclées et rebelles. Ses yeux sont noirs, mais d'une douceur incroyable.

Son visage, pourvu d'une mâchoire carrée et d'un nez droit, doit attirer le regard des femmes.

Mark se demande ce qu'un tel homme peut faire avec une créature aussi impétueuse.

Chapitre 10
Quête et espoir

Margo s'est rendue à la gendarmerie pour donner les informations amassées. Elle leur a confié le nom de l'entreprise qui a loué le camion, mais aussi celui du chauffeur chargé des deux allers-retours de Valensole à l'aérodrome d'Aix-en-Provence.

Deux longues journées d'attente sans appel de leur part placent Margo sur des charbons ardents. Elle ne tient plus en place et décide de leur demander le résultat de leurs recherches. Elle est persuadée que leur enquête a abouti grâce à ce qu'elle leur a fourni.

Mais les officiers ne peuvent pas divulguer ce genre de renseignement, seule l'identité du voleur une fois inculpé peut l'être. Cette réponse inattendue met Margo en colère, elle a perdu tellement de temps ! Elle était pourtant certaine qu'ils allaient l'aider et communiquer avec elle de la même manière qu'elle l'a fait avec eux. Elle rit d'elle-même et de sa naïveté : « la vie ne se déroule pas comme dans un film ou un polar ». Dans la « vraie vie », les agents sont régis par des règles et notamment par celle du silence. Tant pis, elle n'a rien à perdre à suivre son instinct. Elle décide de retourner chez le loueur et d'avoir recours à quelques subterfuges. Quel que soit le mot : mensonges, stratagèmes ou ruses, elle est prête à toutes les astuces pour parvenir à ses fins. C'est ainsi qu'en arrivant elle se présente auprès de la réceptionniste :

— Bonjour, je suis Sophie des « Écuries du Canal », je cherche Monsieur Samos. Il était chez moi mardi à Valensole. Il a embarqué ma jument pour l'emmener à Aix-en-Provence, du coup j'ai une ou deux questions à lui poser. Savez-vous s'il est possible de le trouver ?

— Ah Éric ! Vous l'avez loupé de peu, il vient de partir pour Dignes.

— Pensez-vous que je puisse le joindre par téléphone ?

— Oh oui ! bien sûr ! Tous nos véhicules en sont équipés. Attendez, je vous note son numéro.

La femme à qui Margo s'est adressée se retourne, inscrit dix chiffres sur un post-it et le lui tend avec un grand sourire :

— Transmettez-lui le bonjour de Jo.

— Je n'y manquerai pas ! Et merci beaucoup. Bonne journée à vous.

Ouf, première étape passée. Se dit-elle. Pourvu que cet Éric soit aussi compréhensif que la gentille Jo. Elle s'arme de courage, s'installe confortablement dans sa voiture et compose le numéro de téléphone.

— Allo, Éric au bout du fil ! lui répond une voix calme et joviale.

— Bonjour Éric. Sophie, des « Écuries du Canal » à l'appareil. Tout d'abord, je dois vous donner le bonjour de Jo qui tient absolument à ce que je vous le transmette.

Margo parle en souriant afin de paraître le plus enjouée possible.

— Ah, Ah. Elle est gentille Jo, que puis-je pour vous ?

— J'ai oublié de dire à la vétérinaire que le deuxième cheval n'est vraiment pas commode et je me suis inquiétée pour vous. Je voulais savoir si vous n'aviez pas eu d'ennuis durant le transport ?

— Oh, non ! C'est charmant de votre part, mais il était doux comme un agneau. Elles connaissent leur métier, ces deux femmes.

— Ah ! Ça me rassure, je vous remercie. Je n'aurais pas aimé que votre camion soit endommagé à cause d'un de mes chevaux.

— Pas de souci, ma petite dame ! Tout s'est très bien passé, ne vous stressez pas.

— Avec la jeune jument, je ne m'inquiétais pas du tout, mais avec celui-là… Oh, mais j'y pense, du coup vous avez été obligé d'effectuer deux fois le même trajet ! C'est regrettable, ils auraient dû prévoir les mettre ensemble ! Je suis désolée pour vous.

— Mais ne le soyez pas, ça me fait deux courses. C'est plus intéressant ! De toute façon, les avions avaient des horaires de départ différents ! Et j'ai d'ailleurs cru comprendre qu'ils allaient à deux endroits opposés.

— Ah oui ? Je ne savais pas. Il faut dire que je ne le leur ai pas demandé ! rajoute Margo en éclatant de rire pour cacher l'emballement de son cœur.

L'homme se met à pouffer et s'exclame :

— Oh, je n'ai pas vraiment discuté non plus : je ne parle pas arabe ! s'esclaffe-t-il bruyamment.

Margo en fait de même, tout en enchaînant :

— Je suppose qu'un avion privé les attendait. Il était beau ?

— Alors là. Vous ne pensez pas si bien dire. Il était incroyable ! Je n'ai pas pu m'empêcher d'aller voir.

Il se met à décrire sur un ton admiratif, les boiseries en ronce de noyer, les capitonnages cuir en précisant qu'il y avait de la dorure absolument partout. Durant dix minutes, ce ne sont que des adjectifs tels que : noble, grandiose ou majestueux. Mais Margo n'écoute plus, seule l'intéresse la destination. Elle est tout de même contente d'entendre que tout semblait prévu pour le confort de son amour. Lorsqu'il arrête son compte rendu détaillée de l'avion, extérieur comme intérieur, elle s'empresse de dire sur le ton de la plaisanterie :

— Dommage qu'ils ne vous aient pas proposé de faire un petit vol, ce doit être magique de voyager là-dedans !

— Ah ça, oui ! Mais bon, je ne sais pas si j'aurais accepté de toute façon !

— Ah, non ? Ils allaient trop loin ? essaie-t-elle avec un léger ricanement.

— Oh ! Je n'en ai aucune idée. Il faudrait voir avec la « Tour de Contrôle ». Moi, c'est surtout que je me demande, quand je serai revenu ? J'aurais pu prendre goût à autant de luxe. Et il éclate à nouveau de rire. Après quelques banalités, et sans avoir oublié d'obtenir l'heure de son départ de l'aéroport, elle raccroche. Puis elle s'interroge sur la façon d'arracher le renseignement auprès de la Tour de Contrôle. Lorsque soudain, une pensée lui traverse l'esprit, elle emprunte aussitôt la route pour le tribunal en espérant voir le greffier qui lui a remis l'acte de propriété de « Fandhor ». En chemin, elle téléphone à Mel pour lui faire un compte rendu de sa visite à la gendarmerie. Elle veut également lui rapporter les informations obtenues grâce au chauffeur, avant de lui expliquer où elle va, et pourquoi.

— Mais c'est une très bonne idée maman. La loi est de notre côté depuis ton action en justice. Et puis nous avons déclaré le vol à la police. Donc si quelqu'un peut légitimer une demande de renseignement sur un enlèvement à la Tour de Contrôle : c'est effectivement eux !

Margo est rassurée, sa fille est d'accord avec elle et trouve son plan excellent. Maintenant, il s'agit d'obtenir l'injonction : « donner la destination du voyage et le nom des passagers ». Ragaillardie par cette conversation, elle s'arme de courage et entre dans le bâtiment qu'elle commence à bien connaître. La chance est avec elle, « son » greffier est présent. Merveilleux, il se souvient d'elle ! Et, quoique très occupé, il lui propose gentiment de s'asseoir et accepte de l'écouter.

À sa sortie Margo a le cœur moins lourd. À peine arrivée sur les grandes marches du tribunal, elle prend son téléphone portable et clic sur le nom de sa fille qui décroche dès la première sonnerie :

— Alors ? Entend-elle sans avoir perçu un seul bip.

— Alors, il est extraordinaire ce greffier. Quand tout sera terminé, je reviendrai et lui offrirai un repas étoilé.

— Oh ? Raconte-moi s'il te plaît. Ne me fais pas languir !

— Eh bien ! Il m'a tout d'abord rassurée. Il m'a expliqué que l'injonction, ou le référé si tu préfères, est effectivement une procédure d'urgence. Ce qui permet d'obtenir une décision judiciaire sans l'assistance d'un avocat. Ceci, à condition que le problème nécessite d'être résolu sans délai.

— Cool, c'est notre cas !

— Oui, et il en est conscient. Mais il m'a rappelé également que l'audience a lieu au minimum huit jours après le dépôt de la requête et peut aller jusqu'à deux semaines.

— Non ! se lamente Mel à l'autre bout du téléphone.

— Attends. C'est là que je bénis cet homme !

— Ah oui ?

— Oui ! Il m'a proposé de téléphoner lui-même à la Tour de Contrôle afin d'obtenir l'information. Il sait combien la lourdeur administrative est difficile à supporter et imagine notre désarroi à chaque jour qui passe. Il a ajouté qu'un appel de sa part permettra à tout le monde d'éviter des désagréments.

— Quoi ? Mais il est génial ! Et donc ?

— J'ai dit oui bien évidemment et il l'a fait aussitôt !

— Et ? Explose Mel, qui ne tient, semble-t-il, plus en place.

— Il a dû parler et argumenter avec cinq personnes ! Oui, tu as bien entendu : pas moins de cinq ! La dernière a été très compréhensive. De fait, plutôt que de paraître devant une commission de conciliation, elle a préféré lui donner la totalité des informations désirées.

— Non ! Tu es en train de me dire que tu sais où est allé l'avion qui a emporté papa ?

— Oui et même qui l'a commandité, ainsi que la

liste des noms des pilotes et passagers.

— Maman, tu es la meilleure ! Oh comme je suis heureuse ! Envoie-moi tout cela pour que j'effectue des recherches durant ton trajet de retour. Et, fais attention sur la route surtout !

— Ne t'inquiète pas pour moi. Merci et à tout à l'heure.

Une recherche sans relâche

Avant de s'envoler pour l'Arabie saoudite, Margo a dû batailler durant deux longues journées ! Entre les recherches d'un avion, celui d'un interprète pour tout le temps qu'elle passera sur place : elle n'a pas chômé ! Il lui a également fallu convaincre sa fille et son gendre qu'elle pouvait très bien se rendre là-bas sans eux ! Heureusement, son passeport était à jour, et pas les leurs !

La voici enfin dans l'appareil serrant contre elle la pochette qui comprend les papiers de propriété, la déclaration d'enlèvement et l'injonction de rapatriement du cheval (obtenue quelques jours après l'acte d'appartenance).

Le voyage dure en tout 10 h 30, avec une escale à Madrid de trois heures. Mais Margo a tellement hâte d'atteindre Djeddah afin de retrouver son guide qui va l'amener à Taïf (ou Taëf en français), qu'elle ne sent ni la fatigue ni l'ennui. Elle s'endort cependant dans le deuxième avion et passe le reste de son temps à lire. À son arrivée, elle remarque un homme qui attend avec un panneau « Margo » écrit en gros. Si toute son attention n'avait pas été concentrée sur son objectif, elle aurait trouvé cela très hollywoodien.

Il lui avait été à la fois facile et relativement laborieux de trouver son guide touristique local. Elle avait découvert sur internet de nombreux professionnels du tourisme. Ils vantaient leurs guides-conférenciers, qui seraient à priori capables d'assurer toutes les visites voulues en français. Mais ce sont les tours personnalisées qui ont attiré son attention. Ils promettaient la mise en relation des voyageurs avec leurs guides touristiques locaux. Margo en a contacté deux et a choisi celui qui l'a mis en relation directement avec le guide/interprète lui-même. Il s'était présenté et lui avait paru très agréable, compréhensif et enjoué. Il l'avait écouté puis lui avait assuré pouvoir l'aider dans ses recherches. Et il est là ! Bien présent, un franc sourire sur le visage, tenant la pancarte au niveau de sa poitrine.

— Naël ? Je suis Margo. La poignée de main est ferme et elle reconnait très bien la voix de celui à qui elle a parlé au téléphone.

— Bienvenue Margo. Avez-vous fait bon voyage ?

Après quelques banales politesses et présentations, Naël prend d'autorité ses bagages et il la dirige vers la sortie. Il place les valises dans le coffre de son 4x4 puis lui ouvre une des portes arrière. Margo préfère monter devant et utiliser les heures qui suivent, à faire plus ample connaissance. Elle est époustouflée par cette route riche en sensations fortes et très sinueuse. Ils passent à travers des massifs montagneux, puis longent des marchés aux fruits, des plantations de roses et de profondes vallées. Enfin, ils atteignent le plateau sur lequel est située Taïf.

Naël est intarissable sur « ce coin de paradis » comme il l'appelle, et lui fait une description digne d'un guide touristique ! Il lui apprend que ce lieu, connu sous le nom de Taïf, est célèbre pour leurs « fameux bouquets odorants » qui poussent dans les collines et les oueds environnants.

— Taïf est également très apprécié en tant que : capitale d'été officieuse de l'Arabie saoudite. Naël a un petit sourire très fier de cette région. Étant donné son altitude, Taïf offre un refuge frais pour échapper à la chaleur.

Il reste songeur un instant puis il lui décrit les fleurs qui s'épanouissent en avril, les festivités de la ville au mois d'août, lorsque le festival culturel Souq Okaz et le Crown Prince Camel Festival battent leur plein. Il lui parle des babouins, qui sont en grand nombre par ici et il lui vante le coucher du soleil.

— Il faut que vous voyiez cela de vos propres yeux : il y a un dégradé de gris qui se détache sur les chaînes de montagnes.

Il lui apprend que la cité est également accessible par un téléphérique sur le versant nord (Al Hada) en venant de Djeddah et de la Mecque. Mais il ajoute :

— Cela aurait été dommage de ne pas prendre par la route côté sud comme nous le faisons.

Naël insiste pour lui faire visiter le marché central de Taïf en précisant que c'est un véritable labyrinthe d'allées étroites serpentant entre les bâtiments couleur de sable. Il lui précise que ce site est divisé par thème et qu'on y trouve des sections entières dédiées au miel local.

— C'est aussi un endroit connu pour l'habillement et la bijouterie islamiques !

Il ne peut pas s'empêcher de parler de l'huile et de l'eau. Puis des savons et des parfums fabriqués grâce aux roses de la région. Mais Margo n'a qu'un objectif ! Et elle réussit, sans le blesser, à lui dire que sa priorité est de retrouver son cheval et qu'elle n'envisage aucune visite tant qu'elle ne l'aura pas rejoint.

À ces mots, Naël s'emballe et lui raconte les courses de chevaux et de chameaux qui font partie des attractions dont raffolent les touristes, notamment celle des chameaux royaux.

— C'est vraiment dommage ! Vous les avez malheureusement loupées : elles ont lieu en mai ! Mais juillet est également un mois magnifique pour visiter Taïf !

Encore une fois, Margo lui rappelle qu'elle n'est ici que pour se rendre dans les écuries de la région. Elle lui précise qu'elle est à la recherche de toutes les informations possibles. Elle désire des renseignements sur les personnes dont elle lui a fourni les noms, et non pas de profiter de ce pays en tant que vacancier.

— Mais ne vous inquiétez pas, Madame Margo ! Nous allons visiter une écurie très connue. Celle du prince Abdulaziz, qui est la plus splendide de toutes. Et qui est ouverte aux voyageurs !

— Oh merci Naël. Merci beaucoup. Même si je pense que nous ne découvrirons pas mon cheval dans cette écurie.

— Non, Madame Margo, nous n'y trouverons pas « votre cheval ». Mais je vais pouvoir obtenir des réponses sur les personnes que vous recherchez.

— Oh ! Alors c'est une excellente bonne idée. Par contre, appelez-moi uniquement Margo.

— Oui Madame Margo. Très bien ! juste Margo !

Elle sourit et effectue le reste du voyage plus sereinement. Et surtout, pleine d'espoir. Arrivée à destination, elle ne sait plus où regarder tellement tout est d'une splendeur extraordinaire. C'est une abondance de murs ocre sculptés, de palmiers, de roses aux senteurs inoubliables. Ils découvrent de l'herbe grâce et verte, de nombreuses carrières au sable blanc immaculé et bien évidemment des box. Et quels box ! Une taille immense par cheval, des couleurs chatoyantes et éclatantes de lumière ! Et indubitablement, placés au nord, de façon à se protéger du soleil torride de l'après-midi.

— Vous allez voir Margo, les destriers du Prince sont magnifiques ! l'interrompt, son guide.

— Je veux bien le croire. Tout est tellement somptueux ici. J'imagine que les chevaux doivent être royaux ! lui répond-elle, émerveillée.

— J'avais prévenu de notre visite, je cours donc me présenter. Vous pouvez vous promener le long des box, dit-il en lui montrant les 150 écuries alignées, aucune personne ne vous ennuiera et je vous retrouve bientôt..

— Merci, c'est gentil. Je pense que je ne vais pas voir le temps passer. À tout à l'heure.

Tandis que son guide se rend dans le bâtiment côté Est, Margo longe les box en s'arrêtant à chaque fois qu'il est occupé. Au bout d'une demi-heure, le cœur lourd, mais sans surprise de ne pas avoir constaté la présence de Mark, elle opère un demi-tour pour retrouver Naël qu'elle aperçoit venir dans sa direction.

— J'ai appris une super chose, Madame Margo ! crie-t-il de loin.

— Margo, Naël : Margo !

— Oui, excusez-moi. Vous pouvez vous réjouir, Margo. J'ai trouvé des réponses, dit-il, très content de lui.

— Ah oui ? Quelle bonne nouvelle avez-vous à m'annoncer ? réplique-t-elle avec un petit sourire, mais sans grande conviction.

— La vétérinaire des écuries du Prince semble bien être celle que vous recherchez.

Margo reste muette de surprises.

— Et elle arrive dans deux heures pour quatre chevaux du Prince ! rajoute Naël fier de cette annonce.

— Oh, Naël, je ne sais pas quoi répondre. Je suis tellement contente. Merci pour cette excellente nouvelle ! Pourvu qu'elle accepte au moins de m'écouter. Et ensuite qu'elle m'apprenne où a été transporté mon étalon.

Margo, qui a les mains tremblantes et les yeux humides, émeut son guide.

— Ne vous inquiétez pas. Je serai avec vous malgré le fait qu'elle utilise votre langue.

— Ah oui ? Elle parle français ?

— Effectivement.

— Pour autant, il est possible qu'elle ne désire pas divulguer le lieu où il a été emporté. Ou pire qu'elle ne le connaisse pas.

— Dans ce cas, elle nous avouera pour qui elle travaillait. Et si elle ne le veut pas, toute femme médecin pour animaux qu'elle soit, je sais quoi dire pour qu'elle nous raconte tout.

— Naël, vous êtes ma providence ! dit Margo en joignant les mains en guise de remerciement.

Dès lors, elle décide de s'en remettre totalement à lui. Ils dégustent le thé sous une tente tout en regardant des chevaux en pleine séance de dressage. Puis, à l'heure prévue, ils se rendent aux écuries afin de parler avec la vétérinaire. Naël prend la parole dès le début, effectue les présentations et très rapidement revient à sa langue maternelle en se plaçant face à la praticienne qui semble chambouler par ce qu'il lui raconte. Margo, qui a décidé de lui faire confiance, ne s'adresse donc à la femme que de façon extrêmement brève. C'est ainsi qu'elle a uniquement formulé un « bonjour » et un « au revoir ». Mais elle remarque que celle-ci fuit son regard. À son départ, Margo se retourne vers son guide/interprète, les sourcils levés en guise de questions.

Il la fixe avec un radieux sourire et lui annonce :

— J'ai l'information ! Mais par contre, et ne soyez pas fâchée : je vous ai fait passer pour la police secrète française.

— Oh ! Et elle l'a cru ?

— Je suis persuasif ! énonce-t-il sérieusement.

— Naël, vous êtes impressionnant ! Merci beaucoup. Sommes-nous loin de ce lieu ?

— Nous ne pouvons pas nous y rendre ce soir, car la nuit va bientôt tomber. Mais dès demain matin, je vous y emmène ! lui assure-t-il tout en lui montrant le chemin du parking.

Chapitre 11
Sur la piste de la vérité

Le jour est à peine levé, mais ils sont déjà sur la route. Margo, le cœur rempli d'espoir et également de peur, écoute distraitement son chauffeur lui parler amoureusement de cette province qui, pour lui, est la plus belle du pays. Ils se sont arrêtés auprès de Bédouins pour déjeuner et sont arrivés à destination pour l'heure de la sieste. Naël lui avait précisé qu'il était généralement judicieux de parvenir pendant le repos de tous. En effet, durant la forte chaleur, ils peuvent se faire passer pour des touristes en quête de fraîcheur.

Et tout se déroule comme prévu. À l'entrée, le gardien ne réclame pas d'explications et les laisse avancer. Après s'être garés sur le parking visiteur, ils se rendent sans bruit dans le premier édifice. Il abrite de nombreux box à regarder. Puis ils arrivent vers une deuxième construction, sans plus de chance. Ils pénètrent dans le troisième bâtiment en chuchotant, afin de ne pas réveiller les lads qui sommeillent sur place. Soudain, un ronflement de naseaux fait battre le cœur de Margo. Elle reconnaîtrait cet avertissement sonore entre mille. Elle se précipite vers le bout de l'écurie d'où vient ce bruit si doux à ses oreilles et voit « sa » tête apparaître dans le col de cygne de la porte du dernier box.

— Oh « mon cœur », je t'ai retrouvé. Mon amour, tu m'as tellement manqué. Margo est en pleurs. Mais c'est de joie ! Et Mark ne peut pas s'y tromper.

Mais Naël l'interrompt :

— Margo ! Il ne faut pas nous attarder si nous voulons être en mesure de revenir sans problème.

L'interprète lui rappelle ainsi qu'ils doivent être prudents et qu'ils ne doivent pas se dévoiler ! Il faut effectivement vite aller signaler la présence d'un cheval volé auprès de la justice, pour ne pas risquer de le voir disparaître.

— Mark, je te présente Naël. C'est grâce à lui que je suis ici. C'est lui qui t'a retrouvé. Et j'ai avec moi tous les papiers. Ceux ; pour prouver que tu es à moi, mais aussi pour démontrer que tu as été subtilisé en France afin d'être transporté, sans justificatifs, en Arabie saoudite. Maintenant que nous savons où tu te trouves, nous allons effectuer le nécessaire auprès de la justice de ce pays et te ramener à la maison. Te déplacent-ils de temps en temps ?

À la surprise de Naël, le cheval se met à émettre un hennissement bref et aigu tout en secouant la tête.

— C'est une bonne nouvelle. Alors, fais comme d'habitude en attendant que je revienne.

Trois hennissements vifs et aigus se succèdent, auxquels Margo réplique :

— Ne t'inquiète pas, je repasserai et quoiqu'il arrive je te retrouverai ! Soit sage, mon cœur. Nous allons bientôt être réunis.

Mark se frotte contre la joue de Margo. Et, la mort dans l'âme elle s'arrache de cette chaleur si agréable tout en plongeant ses yeux dans les siens, car Naël lui tapote le bras afin de lui signifier son empressement.

— Oui Naël, je comprends ! Nous partons. Après un dernier petit bisou sur le bout du nez de son mari retrouvé, elle le quitte.

À peine monté en voiture, Naël prend la parole :

— C'est incroyable cette relation que vous avez avec votre cheval. On dirait que vous dialoguez tous les deux. Je n'ai jamais vu cela auparavant !

— Oui, c'est vrai. Pour moi, il est presque humain ! lance Margo.

— En vous regardant tous les deux, et, quand bien même il m'est étrange de déclarer cela, je me fais la même réflexion.

— Je ne me l'explique pas non plus, d'autant qu'il n'y a qu'avec moi que cela se produit.

Margo n'aime pas mentir à cet homme qui l'a déjà tant aidé, mais elle ne veut pas risquer d'éveiller des soupçons sur l'intelligence de Mark.

Deux jours ! Il y a maintenant deux longues journées que Naël et Margo vont de poste de police en commissariat, afin de montrer les papiers apportés de France et de justifier les raisons de la venue de Margo au Moyen-Orient. Mais rien n'y fait, ni les lois françaises ni les droits de Margo ne s'appliquent ici. C'est ainsi qu'elle apprend que le droit pénal saoudien est basé sur le droit pénal musulman. Mais également, que le vol fait partie de la catégorie des Hududs, dont la peine est prévue par le Coran (ce qui impose des aveux de l'accusé). Et elle comprend, pour terminer, que le témoignage d'une femme compte pour la moitié de celui d'un homme pour les tribunaux islamiques. Sans oublier que les attestations des non-musulmans sont considérées comme inacceptables.

C'est ainsi qu'ils ont fini par aller à Djeddah afin de prendre conseil (voir de l'aide) auprès de l'ambassade de France. Mais peu d'espoir leur a été donné. Car il semble que dans son cas, seule la justice française peut solliciter le rapatriement de l'objet volé, et bien évidemment, sans aucune obligation de résultat. Il faut donc que Margo rentre en France, pour demander que « justice » lui soit rendue. Elle doit laisser Mark ici pour aller plaider sa cause.

Avec tristesse, ils reprennent les chemins sinueux de son premier jour en Arabie Saoudite. Et malgré les paysages magnifiques, Margo n'a pas le cœur à s'extasier, elle ne peut pas profiter de ces splendides couleurs ni des douces odeurs de roses. Même Naël, d'ordinaire intarissable d'éloges sur son pays, reste silencieux ; respectueux de la peine de sa cliente, comprenant qu'il va être difficile pour elle de repartir sans ce cheval, qu'elle semble tant aimer.

Durant le trajet, Naël exprime une idée à Margo :

— Pourquoi ne pas demander au lad attribué à Mark, moyennant rétribution, de laisser une « française » parler avec ce cheval, qui pense l'avoir déjà vu en France ? Ainsi elle pourra le calmer et lui faire un « petit câlin ».

Mostafa qui apprécie beaucoup Hadès a toujours besoin d'argent. Et puisqu'il sait que l'impétueuse

Alhisha est très loin, il accepte. Mais il pose trois conditions : que ce soit dans un endroit discret et choisi par lui. Que le rendez-vous se trouve à la tombée de la nuit, pendant que tout le monde est occupé par le repas des chevaux. Et enfin, qu'il ait constaté au préalable que l'étalon semble être en confiance.

L'affaire étant conclue, Mostafa se retrouve en fin de journée avec Hadès dans une jolie prairie en lui lançant ; qu'il a bien de la chance, car une Française vient exprès pour le voir. En entendant cela, Mark relève la tête, accélère le pas et regarde de tout côté. Il est persuadé qu'il s'agit de Margo ! Il est rempli d'espoir et pense qu'elle a trouvé le moyen de le ramener en France.

— Hey ! On dirait que tu te réveilles d'un coup. Calme-toi sinon la dame va prendre peur d'un si bel étalon qui a autant de fougue.

Mais Mark n'en a cure, il sait très bien que Margo ne sera jamais effrayée par lui. Mostafa lâche Hadès dans la prairie et en effectuant des tourniquets avec la longe, en guise de fouet, tout en claquant de la langue, il lui lance :

— Allez, défoule-toi avant qu'ils n'arrivent. Je voudrais que tu sois assez fatigué lorsqu'ils s'approcheront de toi.

Mark est joyeux, il a toute confiance en Margo. Alors il s'autorise à faire le fou et se met à galoper, réalise des sauts de moutons et se cabre, il hennit, s'ébroue et souffle très fort. Puis il réapparaît devant le lad, qui n'en revient pas. Il est heureux de le voir pour la première fois s'exprimer ainsi. Soudain, Mark est attentif : les oreilles en avant, le cou tendu, il semble fixer quelque chose au loin. Mostafa cherche du regard ce qui attire l'intérêt d'Hadès et distingue deux silhouettes au-delà des bâtiments.

— Tu as vraiment une ouïe extraordinaire, toi ! déclare-t-il, admiratif.

Puis il s'avance à leur rencontre, laissant Mark avec son impatience.

Après avoir lié connaissance avec Margo, il les amène auprès du cheval Hadès dont il est très fier. Ce dernier, comme par miracle, s'apaise à leur arrivée. Mostafa prend la parole dans un Français parfait, pendant que Margo fait signe à Mark de se contenir en mettant son index devant sa bouche.

— Je ne comprends pas ce qu'il a aujourd'hui. D'ordinaire, il est plutôt placide, presque sans vie, et ce matin, d'un coup il est plein de vigueur et fait le fou. Je ne sais pas si je peux vous laisser entrer ! dit-il en regardant Margo, inquiet.

Naël lui parle en arabe, ce qui semble le calmer

instantanément. Quelques heures plus tard, il rapportera à Margo ce qu'il lui a chuchoté : « n'aie crainte ! Quoiqu'il arrive, ce n'est qu'une femme ». À ces mots, Margo a été horrifiée, mais elle a bien compris car il a effectivement raison. Ici, la vie d'une personne de sexe féminin n'est pas très importante. Ajouté à cela qu'elle est catholique et venue incognito sur le territoire, cela laisse peu de risque d'être ennuyé.

Naël entraîne Mostafa tout en se promenant, permettant ainsi à Margo d'être seule avec son cheval. Elle lui explique en détail les visites de ces deux derniers jours et lui apprend, les larmes aux yeux, qu'elle doit retourner en France pour avoir plus de chances d'obtenir gain de cause. Mark remarque sa peine et prend sur lui afin de la consoler au mieux. Il veut adoucir son chagrin et de cette façon, faciliter son départ. Même s'il n'a nulle envie de la voir disparaître pour de si longues semaines.

Tous les deux savent que le temps joue contre eux. Si quelqu'un apprend la visite de Margo, il se peut très bien que Mark soit déplacé et cette fois Naël n'aura certainement pas autant de chances d'obtenir des réponses.

Sur la route du retour, l'entrain n'est pas présent. Margo a peur que ses recherches auprès de la police arrivent aux oreilles de la « Voleuse ». Naël, désireux d'alléger l'atmosphère, lui rapporte combien le lad a été étonné de voir le cheval si attentif lorsqu'elle lui parlait. Il lui relate sa surprise de percevoir une si belle entente entre eux. Le soigneur Mostafa a ajouté que cela le rendait heureux. Car lui aussi, il ressentait que quelque chose « passait » entre lui et l'étalon, sans pour autant se l'expliquer. C'est pourquoi, après avoir remarqué que la même situation se reproduit avec une « femme » : il est rassuré ! Il sait qu'il ne devient pas fou.

Alors que Margo prépare son départ et promet au guide de revenir très vite ; à Valensole, Sophie est mal à l'aise et ne se sent pas capable de continuer à cacher la vérité à Mel. Elle lui demande de passer pour lui déclarer qu'elle est convaincue que les nouveaux propriétaires de sa jument, sont les voleurs de Fandhor.

Elle finit par lui avouer avoir reconnu le camion sur la vidéo. Sophie poursuit en lui confiant, l'énorme somme encaissée pour la vente de sa pouliche. Puis, tout en précisant à Mel qu'elle a répondu « non » à la requête d'achat de Fandhor, elle admet que cette somme semble bien dissimuler l'acquisition des deux chevaux.

Mel n'en revient pas : un chèque ! Ils lui ont donné un prix astronomique, et elle l'a accepté !

— Pourquoi ne me rapporter ça que maintenant ? Mel est outrée et déçue.

— Je désirais me persuader que ce n'était pas possible, qu'ils ne pouvaient pas en arriver à voler un cheval et l'emmener sans laisser de traces. Je m'en veux tellement, je suis prête à me rendre à la police, tout leur confesser et restituer l'argent.

— Je ne vais pas te dire que je te pardonne ce silence, par contre tu n'auras pas à parler avec la justice. Ma mère est en ce moment en Arabie saoudite et elle l'a retrouvé. Elle s'occupe des démarches pour le ramener.

À ces mots, Sophie se précipite dans ses bras et l'embrasse en lâchant :

— Mon Dieu, comme je suis soulagée. J'en étais malade de ces non-dits. Et même si vous savez déjà où il se trouve, je suis contente de tout t'avoir raconté. J'ai souvent entendu dire que l'argent gâche tout. Je comprends maintenant combien c'est vrai, car ces gens avaient deviné que j'avais besoin de finances et n'ont pas hésité à m'allouer une grosse somme pour ma Gracia, persuadés ainsi que je détournerai les yeux. Et c'est effectivement ce qui s'est passé.

— Parce que tu savais ce qu'ils prévoyaient faire ?

— Non, bien sûr que non ! Je n'avais pas donné mon accord de vente et je n'ai signé aucun papier. Fandhor n'était pas censé partir avec ma jument. Lorsque j'ai constaté sa disparition, je ne voulais pas croire qu'ils l'avaient volé ; j'espérais qu'on le retrouve par ici. Cependant, quand j'ai vu le camion j'ai compris qu'en m'octroyant une si grosse somme, ils pensaient bien que je fêterais cette aubaine ! Ils en ont profité. Et moi, « pauvre cruche », je me sentais tellement mal que je n'ai rien dit ; je suis vraiment désolée, Mel ! Et pas seulement pour le temps perdu !

Mel n'a heureusement pas l'occasion de lui répondre, car son téléphone se met à sonner. Sur le fond d'écran, il y a la photo de sa mère ! Elle prend la communication aussitôt. Elle attend calmement durant le compte-rendu sur les visites que Margo a effectué ces dernières heures, et apprend sa future arrivée en France afin de réclamer « Justice ». Mel est attristée, d'entendre que sa maman va rentrer seule. Bien que le danger était grand que le voleur n'accepte pas la décision française, elles n'avaient pourtant, aucunement envisagé un retour sans

Mark. Elles avaient voulu croire à un rapatriement à deux.

À la fin de l'appel, Sophie lui demande de l'excuser d'avoir écouté leur conversation et est vraiment désolée de ce qui se passe. Mais elle poursuit en expliquant qu'elle pense avoir une autre idée pour ramener leur cheval, plutôt que de rentrer pour réclamer l'aide de la justice française ; qui risque de prendre de longues semaines. Mel, fortement intéressée, accepte de l'entendre.

— Vois-tu, Alhisha la propriétaire de ma jument, est une personne exceptionnellement riche, mais également très dure. Par contre, je suis certaine que son bras droit, Malik, est beaucoup plus compréhensif et n'est pas toujours d'accord avec elle. Il est bien possible que cet homme puisse contribuer à la récupération de Fandhor.

— Penses-tu à quelque chose en particulier ? L'interroge Mel ; pleine d'espoir.

— Oui, si ta mère réussit à faire en sorte que Fandhor change ; qu'il soit le contraire de ce qu'il était jusqu'à présent. J'entends par là qu'il devienne un cheval sans punch, sans force, donc sans avantage pour elle. Il est fort probable qu'elle ne veuille plus de lui, qu'elle se désintéresse de lui et finisse par autoriser qu'il retourne d'où il vient. Bien sûr, il y a deux points à prendre en compte : que ta maman accepte de droguer Fandhor et qu'elle s'arrange avec Malik pour que le renvoi naisse de lui.

— Je pense que cela vaut la peine d'essayer. Je rappelle tout de suite ma mère, car je ne m'inquiète pas du tout pour que Fandhor ait cet aspect.

Une stratégie renouvelée

Naël a reçu un appel téléphonique de Margo lui demandant de revenir la chercher à l'aérodrome. Il doit la retrouver au même endroit où il l'a laissé, deux heures auparavant. Le message sur sa boîte vocale est très énigmatique ; elle semble avoir besoin de lui pour une mission sensible. Que veut-elle dire par là ? Il trouve Margo réellement gentille et respectueuse de son pays, mais malgré la bonne connaissance qu'il détient de la langue française, cette femme possède des agissements et réactions qui lui restent incompréhensibles.

Margo fait de grands gestes en voyant le 4x4.

— Hello, Naël, je suis ici ! Non, non, inutile de descendre, je peux ouvrir ma porte moi-même, vous le savez bien.

Mais Naël est très attaché aux règles de bienséance ; il met un point d'honneur à porter les valises et tenir la portière pour sa cliente, avant de reprendre sa place au volant.

— Où allons-nous aujourd'hui ? J'avoue que je n'ai pas vraiment compris pourquoi vous n'êtes pas monté dans l'avion !

— Emmenez-nous dans un de ces savoureux petits restaurants dont vous m'avez tant parlé et je pourrai tout vous expliquer calmement. Et comme je vous l'ai dit dans mon message, je dois encore utiliser vos services.

Son guide, en homme courtois, ne demande aucun éclaircissement dans la voiture ; mais Margo s'amuse de l'entendre de temps en temps formuler des expressions dans sa langue. Elle sait très bien, comme il le lui a rapporté auparavant, que c'est le témoignage de son impatience. Malgré tout, elle veut attendre d'être convenablement installée pour calculer et élaborer avec lui le plan qui lui assurera la reprise de Mark. Elle insiste pour qu'il leur trouve un lieu calme avec de la place afin d'organiser la mise en œuvre du projet.

Il l'emmène donc à Djeddah dans un restaurant éclectique, créé dans une ambiance de souks traditionnels de Djeddah, dans le quartier animé d'Al Salamah. Un décor lumineux et coloré, avec des textiles suspendus au plafond, un sol en mosaïque et un escalier turquoise. Un buffet leur permet de choisir des plats arabes populaires. Il y a cependant quelques touches contemporaines : un taboulé à la betterave, un poulet komar (la version maison de la volaille au beurre) et des samossas fourrés aux pâtes et au fromage. Margo est subjuguée par l'ambiance créée par le personnel qui chante au son des tambours traditionnels.

Tous les deux sont heureux de partager ce repas, d'autant que Naël ressent la bonne humeur et la détermination de cette femme pour qui il a une admiration grandissante. Arrivée au dessert, Margo n'a plus faim, mais Naël insiste pour qu'elle prenne le gâteau au lait safrané accompagné d'un thé Adani épicé.

Dans cette atmosphère chaleureuse, aidé d'une boisson au goût inoubliable, Naël écoute Margo lui exposer le stratagème envisagé. Au fur et à mesure qu'elle déroule son plan, il se dit que jamais quelqu'un n'a fait autant d'effort pour récupérer sa propriété. Il trouve cela réellement noble et accepte de la suivre dans ses démarches quelque peu discutables.

— J'ai seulement une question ? émet-il.

— Oui bien sûr, quelle est-elle ?

— Qu'est-ce qui vous permet d'être si certaine que votre cheval se révélera idiot, insignifiant, passif, mou, éteint, etc... enfin tout, ce qui doit le rendre inutile aux yeux de cette femme ?

— Je pourrai vous répondre que je vais tout simplement le lui demander, mais vous ne me croiriez pas, n'est-ce pas ?

Naël sourit puis finit par avouer :

— En réalité, pourquoi pas ! Car il y a sans conteste quelque chose entre vous et votre animal. Et même Mostafa, qui le connaît pourtant depuis très peu de temps, a remarqué que cet étalon était comme une éponge et ressentait toutes les émotions. Alors, si vous me racontez que, littéralement, vous le lui ordonnez : sûrement que je serai prêt à l'accepter !

Margo ne sait pas si elle peut lui faire totalement confiance et jusqu'à quel point il est capable de comprendre. Aussi décide-t-elle de biaiser sa réponse :

— En fait, je vais véritablement le lui suggérer, en lui murmurant à l'oreille, comme disent les gens de chevaux. Et si cela ne fonctionne pas, je passerai aux médicaments, lui révèle-t-elle en inclinant la tête.

— Hum, je découvre que vous avez réfléchi à tout. Parfait, je suis partant. Je serai votre messager et surveillerai vos arrières.

Sans plus d'explication, ils prennent la route en direction des montagnes ; puis Naël la confie à un hôtelier pour retourner aux écuries où Mark (renommé Hadès) attend ; loin de penser que Margo va revenir si vite. Lorsqu'il repère le guide de sa femme qui s'oriente vers eux, il se met aux aguets ; ce qui alerte instantanément son lad qui, par conséquent, regarde dans la même direction et voit Naël.

Au début, ils s'entretiennent dans leur langue, puis rapidement Naël incite Mostafa à continuer en français afin qu'aucune oreille indiscrète ne comprenne ce qu'il a à lui annoncer. Mark est ravi qu'ils discutent sans retenue près de lui, car il apprend ainsi que Margo va venir. Il est amusé d'entendre leurs propos lorsqu'ils abordent la raison réelle de l'arrivée de Margo. Elle doit lui demander de modifier son comportement. Ils sont persuadés qu'Alhisha préférera se séparer de lui et peut-être même, aller jusqu'à le renvoyer.

— Ce cheval est incontestablement très compréhensif. Mais, de là à ce qu'elle, communique véritablement avec lui, comme avec un humain ! murmure, Mostafa.

— Ne t'inquiète pas, s'il ne change pas d'attitude, elle a prévu des médicaments très efficaces apportés de France, réplique Naël tout bas.

— D'accord. Par contre, lorsque tu dis qu'il a été volé, est-ce certain de ça ?

— Oh oui ! Tu peux me croire. J'ai vu tous les papiers : ceux de la police, du tribunal français, y compris un acte de propriété ! lui assure Naël en comptant sur ses doigts.

— Bon, tu es très convaincant ! Et Madame Alhisha est effectivement capable, d'avoir agi de la sorte. Mais quel intérêt vais-je en retirer ? Pourquoi venir me déballer tout cela et me mettre dans la confidence ? Je risque des ennuis moi !

Naël ne semble pas surpris de la réaction du lad, comme s'il s'attendait à cette question :

— Écoute-moi Mostafa. Madame Margo aime son cheval plus que tout et elle a senti que tu étais très gentil avec lui. Aussi, elle ne veut pas faire ça en douce, te tromper et t'apporter des embêtements. Elle désire que tu sois au courant afin que tu puisses assurer tes arrières.

— Ah oui ? dit-il, étonné, en haussant le ton.

— Chut. Lui rappelle Naël en se retournant pour voir si quelqu'un les écoute.

Mostafa baisse aussitôt la voix en regardant furtivement autour de lui, puis il se met à chuchoter :

— Comment je vais réussir ça moi ? Avec lui, j'ai un travail et une reconnaissance. S'il devient « une épave », c'est à moi que le reproche sera fait ! dit-il en montrant Mark,

— Voilà pourquoi nous te l'apprenons. Parce qu'on ne te veut pas de mal, nous ! rétorque le guide en appuyant fortement sur le « nous ».

Mostafa ne sait plus quoi dire et semble indécis.

Ne sois pas inquiet, Madame Margo a pensé à tout et tu ne pourras pas être mis en cause. Complète Naël en intensifiant la voix sur le « tout ». Sa main sur l'épaule du lad, il reprend leur langue natale et l'entraîne en direction des vestiaires.

Mark est heureux, il va voir Margo plus tôt que prévu et elle a un plan pour le sortir d'ici ! Il est impatient et aimerait se trouver dans une prairie pour galoper jusqu'à en perdre le souffle. Mais très vite, il se ressaisit, car il se demande si le côté animal ne s'empare pas de plus en plus de son âme humaine. Il essaie de se souvenir de ces mots qui s'imprimaient dans son cerveau, ceux-ci mêmes qui lui ont permis de récupérer sa mémoire. « Ce n'est pas le moment pour toi, tu dois retourner sur Terre ». Oui, ce sont bien ces paroles-là ! Avec toutes ses aventures, il n'a pas eu l'occasion d'y repenser. Au début, il était certain que l'univers lui avait accordé une nouvelle chance. Cependant, il n'avait aucune idée de ce qu'il était censé faire. Est-ce vraiment l'univers d'ailleurs qui lui a permis de revivre ? Y a-t-il un karma, un Bouddha ou un Dieu qui tire les ficelles ? A-t-il perdu tellement de temps qu'il risque de ne plus revoir Margo ? Son cerveau fume, il ne sait quoi croire. Puisque réellement une chance lui a été accordée. Très certainement, il doit faire quelque chose, peut-être réparer une action passée. Mais qu'est-ce que c'est ? Et de combien de temps dispose-t-il maintenant ?

Tout en attendant Naël, Margo boit un thé aux arômes de roses et épluche les nombreux articles d'Alhisha sur internet. Cette jeune femme est en effet très présente sur les réseaux sociaux. Son statut semble lui apporter un prestige au sein de la grande société saoudienne. Elle a été élevée aux États-Unis, elle est appréciée dans le sport saoudien et possède un rang, un rôle et une situation haut placés en Arabie saoudite. Mais elle est également connue pour son caractère coléreux, chaque fois comparé à celui de son oncle bien impliqué dans le milieu financier. Tout ceci confirme à Margo le bien-fondé du « plan B » programmé autour du régisseur Malik.

À son retour, Naël leur commande un dîner composé de Mansaf. C'est une sorte de pain plat, de chair, de riz et de l'ingrédient principal, le Jameed (lait affiné et séché). Ce mets est accompagné d'un Magloba ; un riz cuit avec de la viande (ou de poulet) et de légumes (comme l'aubergine et le chou-fleur). Margo apprécie ce côté communautaire des repas saoudiens qui sont servis pour être collectifs. Mais ce qui lui plaît par-dessus tout, c'est la convivialité qu'elle retrouve dans tous les lieux où l'emmène son guide. Elle aurait tellement aimé que Mark soit avec eux, lui qui était fou de découvertes culinaires ! Malheureusement, il ne sera plus question de partager ce genre de dîner. Malgré tout, c'est effectivement grâce à lui qu'elle se trouve ici, dans ce cadre simple, sans fioriture et aussi sympathique. C'est pourquoi elle en profite avec plaisir.

Après ce bon et chaleureux festin, qui leur a permis d'échanger leurs points de vue sur les erreurs à éviter, ils se séparent assez vite. En effet, Naël a réussi à convaincre Mostafa de les rejoindre bien avant sa prise de fonctions. Ils vont en dehors des écuries, lui raconter « l'histoire de Margo et son cheval ».

Et c'est, bien avant que le soleil ne soit levé, que la rencontre a lieu. Durant ces moments magiques des premières lueurs de l'aube. Celles qui vous saisissent et vous transportent dans des conditions sacrées. Ces instants mystérieux que la nature nous offre ont été propices aux émotions qu'a éprouvées Mostafa en écoutant l'épopée de « Fandhor ». Ce magnifique étalon volé dans le centre de la France, découvert quatre ans plus tard dans le Sud, puis disparu de nouveau pour être retrouvé en Italie sous le nom de « Tonnerre ». Et cette aventure qui semble s'être arrêtée par sa venue illégale au Moyen-Orient, ajoutée à la témérité de cette femme, lui donne la conviction qu'il n'a qu'un choix à faire ! Il doit aider cette courageuse Française à récupérer son cheval ! Même s'il faut pour cela laisser croire que cet étalon ne tolère plus la chaleur du pays et risquer de s'attirer les foudres de Mademoiselle Alisha.

— J'accepte. Mais priez Alla que le bienveillant régisseur Malik prenne ma défense si besoin est.

C'est ainsi qu'en bordure de propriété, Mark et Margo, durant la sieste de tous (lads, chevaux et salariés) profitent d'être ensemble. C'est aussi l'occasion pour Margo d'exposer à Mark leur stratégie. Elle lui fournit de nombreux exemples à reproduire afin de donner l'impression de subir le « syndrome d'épuisement par la chaleur ».

Dès lors, chaque jour qui suit, il joue le jeu et ne relève plus la tête. Il avance très lentement et s'allonge dès que quelqu'un le regarde.

Mostafa quant à lui, applique à la lettre le plan. Il appelle rapidement la vétérinaire qui (mis dans la confidence) déclare que l'organisme de ce cheval dépense énormément d'énergie pour tenter de maintenir une température corporelle normale, car il n'a pas l'habitude du climat. Elle demande que le box soit refroidi en étendant de l'eau au sol (comme l'eau s'évapore, il rafraîchit l'air), préconise des douches par jet et éponge humide le plus souvent possible. Bien évidemment, elle décide d'arrêter tout travail afin d'éviter le stress.

Tous les jours, Margo retrouve Mark grâce à Mostafa qui le sort de l'enceinte des écuries en prétextant des balades tests pour son cheval « amorphe ». Là, loin des regards, il peut se dégourdir les jambes et allonger le pas, relever la tête et faire fonctionner ses muscles. Mais principalement, cela lui permet de recevoir les caresses de Margo qui lui offre la possibilité d'oublier dans quel corps il se trouve. Elle le rassure, lui rappelant que bientôt tout sera terminé. Elle lui rappelle qu'ils vont bientôt rentrer chez eux, à mille lieues de la convoitise de tous. Et il s'oblige à la croire, ne voulant pas envisager une autre vie. Et surtout, sans elle !

Lorsqu'Alhisha est prévenue que rien ne guérit Hadès, qu'il reste dans cet état, lent et terne. Et qu'en plus, malgré toutes les prescriptions médicales et les vitamines ingurgitées, son étalon ne relève pas la tête ; elle devient furieuse et déclare qu'elle exige de ne plus entendre parler de ce cheval français.

Margo folle de joie, lui fait une offre d'achat par l'intermédiaire de la vétérinaire qui a recommandé un retour au climat européen pour son patient. Malheureusement, le caractère et la personnalité sanguine d'Alhisha ne pouvent accepter que sa propriété aille mieux chez quelqu'un d'autre. Elle préfère envisager le déplacement du cheval dans une des écuries de son père, plutôt que de le vendre à Margo. En aucune façon, elle ne veut que quelqu'un réussisse là où elle a échoué. Lui donner la possibilité de retourner en Europe, lui permettrait de redevenir celui qu'il était et qui lui a plu : un cheval à la fougue et au tempérament de feu avec une robe vive et magnifique ! Elle ne l'acceptera jamais !

Le plan B doit donc entrer en vigueur. Margo et Mark vont être obligés d'attendre encore un peu avant de rentrer en France ! Mais ce qui est certain, c'est qu'elle ne le laissera jamais tomber ! Elle le suivra partout ; que ce soit dans ce pays ou n'importe quel autre.

Chapitre 12
Accord décisif

De loin, Naël le guide, accompagné de son nouvel ami le lad Mostafa, regardent tous deux ce cheval aux multiples prénoms, faire face à cette petite Française. Ils sont aussi admiratifs qu'ébahis d'être témoins d'une telle complicité.

— Comment elle fait ça à ton avis ? interroge Mostafa,

— Je ne me pose plus la question. Depuis que je la connais, je la vois réussir tant de choses que je ne cherche pas à approfondir. J'accepte, c'est tout !

— Oui : « Dieu aime ceux qui persévèrent », récite Mostafa en référence à une citation de Mahomet.

— Peut-être bien, Mostafa, peut-être bien ! acquiesce le guide.

Margo, qui n'a d'attention que pour l'« Amour de Sa Vie », s'évertue à le rassurer :

— Où que tu ailles je te suivrais et je sais que je trouverais la faille pour te ramener légalement à la maison. Nous avons des alliés ici, sans parler de nos deux anges gardiens. Dit-elle gaiement, en lançant un regard en direction des deux hommes. Et la vétérinaire a prouvé par deux fois son adhésion à notre cause.

Mark effectue un mouvement de tête, aussi, elle rajoute :

— Oui, je vois bien ce que tu veux dire. Mais elle s'est montrée compréhensive par crainte, à la suite de sa conversation avec Naël !avoue-t-elle en souriant du coin des lèvres avant de continuer son énumération :

— Demain, nous devons nous rendre à Médine où se trouve Malik, le régisseur d'Alhisha. D'après Sophie, c'est un homme juste et il n'est pas toujours d'accord avec sa jeune patronne. Que penses-tu de lui toi ? Tu l'as déjà vu n'est-ce pas ?

Mark baisse la tête -geste associé au calme et à la soumission chez les chevaux- puis la relève afin de souffler tendrement dans le cou de Margo en signe d'assentiment. En riant, elle enlace de ses bras l'encolure de ce magnifique cheval et lui murmure :

— Je t'aime mon cœur et je sais que c'est réciproque. J'adore cette connivence entre nous. Cette complicité a nourri notre union dès le début de notre rencontre ; aucune créature humaine ou animale ne pourra défaire cela.

Son cœur est gros. Non pas, de chagrin, mais d'être obligé d'endurer autant d'injustice. Puis elle se ressaisit, car elle le lui doit bien, à lui, qu'elle aime et qui compte sur elle.

— Bon, fini les bisous. Il nous faut retourner à nos occupations chacun de notre côté « mon cœur ». Je serai absente quatre jours, car il y a cinq heures de route d'ici à Médine. Ajouté à cela le temps nécessaire pour amener Malik à rejoindre notre cause et « monter » une transaction qu'Alhisha ne pourra qu'accepter.

— Et surtout, je compte sur toi pour ne pas paraître gai ou fringant, mais bel et bien passif et éteint tel un vieux cheval ! lui conseille-t-elle en effectuant un clin d'œil auquel il répond en la bousculant de la tête, ce qui la fait rire aux éclats lorsqu'elle arrive vers les deux hommes.

Puis ils se séparent. L'un est déjà dans son rôle en se laissant, littéralement, traîner par Mostafa, et le second s'avance vers le 4x4 stationné tout près. Pourtant, Margo demande à Naël de ne pas démarrer tout de suite, et ne lui donne le feu vert que lorsque les deux autres sont hors de portée de vue.

Sur la route, dans la région de Tabuk, ils s'arrêtent pour déguster des fruits de mer. La réputation de ces coquillages est grande et célèbre du fait de sa position sur la côte. Ils complètent leur repas par un des plus célèbres plats : le Siyadiah. Naël veut absolument lui faire découvrir ces mets introuvables ailleurs. Il lui dit qu'on ne connaît réellement une contrée qu'en goûtant ses spécialités, en écoutant ses chants et respirant ses parfums. Margo est tout à fait d'accord et profite de ce voyage grâce à son expérience, et l'amour qu'il a pour son pays. La route par la côte est peut-être plus longue, mais infiniment belle et culturellement plus intéressante grâce à l'érudition de son guide. C'est pourquoi elle ne regrette pas de n'arriver qu'à la tombée de la nuit.

Naël a obtenu un rendez-vous avec Malik à 9 heures le lendemain matin. Il a réservé dans l'hôtel même de la rencontre afin (comme il l'a déclaré à Margo) « que rien ne puisse s'interposer avant l'entrevue tant attendue ».

En entrant dans le hall du bâtiment, Margo admire la splendeur du cadre : les sols et les colonnes en marbre, les lustres en cristal et les petits coins salons derrière de magnifiques tentures brodées. Tout n'est que luxe et délicatesse, la politesse du personnel n'a d'égal que sa discrétion et sa chambre lui déclenche un soupir de satisfaction. Au milieu de la pièce se trouve un grand lit cerclé de voiles roses, d'énormes coussins de cuir sont placés savamment sur un tapis d'une épaisseur incroyable. Ce véritable nid douillet aux odeurs de fleurs la transporte dans un conte des « mille et une nuits ». Ajoutée à ce cadre idyllique, une légère brise qui souffle de la porte-fenêtre l'attire sur un balcon aménagé pour profiter de l'air frais sans vis-à-vis, où l'attend une collation à la menthe.

Un bain aux senteurs de musc, un sommeil excellent et un succulent petit-déjeuner servi en chambre, ont mis Margo d'une humeur remarquable. Elle descend à la réception en pleine forme, prête à affronter le monde entier. Il n'est pas question d'arriver en retard dans le salon pourpre réservé par Malik, c'est pourquoi elle se rend dans le hall 30 minutes avant l'heure. Soudain, ses yeux se portent sur Naël, assis dans un fauteuil club, un journal entre les mains et une tasse vide posée sur le luxueux guéridon qui se trouve à sa droite. Le sourire aux lèvres, Margo lui manifeste sa bonne humeur et lui dit :

— Bonjour, Naël. J'espère que vous avez bien dormi et profitez du copieux petit-déjeuner ?

— Oui Margo, un sommeil réparateur ! Dans un cadre exceptionnel, et suivi d'un savoureux festin. Et vous ?

— Oh, vraiment féerique ! Et un régal. Je suis en pleine forme pour notre rencontre ! confirme-t-elle en lui montrant le dossier glissé sous son bras.

— Alors, venez. J'ai demandé que café, thé et jus

d'orange nous soient servis dans le salon ! lui annonce-t-il en lui dévoilant la direction à prendre.

— Je vous l'ai déjà dit Naël, mais je vais le refaire : vous êtes formidable et je bénis la providence de vous avoir placé sur notre route.

Toujours très modeste, le guide baisse la tête et d'un sourire empli de bienveillance la remercie. Tout en marchant jusqu'au salon, Margo qui tient véritablement à lui signifier sa reconnaissance continue sur le même ton de gratitude :

— Il faut que vous sachiez, que, quel que soit le résultat de cette entrevue, j'aimerais vous recevoir en France, vous offrir l'hospitalité aussi souvent que vous le désirerez, en guise d'amitié.

Naël apprécie la proposition, mais ne peut pas répondre. Il se gratte la gorge, puis d'une voix grave et basse émet un merci touchant de sincérité. L'émotion est telle qu'ils se dirigent, sans plus un mot, dans le petit salon décoré façon « So british club anglais ». Ils sont censés se préparer avant l'arrivée de celui en qui ils fondent leur dernier espoir pour concrétiser leur plan.

Ils prennent le temps, tout en savourant un café accompagné de jolies friandises, de revoir tout ce qu'ils ne peuvent absolument pas oublier de développer face au régisseur. De plus, les expressions à utiliser leur semblent cruciales ; ils ne voudraient pas le blesser ou le mettre mal à l'aise. Ainsi, ils doivent bannir de leur langage des mots tels que : « vols, dissimulation, disparition, malhonnêteté, corruption ». Et encore moins formuler : « escroquerie, chantage, arnaque ». Enfin, ils savent que les jours qui passent jouent contre eux, car Mark, en tant qu'Hadès, est susceptible d'être déplacé à tout moment. C'est pourquoi ils doivent être vigilants sur le déroulé de leur plan. Ils n'oublient pas qu'il leur faut recevoir de Malik une aide dès ce jour, pour obtenir gain de cause très rapidement.

Dès son entrée, Margo est agréablement surprise par l'apparence et le visage de cet homme. Il a une belle stature athlétique, le regard cordial, la poignée de main sincère et la démarche souple dans un costume en lin bien coupé, mais sans grandiloquence. Tout en lui amène d'emblée Margo à lui donner sa confiance. Elle décide de parler franchement, sans réserve ; mis à part la réelle personnalité de Mark bien sûr.

Malik les met à l'aise dès le début et insiste pour qu'ils le nomment par son prénom. Margo en profite pour lui apprendre le sien afin qu'il en fasse de même. C'est donc dans une ambiance cordiale qu'elle commence à lui raconter les péripéties et rebondissements depuis qu'elle a retrouvé son cheval. Margo s'applique pour lui décrire par quoi, elle et sa famille sont passées durant ces longs derniers mois. Elle n'omet pas le moment le plus perturbant, c'est-à-dire son entrevue avec Alhisha. Effectivement, elle a très vite tourné à la confrontation lors de la proposition de rachat.

— Je vous demande de bien vouloir excuser ma jeune filleule qui est quelque peu passionnée dans ses déclarations. Mais je crois que vous étiez prête à me suggérer une transaction, qui pourrait arranger tout le monde, il me semble ? s'aventure Malik.

— En effet, car si j'ai correctement saisi l'essence du refus d'Alhisha, c'est que je suis française !

Elle ajoute très vite afin qu'il ne se méprenne pas sur ses paroles :

— Je m'explique.

— Ce qui l'empêche d'accepter mon offre est probablement qu'en repartant en France, dans un climat adapté à sa nature, ce cheval redeviendra l'animal qui lui a plu. Il sera de nouveau acquis par un propriétaire qui en tirera les bénéfices qu'elle escomptait. Je la comprends et en aucun cas ne souhaite la faire passer pour une perdante. Je vous en prie : croyez-moi ! Si je vous ai raconté mon histoire, c'est pour que vous sachiez que mon intention n'est absolument pas de spéculer sur sa valeur. Mais bel et bien, de le ramener à la maison afin qu'il vive avec nous jusqu'à la fin de sa vie.

— Je sens que vous êtes sincère, que vous aimez réellement ce cheval et ne voulez pas profiter de l'opportunité que représente ce mal-être du climat. Malgré tout, je ne vois pas comment ne pas blesser Alhisha !

— Il m'est venu une idée. Et avec votre aide, nous pouvons la mener à bien ! certifie-t-elle.

— Merveilleux ! Expliquez-moi, je vous prie.

Son ton n'est ni ironique ni perplexe ; mais conciliant et ouvert. Margo lui rappelle alors que les papiers de Hadès, encore prénommé Tonnerre, Fandhor ou Mark, que détient Alhisha sont faux. Ce qui lui permet de rajouter que, quel que soit l'acheteur, la vente se révélera nulle. Car le nouveau propriétaire ne pourra pas spéculer sur les descendants. D'où son idée :

— Naël va se porter acquéreur et me le confiera. Pourquoi me demanderez-vous ? Pour la bonne raison que : premièrement il n'est pas intéressé, deuxièmement il sait combien ce cheval compte pour moi et enfin, car c'est un véritable ami.

Elle a terminé sa phrase en se retournant vers son

guide dont le visage était devenu cramoisi.

Malik les regarde tous les deux, puis avec un grand sourire déclare :

— Je pense que cela peut fonctionner en rappelant à Alhisha que l'acheteur n'aura aucune possibilité de revente ou de descendance, car ne possédera pas ses « entrées ». Oui, cela va lui plaire.

Margo le dévisage, puis interloquée, se tourne vers Naël pour le questionner du regard. Celui-ci quoique abasourdi, tout comme elle, réagit plus rapidement et se lève une main tendue en direction du régisseur et répond cordialement :

— Merci de nous faire confiance, Malik. Vous ne le regretterez pas.

Margo les larmes aux yeux, de joie et de reconnaissance envers ces deux hommes, serre chaleureusement la main de Malik.

Par la suite, la journée n'est qu'une succession de notes amicales et conviviales. Pour commencer, Malik les invite à partager son déjeuner afin de discuter de leur transaction. Après la gestion des papiers, ils concluent leur entente, avec de bonnes poignées de mains franches et sincères.

Dès lors, tout se déroule comme dans un rêve

pour Margo. Après le repas, Malik leur fait visiter certains monuments de la ville. Puis ils passent la veillée sur une terrasse de l'hôtel qui surplombe la cité illuminée. Le soir même, ils fêtent leur succès, car dans l'après-midi Malik a réussi à convaincre Alhisha de valider la proposition de Naël.

Le lendemain, jour du départ, une surprise attend Margo. Malik lui explique qu'il est profondément confus du préjudice occasionné. Pour se faire pardonner, il a débloqué une somme qui devrait couvrir les dépenses du voyage, des faux frais ainsi que le rachat de son cheval aux « Écuries du Canal ».

— Mais je ne peux pas accepter Malik. Vous n'y êtes pour rien.

— Oh si, je vous assure ! Son père et moi portons les torts de l'avoir trop gâtée et ce sont des personnes comme vous qui en subissent les conséquences. J'en ai discuté avec mon ami, son père, qui est d'accord avec moi.

Puis il achève en joignant les mains :

— Et nous serions honorés que vous nous autorisiez à vous dédommager.

— Je suis réellement confuse, mais accepte avec plaisir, car mes finances sont loin d'être rutilantes. Néanmoins, j'ai une requête.

— Je vous en prie ! acquiesce-t-il la main ouverte en signe d'accord.

— J'aimerais qu'une partie de cet argent soit versé sur le compte de Naël. Avec ceci, je suis certaine qu'il viendra nous rendre visite en France au moins une fois ! sollicite-t-elle en regardant gentiment dans la direction de Naël qui faillit s'étrangler de surprise.

— Votre générosité n'a d'égale que votre loyauté ; je comprends et adhère. Ainsi je vais ordonner un virement et lui donnerai parallèlement une carte professionnelle sur notre compagnie pour deux personnes. Ceci, afin qu'il puisse effectuer de nombreux miles par an pour se rendre où, quand et avec qui il le désirera.

À ces mots, Naël et Margo restent quelques minutes bouche bée devant autant de bonté et d'amabilité à leur égard. Malik les remet à l'aise en leur rappelant que lui et son ami, en tant que propriétaires de l'entreprise aérienne, se sentent redevables de leur compréhension. Il ajoute que le père d'Alhisha et lui-même sont heureux d'une telle finalité et se félicitent d'avoir eu « affaire » à une personne comme Margo.

Quelques instants plus tard, les papiers en poches, Margo et Naël prennent la direction des écuries pour retrouver Mark. Tout en chantant leur joie, et malgré les nombreux kilomètres, ils effectuent la route d'une traite sans ressentir aucune fatigue. Durant cinq heures, dans le 4x4, il n'y a que des rires, des exclamations, des blagues et des promesses d'avenir.

Retour aux sources et révélations

Mark se pose beaucoup de questions sur l'avenir. Il a toute confiance en Margo, connaît sa ténacité et n'a donc aucun doute sur la réussite de son voyage, néanmoins ce qui le préoccupe est très inquiétant : combien de temps lui reste-t-il ? Tant de moments à ne pas être ensemble ! La séparation pour les recherches est nécessaire, mais cet éloignement raccourcit les occasions d'être réunis ! Il sent que le temps lui est compté, car son cerveau lui joue de plus en plus de tours. C'est comme s'il se déconnectait de la réalité, de sa mémoire humaine, pour l'amener à apprécier à être « Fandhor », Tonnerre ou Hadès le cheval.

Mostafa arrive à point nommé, avec son grand sourire et cet accent inimitable ; il est impossible de broyer du noir en sa compagnie : tout ce dont Mark a besoin en ce moment.

— J'ai de merveilleuses nouvelles Hadès. Tu appartiens définitivement à Margo. Tu vas retourner en France où tu ne seras pas obligé de paraître maussade et abattu. Tu pourras recommencer à gambader et faire tes belles cabrioles ! puis il complète en sortant son portable :

— Eh oui, Naël vient de m'envoyer un message, ils sont sur la route et seront présents dans quatre heures. Je pense que tu es incapable de t'en rendre compte, mais tu rentres en France ! Avec ta petite-maîtresse si gentille. Tu en as de la chance ! Je suis triste de te perdre, mais tu n'as aucun avenir ici de toute façon.

Puis il lui enfile son licol et le ramène au box.

Ce petit discours était vraiment bienveillant, mais ces simples mots lui rappellent ses craintes. Tout comme il ne peut pas agir sur le temps qui s'écoule, il sent que bientôt il ne contrôlera plus son cerveau.

Dispose-t-il d'un mois, ou uniquement de quelques jours ? À moins qu'il ne jouisse plus que de quelques heures ! Non, Mark secoue la tête comme pour faire disparaître ces mauvaises pensées. Car oui, il a remarqué qu'il perdait la maîtrise de son esprit de temps en temps, mais même si les écarts entre chaque crise se raccourcissent, il lui arrive encore de passer quelques jours sans perdre pied. Somme toute, il dispose de plus d'occasions qu'il ne le faut pour se retrouver avec Margo et communiquer.

Toujours est-il, qu'il n'a toujours pas compris la raison pour laquelle il a gagné le droit de revenir. Et pourquoi dans un cheval ? Cette enveloppe a-t-elle quelque chose de spécial pour qu'il aboutisse dans sa tête ? En effet ; de tous les congénères qu'il a croisés ces quatre dernières années, aucun cheval, âne ou poney n'était habité par une âme humaine. Peut-être que la réincarnation animale fait partie de la mission puisque les chevaux tiennent une place terriblement importance pour les deux femmes de sa vie...

Enfin, question ultime pour Mark : s'il n'a pas réglé sur terre ce pour quoi il est revenu, aura-t-il une autre chance ? Y a-t-il un délai pour réussir ou une quantité de renaissances ?

Le cerveau humain de Mark est prêt à exploser, heureusement, il entend un doux bruit s'approcher.

À peine arrivée, Margo s'est mise à courir jusqu'au box de Mark, bien décidée à ne plus le quitter.

Dès cet instant, elle laisse le soin à Mostafa et Naël de régler les préparatifs pour le voyage : réserver un camion pour gagner l'aérodrome, prendre rendez-vous avec le jet prêté par Malik. Tout comme ; organiser des repas champêtres où tous les trois, à proximité de Mark rient et chantent. Ils apprennent également à mieux se connaître tout en planifiant des vacances en France.

Margo revit : elle est en compagnie de celui qu'elle a toujours aimé, elle a rencontré deux belles personnes sur qui elle sait pouvoir compter. Et puis, ils vont passer du temps avec leur fille qui se charge de les ramener à la maison. Le ciel est enfin de leur côté.

C'est dans cet état d'esprit que tous les deux montent dans le camion. Malgré des cœurs lourds à devoir quitter leurs nouveaux amis, ils sont réellement soulagés de voir leurs malheurs s'achever. Durant le vol, tout va à merveille, Margo parle et Mark l'écoute laissant entendre de temps en temps un petit hennissement bref et grave du cheval heureux : ils sont ensemble !

Sur le tarmac de l'aéroport, à l'ouverture des portes, ils inspirent l'air d'Aix-en-Provence, loin de l'atmosphère d'Arabie. Margo réalise que l'été s'échappe et ressent le mistral de septembre. Mark sans harnachement reste à côté d'elle, lorsque soudain elle s'exclame le doigt tendu :

— Regarde qui arrive ! Mais il avait déjà entendu leur fille qui sortait d'un hangar sur leur droite.

Mel, d'une foulée souple et sportive, approche dans leur direction avec un sourire si chaleureux qu'ils demeurent sur place, émus et fiers d'être ses parents. Après de grandes embrassades, elle les guide près du camion que Sophie lui a prêté pour les ramener à Valensole. Le côté pratique de ce transport est sa fenêtre disposée entre l'habitacle du van et la cabine, leur permettant d'échanger avec

Mark comme s'il était assis sur la banquette arrière.

Margo est aux anges, elle s'exclame sans cesse, elle ne peut pas s'arrêter de commenter le spectacle qui se déroule sous ses yeux :

— Regardez-moi ces maisons, toutes ces couleurs ocre et orange. Il n'y a qu'ici que l'on observe ces teintes chaudes sur lesquelles les ifs coupent le paysage. Nous n'avons pas vu autant de piscine, de lavande ou entendu de cigales en Arabie ! dit-elle en s'extasiant et plaisantant à la fois.

— Ce n'est pas l'impression que j'ai ressentie lorsque tu me téléphonais (la gronde sa fille gentiment). Tu n'arrêtais pas de t'émerveiller sur les couleurs, les senteurs, le charme des pierres et des constructions, sans parler des oasis « véritables havres de paix » pour te citer.

Leurs rires s'accompagnent d'un petit hennissement qui provient de l'arrière.

— J'avoue que ce pays m'a envoûté. Leur architecture n'est pas symétrique comme les bastides d'ici, mais ronde avec des toits pointus. Les odeurs sont sucrées et douces. Il n'y a pas la mélodie des cigales, mais tu entends au loin : le blatèrement des dromadaires et le bêlement des chèvres apportés par le vent, qui tantôt rugit tantôt est d'un silence presque inquiétant. Il y a quelque chose de magique et de secret qui te donne envie de t'asseoir afin d'écouter et profiter de chaque instant.

La fin de la route, jusqu'aux « Écuries du Canal », se termine en racontant à Mel les dernières 24 heures. Les pique-niques sous la tente, les chants de Naël et les fous rires de Mostafa.

— J'ai comme l'impression que tous les deux vous avez vraiment apprécié ces deux hommes ! observe leur fille,

— Oh oui, d'ailleurs, affirme sa mère en se tournant vers l'arrière, je suis certaine que tu les aimeras également lorsqu'ils viendront nous rendre visite. N'est-ce pas Mark ?

Ce qu'il confirme à l'aide de ce petit bruit devenu familier à Margo.

— Au fait, j'ai organisé mes congés afin de vous emmener dès demain ! les interrompt Mel.

— Oh ! Tu es géniale ! Je n'osai pas espérer un retour aussi rapide. Merci, ma fille ! Vraiment ! Ton père et moi avons bien besoin de rentrer à la maison pour nous reposer et nous retrouver après toutes ces aventures.

Un silence paisible s'installe, tel un ange qui passe

et apaise les esprits, permettant aux trois occupants de se plonger dans leurs pensées. L'arrivée chez Sophie se fait dans le calme, tous sont fatigués que ce soit physiquement ou moralement.

Mel et Valérian ont aménagé un coin dans le box, avec relax et lampadaires. Ils étaient persuadés que Margo ne voudrait pas rentrer chez eux et laisser Mark seul, ne serait-ce que quelques heures. En voyant cet aménagement, les larmes lui viennent aux yeux, elle se retourne, enlace sa fille et dit :

— Oh, Mel ! Tu es réellement la fille idéale. Et comme tu me connais bien ! C'est tellement gentil. Merci ma puce.

— Je me doutais que ton désir serait de ne pas le quitter. Même une nuit ! répond-elle en souriant.

Entourés d'odeur de paille, de foin et de lavande citronnée, tous les deux passent une nuit incroyable. Ils dorment enfin sans angoisse, sans se poser de questions sur l'avenir ; tout à la satisfaction d'être réunis.

Puis Margo se rend chez sa fille afin de faire un brin de toilette et rassembler le reste de ses affaires, laissant à Mel le plaisir d'admirer le cheval dans lequel son père se trouve.

Accoudée à la barrière d'un paddock ; elle

l'observe se dégourdir les jambes. Il effectue de grandes galopades, des courbettes, croupades et cabrioles dignes de figures de haute école.

— Cet étalon est splendide ! se plaît-elle à penser.

Le voyage jusqu'en Ardèche se passe à merveille. Le temps leur semble réellement court avec les différents souvenirs, anecdotes et évènements familiaux. Aussitôt parvenue à destination, Mel se précipite sur la porte centrale du van pour ouvrir et déclare à l'aide d'un large sourire :

— Nous voici arrivés. Bienvenue chez toi, papa !

Puis elle s'efface afin de le laisser descendre et pénétrer dans son jardin.

Alors qu'elle admire d'un œil connaisseur cet animal majestueux à la robe luisante, contourner le coin de la maison, elle chuchote à sa mère :

— Je sais que c'est lui, mais chaque fois que je le regarde, je ne vois qu'un cheval. Et quel cheval : il est sublime !

— Oui, il l'est ! Et il est vraiment important que tu te familiarises avec cette enveloppe. Car bientôt, l'âme de ton père ne sera plus en lui et il ne subsistera que ce magnifique étalon.

— Quoi ? Mais que dis-tu ? Es-tu certaine de ça ? Qu'est-ce qui te laisse penser qu'il ne demeurera pas avec nous ?

— Je ne dis pas qu'il ne sera pas avec nous, mais qu'il ne sera plus dans cette apparence-là ! Prochainement, son esprit, ou son âme, comme tu préfères, va partir dans un autre corps. Nous devons nous préparer à cela et faire en sorte que nous puissions le retrouver.

— Combien de temps avons-nous ? demande Mel, la gorge serrée.

Margo se tourne de façon à admirer le spectacle que donne Mark. Il gambade sur la pelouse, renifle les parterres de fleurs, enjambe précautionneusement les carrés de jardin tout en jetant un œil à travers les baies vitrées de la maison. Puis regarde sa fille et finis par lui répondre :

— Je ne sais pas exactement, mais j'en suis persuadée. Vois-tu, j'ai remarqué quelques traits de caractère qui ne viennent pas de lui et qui me font admettre que son humanité s'éloigne.

— Mais qu'est-ce que ça veut dire ? Qu'il va disparaître ? Comme ça, d'un coup, ou petit à petit ?

L'affolement dans sa voix est palpable. Margo se met face à sa fille et tout en lui prenant les mains, lui déclare doucement :

— Ne panique pas, nous avons du temps devant nous. Et de toute façon, nous le retrouverons ! Nous l'avons trouvé une fois, je suis certaine que cela se reproduira !

— Mais comment ? Et où ? Quand ? implore, Mel.

Margo regarde de nouveau dans la direction de Mark et répond :

— Je ne sais pas. Pas encore du moins. Mais je vais tout faire pour ne pas laisser passer quatre ans.

— Et papa est au courant que, encore une fois, il va sortir même momentanément, de nos vies ?

Margo sourit et les yeux dans le vide, lui affirme :

— Il s'en doute ma puce. Crois-moi, il le soupçonne.

— Mais nous ne le reverrons plus ? s'affole, Mel.

— Ne t'inquiète pas, nous avons tout le temps

nécessaire pour en parler lui et moi et envisager tous les cas de figure afin d'échafauder une stratégie. Il a réussi à m'appeler à l'aide de notre code, une fois. Nous nous retrouverons : c'est certain, assure Margo d'une voix ferme et décidée.

Cette première soirée à trois. Enfin réuni à la maison, après quatre longues années. Ils la passent à rire de leurs aventures. Mais également à écouter Margo émettre des hypothèses, toutes plus rocambolesques les unes que les autres, sur ce qui a provoqué l'apparition de Mark. Et sans conteste, le plus bel instant et le plus magique restera pour eux, le partage d'un repas inoubliable rempli d'émotions et de tendresse.

Seule Mel a réellement pris quelques heures de sommeil, car elle doit partir tôt le matin. Elle s'est installée sur un sofa apporté dans la soirée, afin de ne rien perdre de ces moments merveilleux. Elle qui ne croyait pas à une deuxième chance. Elle qui était très « terre à terre » (tout comme son père). Elle a ces dernières semaines, ouvert son esprit à de nouvelles perspectives de « vie après la mort » et est désireuse d'en apprendre plus. Ses parents l'ont contemplée dormir un instant, puis Margo a proposé à Mark de sortir, percevant que son âme avait besoin de s'envoler un temps.

Au petit matin, Mel qui doit prendre la route du retour se résigne à leur dire au revoir. Après un ultime câlin à ce magnifique cheval qui la regarde en tant que père, elle les laisse le cœur gonflé, mais plein d'espoir pour l'avenir.

Ensuite, face à face, l'immense étalon regarde tendrement cette femme qui lève la tête pour lui parler les yeux dans les yeux. Puis il l'écoute attentivement.

— Je vois bien que l'instinct de l'animal prend le dessus sur ton âme, mon cœur. Même si cela me rend triste, je suis heureuse de la vie que je vais pouvoir offrir à ce cheval qui a abrité ton âme.

Il baisse la tête et lui souffle dans le cou. Alors elle passe les bras autour de l'encolure de son amour et l'embrasse en enfouissant ses doigts dans la crinière. Car c'est bel et bien Mark à qui elle fait ce câlin et non à un quelconque cheval.

— Je comprends que tu n'y peux rien et que bientôt nous allons nous quitter de nouveau. Mais puisque nous nous sommes retrouvés une fois, je suis persuadée que nous réussirons une fois encore.

Mark sait que la détermination de sa femme n'a d'égale que sa volonté de rester positive. Si quelqu'un est capable de forcer le destin, c'est bien elle.

Il n'arrive toujours pas à saisir pourquoi on lui a offert ce retour. Il ne sait pas plus, s'il a effectué ce pour quoi on lui a donné cette opportunité, mais il conçoit maintenant que l'Univers est présent dans sa vie. La prochaine fois, car il est persuadé qu'il y aura « une prochaine fois », cette foi sera avec lui ! Et cela fera toute la différence.

— Vois-tu mon cœur, puisque la chance d'être réunis nous est accordée, et que la communication est possible, nous devons utiliser le temps qu'il nous reste

pour préparer notre future rencontre.

Mark se recule, plonge son regard dans le sien et baisse la tête.

Pour celui qui ne le connaît pas, cela ressemble à un signe de soumission animal. Mais Margo sait que ce mouvement est une déclaration d'amour, une acceptation de confiance en l'autre. C'est pour elle la preuve qu'ils parviendront ensemble à trouver « La Solution » qui leur permettra de se retrouver une nouvelle fois. Et pour toujours. Aussi, pleine d'espoir, elle se renseigne :

— Bon, comment allons-nous procéder pour réussir à nous rejoindre ?

Mark a envie de sourire, il remue sa grosse tête de droite à gauche et souffle des naseaux. Oh, comme il aime cette femme et sa détermination ! Mais elle reprend très vite, le coupant dans ses réflexions humaines.

— Vois-tu, le jour où je t'ai parlé d'un code, ce n'était qu'une hypothèse. Pour tout te dire, ce n'était en fait qu'un espoir. Maintenant, je bénis cette journée où je t'ai demandé de retenir ce signe qui était censé nous permettre de nous réunir si nous étions séparés. Même si j'apprécie la chance inouïe qui t'a remis sur mon chemin, nous devons élaborer un plan moins épineux pour la prochaine fois. Pour le cas où ; aucune bonne étoile ne se retrouve au-dessus de nos têtes lors de notre future rencontre.

Mark se met à frapper du pied tout en ronflant fortement des naseaux.

— Oui, je comprends ce que tu veux dire ! Tu estimes que nous n'avons pas réellement bénéficié de chance.

Elle sourit et énumère :

— Du marchand peu scrupuleux à la princesse sans lois, en passant par les envieux ou encore les avides de richesses ! Oui, nous avons été malmenés ces derniers mois, mais tout cela ne serait pas arrivé si nous ne nous étions pas retrouvés aux Écuries du Canal ! lui murmure-t-elle en effleurant sa joue d'une caresse. Puis elle rajoute :

— C'est cela que j'appelle une bonne étoile. Que tu aies atterri là-bas, pratiquement en même temps que moi.

Mark émet un bruit sourd en signe d'acceptation. Elle a raison, comme toujours. Du plus loin qu'il se souvienne, Margo sait argumenter, plaider, convaincre n'importe qui pour l'amener à valider ses idées ou ses dires. Pourtant cette fois-ci, il sent que quelque chose échappe à sa femme, car il a bel et bien été placé sur son chemin volontairement, il n'y a pas eu de hasard. À moins que ce soit justement cela la bonne étoile ! Mais elle ne lui laisse pas le temps de se plonger dans ses pensées, car elle enchaîne :

— Afin de mettre toutes les chances de notre côté, nous allons élaborer une stratégie. Nous devons chercher, imaginer, toutes les hypothèses ! Que tu reviennes dans un animal domestique ou sauvage, un insecte ou un oiseau ; que tu sois en France ou à l'étranger enfermé ou libre, que cela arrive dans six mois ou dix ans...

Mark la regarde, l'écoute mentionner et énumérer

les différentes opportunités. Lorsqu'elle parle, ses bras s'activent et son corps vibre ; son esprit est en ébullition, rien ne peut l'arrêter dans ces moments-là. Il le sait et boit ses paroles tout à la joie de l'avoir retrouvée. Elle est l'amour de sa vie ! C'est un sentiment totalement désintéressé qui naît du don de soi. Il lui a offert son cœur dès leur première rencontre.

Elle avait coutume de lui dire « quand on aime, on donne sans rien demander en échange, pour le simple et pur plaisir de donner ». C'est ce qu'ils ont fait, autant l'un que l'autre, au fil des années passées ensemble.

Cette offrande de soi est la preuve qu'ils s'aiment infiniment. Et c'est grâce à cet amour qu'ils peuvent avancer, partager…

REMERCIEMENTS

Ce livre est né au tout debut de ma retraite, lorsque j'ai enfin pris le temps de poser mes mots sur le papier.

Je tiens à remercier celui qui partage ma vie depuis 40 ans, pour son soutient indéfectible et l'amour inestimable qu'il me porte.

Mes enfants, toujours là pour m'encourager, m'ont donné la force de croire en ce projet et d'oser le partager.

Je suis également profondément reconnaissante envers ma maman, qui a toujours appuyé mes choix avec une bienveillance infinie.

Enfin, un grand merci à Laure, ma bêta-lectrice, dont les précieux conseils ont guidé mes pas à chaque étape.

Je tiens également à vous remercier vous qui avez lu ce livre. Vous tenez entre vos mains le fruit de mon travail et de ma passion.

Voulez-vous me rendre un service ? J'apprécierais vraiment que vous me laissiez un commentaire. Pour cela, il vous suffit de flasher le QR code ci-dessous pour atterrir directement sur l'espace commentaires Amazon du livre.

Merci encore !

À PROPOS DE L'AUTEURE

Amoureuse de la vie et profondément attachée à sa région, Marguerite Chaumon est une auteure polyvalente qui explore les frontières de l'imagination à travers ses écrits.

Depuis sa retraite, elle se consacre pleinement à sa passion pour l'écriture, créant des histoires envoûtantes qui captivent l'esprit et le cœur.

Après sa romance fascinante Dans *quand l'amour refuse de mourir* suivie de près par les aventures palpitantes d'*un bocal pour deux...*, Marguerite vous offre de quoi explorer l'univers des émotions intenses à chaque page tournée.

DECOUVREZ UNE NOUVELLE INEDITE DE MARGUERITE CHAUMON !

Avant que vous ne refermiez ce roman, laissez-moi vous poser une question : **Et si vos rêves étaient plus qu'un simple reflet de votre imagination ?** Peut-être des fragments d'un passé oublié, des échos d'âmes qui cherchent encore à se retrouver ?

J'ai écrit une nouvelle exclusive intitulée **« Le lien des âmes oubliées »**, spécialement pour vous, cher lecteur, qui êtes sensible à mes ouvrages.

Vous y découvrirez l'histoire de Camille, une jeune femme dont les rêves récurrents la mènent à percer les secrets d'un lien inexplicable… et à découvrir une vérité bouleversante sur son propre destin.

Et ce cadeau vous attend, gratuitement :

- Parce que je souhaite prolonger votre immersion dans cet univers.
- Parce que vous méritez de plonger dans une histoire qui fera battre votre cœur, rêver votre esprit et vibrer votre âme.

Pour obtenir cette nouvelle exclusive, il vous suffit de scannez le QR code ci-dessous.

Laissez-vous emporter par ce voyage hors du temps et découvrez ce que vos rêves tentent peut-être de vous révéler...

Une histoire exclusive où mystère, émotions et connexions invisibles s'entrelacent dans une aventure captivante.

MES AUTRES LIVRES

Pour découvrir ces autres œuvres enrichissantes, scannez le QR code ci-dessous.

Printed in France by Amazon
Brétigny-sur-Orge, FR

26821573R00221